Pasión diabólica

TERESA MEDEIROS

PASIÓN DIABÓLICA

Titania Editores

ARGENTINA — CHILE — COLOMBIA — ESPAÑA
ESTADOS UNIDOS — MÉXICO — PERÚ — URUGUAY — VENEZUELA

Título original: *Some Like It Wicked*
Editor original:Avon, An Imprint of HarperCollins*Publishers*, New York
Traducción: Norma Olivetti Fuentes

1.ª edición Octubre 2011

ISBN: 978-84-92916-12-2
E-ISBN: 978-84-9944-116-0
Depósito legal: B-28.849-2011

Fotocomposición: María Ángela Bailen
Impreso por: Romanyà Valls, S.A. — Verdaguer, 1 — 08786 Capellades (Barcelona)

Impreso en España — *Printed in Spain*

En recuerdo de nuestro sobrino Daniel Lee Medeiros. Dios nos ofreció la bendición de tenerte en nuestras vidas durante veinte años.

A mi compañera de plegarias, Teresa Farmer, cuya risa aporta dicha a mi vida y siempre consigue que me sienta mucho más graciosa de lo que soy.

Y para mi Michael... Te habría esperado toda la vida, cariño, pero estoy muy agradecida de no haber tenido que hacerlo.

Agradecimientos

*T*odo final feliz precisa de un hada madrina, y este libro ha tenido tres. Mi más sentido agradecimiento a Carrie Feron, Tessa Woodward y Andrea Cirillo por manejar sus varitas mágicas en mi favor.

Capítulo 1

Inglaterra, 1805

Un gemido femenino y gutural perturbó la apacible privacidad del pajar. Cuando Catriona Kincaid, sobresaltada, levantó la cabeza, el perezoso minino enroscado a su nuca soltó un estridente maullido.

Por suerte, la protesta del gatito quedó ahogada por otro gemido proveniente de la parte inferior del establo, subrayado en este caso por una ronca risita de complicidad que provocó un cálido cosquilleo en la columna de Catriona.

Aún sujetando el libro que estaba leyendo, se apoyó en los codos para impulsarse sobre el estómago en medio de los rayos sesgados de sombras y sol que atravesaban las caballerizas, mientras el gatito empezaba a jugar con su melena, con la ferocidad de un cachorro de león. Otra risita insípida llegó flotando hasta sus oídos, acompañada de los ritmos intrigantes de una respiración dificultosa, y entonces Catriona decidió inclinarse para pegar un ojo a la generosa rendija abierta entre dos maderas.

Incluso bajo la débil luz, el pelo de su prima relucía como un desordenado halo rubio en torno a su rostro sonrojado. Alice estaba atrapada contra la puerta de un compartimiento situado frente al pajar, sujeta entre los brazos fervorosos de un oficial de la Armada Real de Su Majestad. Mientras el marino pegaba su boca abierta al cuello pálido de su prima, ella inclinaba la cabeza hacia atrás, dejando ver sus ojos cerrados y los húmedos labios separados con cierto ansia indefinible.

Catriona también abrió la boca. Nunca había visto a su frívola prima tan poco preocupada porque el maquillaje se le estropeara o se rasgara la cola de su bata de jardín. Este nuevo y gallardo pretendiente suyo debía de crear un hechizo poderoso, sin duda.

La mirada curiosa de Catriona se desplazó a la espalda del galán. La casaca de gala azul oscura del joven oficial estaba colgada de cualquier manera de una puerta cercana al compartimiento, arrojada allí con premura. Su deslumbrante camisa blanca se adaptaba tirante a sus amplios hombros mientras el chaleco se pegaba a la delgada cintura. Llevaba unos pantalones blancos ceñidos a sus delgadas caderas, que se estrechaban sobre las pantorrillas y muslos musculosos hasta desaparecer por dentro de un par de relucientes botas negras con borlas.

No fue la belleza esculpida de estas caderas la que atrajo de nuevo la mirada de Catriona, sino el movimiento sutil que acompañaba cada una de sus acometidas contra el cuello de su prima. Aquel movimiento provocativo conseguía tal equilibrio delicado entre persuasión y exigencia que era como si su cuerpo delgado y hábil hubiera sido creado por el mismísimo Dios del cielo para tales actividades perversas.

Cuando desplazó sus ávidas atenciones de la garganta a los labios separados de su prima, Catriona soltó un jadeo, hipnotizada. ¡Ni siquiera en sus sueños más escandalosos hubiera imaginado tal manera de besar! Aquello no guardaba relación alguna con los besitos poco generosos en la mejilla que su tía permitía a su tío cada noche antes de retirarse a sus dormitorios separados. Se tapó sus labios temblorosos con las puntas de los dedos, preguntándose qué se sentiría mientras alguien te los devoraban con tal tierno ardor. Sus padres habían sido generosos en abrazos y besos, pero desde que había venido a vivir con la familia de su tío no había recibido mucho más que algún besito seco en la frente.

El insolente sinvergüenza se aprovechó de la distracción de su prima para hundir sus dedos largos y delgados en el escote de encaje del vestido. Alice murmuró una protesta desganada. Catriona entornó los ojos. Alice había mostrado un soponcio más convincente aquella mañana en el desayuno cuando Catriona se engulló el último arenque ahumado. Entre suspiro y suspiro, el reparo de Alice se transformó en un jadeo lloriqueante de placer, mientras arqueaba la espalda para llenar mejor los dedos habilidosos del oficial con sus amplios pechos.

Catriona quiso apartar la mirada, asqueada, pero no pudo. No se había sentido tan cautivada desde que el globo de aire caliente de *monsieur* Garnerin colisionó contra un tropel de beldades gimoteantes en los jardines de Vauxhall.

Con una gracia que merecía más bien un minué, el hombre iba girando y obligaba a retroceder suavemente a Alice hacia el lecho de heno situado justo debajo de la posición privilegiada de Catriona. Las sombras moteadas por el sol jugueteaban con el rostro del oficial, lo que imposibilitaba una visión clara del mismo. Catriona contuvo un quejido de frustración mientras la pareja desparecía de su vista. Si aquel hombre podía manejar un buque de guerra con la misma finura, pensó, la victoria de Gran Bretaña sobre la armada de Napoleón estaba garantizada.

El intrigante rumor del heno y las ropas reorganizadas avivó su curiosidad más allá de lo soportable. Catriona avanzó gateando para poder descolgar su cabeza sobre el extremo del altillo.

Se había olvidado del gatito encaramado sobre su hombro, hasta que éste clavó las diez diminutas garras en su tierna nuca. Conteniendo un grito de dolor, resopló e intento agarrar al gato. Una nube de polvo y polen se coló por su nariz y un poderoso estornudo tomó forma en sus pulmones. Aunque Dios Todopoderoso hubiera querido concederle tres manos, no habría tenido tiempo de decidir cuál usar para agarrar al gatito, taparse la nariz y mantener su tambaleante equilibrio, todo al mismo tiempo.

Por así decirlo, sólo pudo agitarse en el aire mientras caía de cabeza desde el pajar y se estrellaba sobre la espalda imponente del hombre que estaba a punto de acomodarse entre los muslos pálidos y torneados de su prima.

Simon Wescott notó el aliento caliente del desastre inminente soplándole en la coronilla.

No era la primera vez que experimentaba ese olorcillo concreto a azufre, ni probablemente fuera la última. Sus peligrosas experiencias le habían enseñado que los padres encolerizados, los autodesignados guardianes de la virtud de sus hijas —real o ilusoria—, eran más peligrosos incluso que los maridos airados. Temeroso de que uno de estos padres hubiera aterrizado sobre su espalda, esperó a que un antebrazo musculoso le rodeara el cuello.

Pero la cosa que tenía en la espalda permanecía ahí, tirada, resollando contra su cuello como una morsa tísica.

La confusión fue en aumento cuando algo empezó a

mordisquear su pelo recién cortado. Frunció el ceño. Dios bendito, ¿había caído sobre ellos uno de los ponis del conde? Con cautela, llevó el brazo hacia atrás y retiró de su cabeza al diminuto culpable, sujetándolo por el pescuezo para evitar las garras que no paraba de sacudir. Aquella monería naranja siseó y le escupió como un descendiente del demonio.

Sobre su espalda, el peso se movió.

—Se toma muy mal que lo manejen así, yo en su caso lo soltaría. —La alegre voz tenía un leve tono cantarían. El aliento que agitaba su cabello era cálido, con un leve aroma a galletas de canela.

Como no se dio suficiente prisa en seguir el consejo, el gatito se retorció y le clavó sus dientes a fondo en la base tierna del pulgar.

El oficial se zafó del animal, apretando los dientes para contener un aullido de dolor. El peso sobre su espalda se apartó con esfuerzo. La mujer que tenía debajo chillaba indignada y le empujaba el pecho, y él se separó rodando, obligado a subirse la ropa y abrocharse con una premura que desafiaba incluso a sus diestras manos.

—¡Criatura horrible!

Durante un momento de aturdimiento, Simon pensó que la denuncia siseada por Alice iba dirigida a él.

La joven, subiéndose el corpiño con brusquedad, se levantó de golpe, con las mejillas de elegante palidez teñidas de rabia:

—¡Serás salvaje, monstruo espantoso! ¿Cómo te atreves a espiarme?

Sacudiéndose la paja de los pantalones, Simon se puso en pie para descubrir el objeto de la furia de Alice acuclillado tras él, arrullando al furibundo gatito sin la menor muestra de remordimiento. Sobre su rostro de edad indiscernible caían unos rizos rubios rosados que parecían cortados con una guadaña para el trigo. Una manta gastada envolvía el cuerpo delgado de aquella criatura fisgona.

—No estaba espiando. —El torturador de Alice señaló un libro colgado por su lomo roto del pajar situado sobre ellos. Simon inclinó la cabeza para ver mejor. Pese a la escasa luz, reconoció *Trovadores escoceses de los Borders*—. Estaba leyendo.

Mientras la mirada de Simon ascendía un poco más por el pajar, sus labios se estiraron con una mueca de complicidad. Bien podría haber caído en la misma travesura juvenil a los trece años si no hubiera podido satisfacer su propia curiosidad ante el descubrimiento de una ansiosa doncella de moral indiscriminada y apetitos insaciables.

El reconocimiento de las flaquezas juveniles era considerablemente inferior en Alice. Silbando entre sus dientes apretados, como una tetera a punto de desbordarse con el agua hirviendo, se adelantó hacia Catriona, con sus elegantes manos curvadas como garras.

Catriona se levantó con cautela, protegiendo al gatito con el pie de cualquier peligro. Se había acostumbrado a los sopapos de su irascible prima, pero la perspectiva de recibir un rapapolvo delante de este imponente desconocido hizo que levantara la barbilla y enderezara la columna.

Cuando Alice cogió impulso con el brazo, el oficial dio un paso adelante para sujetarla por los hombros alzados, dedicándole una sonrisa angelical.

—Calma, ven, Ally. No ha sido más que un infortunio. No ha pasado nada malo.

Catriona se quedó petrificada ante su audaz reacción. Nadie se había atrevido jamás a defenderla de los acosos de

Alice. Su tía llegaba en alguna ocasión a chasquear la lengua en silencio cuando las pullas de Alice se volvían demasiado agudas y su tío como mucho murmuraba en alguna ocasión, «Deja de pinchar a tu prima, cielo», antes de desaparecer tras el diario matutino, pero todos fingían no ver los intensos cardenales que señalaban con frecuencia la tierna piel de la parte superior de sus brazos.

A sus veinticuatro años, a Simon le falló por primera vez su considerable encanto. Alice se volvió contra él, mostrando sus colmillos con un veneno que a su lado el gatito parecía un dócil animal. Su transformación de paloma arrullante en arpía chillona hizo que Simon renovara, en silencio pero con fervor, su juramento de no casarse nunca.

—¿Un infortunio? —escupió—. ¡El único infortunio aquí ha sido la invasión de nuestra casa por parte de esa criatura! —Soltándose del asimiento, señaló con dedo acusador a su torpe espía—. Desde el día en que mi padre te acogió, no has sido más que una vergüenza para esta familia.

Cuando Catriona vio que el oficial se encogía de pena, casi deseó que él se hubiera echo a un lado y dejado que Alice la abofeteara con insensibilidad.

—Merodeas por todas partes como un animal salvaje, con esa alfombra apestosa encima, ridiculizando todo por lo que papá ha luchado en su vida. ¡Te lo advierto, desde hoy en adelante, mejor que mantengas tu fea nariz enterrada en uno de tus ridículos libros sin meterte en mis asuntos!

Alice intentó volver a refugiarse en los brazos de su hombrecito, pero en la expresión del oficial debió de aparecer algo del desagrado que sentía, porque la prima dirigió a Catriona una mirada de puro desprecio y estalló en lágrimas:

—¡Pequeño engendro miserable! ¡Lo has estropeado todo!

Y arrojándole la cola de la falda a la cara, salió volando del establo en sombras, dejando que el sol irrumpiera, tras su salida, a través de las puertas abiertas. Catriona pestañeó rápidamente para disipar su repentina mirada furibunda, y consiguió por fin ver con claridad el rostro del oficial.

Por segunda vez aquel día se quedó sin aliento. No era difícil imaginarse por qué Alice había sucumbido con tal entrega a sus encantos, una vez que éstos quedaron expuestos en todo su deslumbrante derroche. Parecía un joven Ícaro que había volado demasiado cerca del sol, pero para ser premiado en vez de castigado por su arrogancia. Su cabello oscuro, peinado con pulcritud, apenas rozaba el cuello de su camisa. El sol había besado sus altos pómulos con un brillo de bronce, y la sorprendente estructura que rodeaba su boca proporcionaba el marco perfecto para su sonrisa compungida. Un tentador esbozo de puchero se dibujaba en sus labios plenos, aunque firmes y esculpidos lo suficiente como para no dejar de ser absolutamente masculinos.

Catriona, temiendo jadear de nuevo, desplazó enseguida la mirada de la boca a los ojos. Sus profundidades verdes musgo chispeaban con malicia latente. Fueron estos ojos diabólicos, en medio de aquel rostro angelical, los que la convencieron de que no había hecho lo correcto. Inclinó la cabeza, cegada de nuevo por aquel resplandor.

Simon, tomando aquella postura por un gesto de abatimiento, alargó la mano para revolver el cabello de la cabeza inclinada.

—No te lo tomes tan mal, muchacho. Yo también fui un joven curioso en su momento.

Pero el chico levantó de golpe la cabeza y se sacudió el flequillo de rizos de sus ojos. Ojos tan plácidos y grises como un lago en una mañana de verano. Ojos enmarcados en pestañas sedosas, onduladas, tan innegablemente femeninas como su propietaria.

Hasta entonces Simon consideraba su hastiada persona incapaz de sonrojarse, no obstante un rubor traicionero ascendió desde su garganta. La verdad sea dicha, le mortificaba más errar al determinar el sexo de esta pequeña que ser atrapado seduciendo a su prima.

Sus labios siempre pronunciaban elocuentes palabras de disculpa. Dios sabía que las utilizaba con frecuencia y fluidez, pero por una vez su labia le falló. Miró con anhelo hacia la puerta. ¿No eran su fuerte las escapadas apresuradas? ¿Descender desde ventanas a altas horas de la noche? ¿Escurrirse entre enrejados? ¿Escabullirse descalzo por jardines empapados por el rocío con las botas en las manos?

—Aún puedes ir tras ella, y así tal vez consigas convencerla de que te deje hacerle el amor.

Simon volvió sorprendido la cabeza y descubrió a la muchacha aún estudiándole. Respondió a su mirada desafiante con su propia expresión hostil.

—¿Y qué sabrá un chiquilla insolente como tú de hacer el amor?

Catriona soltó un resoplido.

—Me alegra ver que he pasado de «muchacho» a «chiquilla» en su valoración. Pero quiero hacerle saber que cumpliré dieciséis justo el mes que viene. Y no le hace falta fingir que hacer el amor esconde algún misterio. El macho se limita a morder a la hembra por la nuca para mantenerla quieta mientras la monta desde atrás.

Simon necesitó varios pestañeos de perplejidad para asimilar aquella afirmación extraordinaria. Tuvo que aclararse la garganta en dos ocasiones antes de poder articular palabra.

—Aunque la idea tenga valía, hubiera confiado en expresarla con bastante más refinamiento. ¿Debo suponer que sus esfuerzos previos de servicio de información no han ido más allá de espiar a los sementales de tu tío?

—Y a los gatos —confesó—. El padre de *Robert the Bruce* se tenía por todo un vividor.

La confusión de Simon se vio aliviada cuando ella se agachó para recoger al gato que daba cabezazos contra sus tobillos. La estudió, reconstruyendo su referencia al oscuro héroe escocés, la gastada tela a cuadros que había tomado por una manta y el intrigante canturreo en su voz.

—¿Eres escocesa?

—Sí, es lo que soy. —Echó la cabeza hacia atrás y a Simon se le cortó la respiración al ver cómo transformó aquel orgullo su figura malvestida. Enterrada bajo capas de polvo, tela a cuadros y la dolorosa torpeza de la juventud, había una sugerente promesa de belleza—. Todos los Kincaid somos escoceses, aunque muchos, como mi tío Ross, hayan pasado los últimos cincuenta años negándolo. Después de que asesinaran a nuestros padres por atreverse a defender las tierras del clan contra los ingleses cuando yo sólo era una niña, mi hermano Connor me mandó a vivir aquí. Es una maldición, entérese bien.

—¿Y qué maldición puede ser ésa? —inquirió con amabilidad, pues sospechaba que la muchacha estaba maldita tan sólo por una imaginación demasiado activa.

—¡Pues la maldición de los Kincaid, por supuesto! —Enderezando los hombros, recitó de memoria—: «Los Kincaid están condenados a vagar por la tierra hasta que vuelvan a reunirse bajo el estandarte del único y verdadero jefe de su clan». Lo pronunció el propio Ewan Kincaid poco antes de morir, mientras yacía con una espada inglesa atravesándole el pecho.

—¿Por qué iba a imponer un destino tan terrorífico a su propia descendencia?

—Porque mi abuelo, el hijo de Ewan, se vendió el clan en Culloden a cambio de un condado y treinta monedas de plata inglesa.

Simon se encogió de hombros.

—La gente hace lo que puede para sobrevivir.

Los ojos de Catriona llamearon.

—¡Prefiero morir antes que rendirme sin honor!

Sus palabras provocaron un escalofrío de vergüenza en la columna de Simon. Nunca había defendido ningún principio con tal convicción a menos que implicara la búsqueda de sus propios placeres. O una oportunidad de encolerizar a su padre.

Se sacudió aquella sensación poco familiar. Pese a lo que ella afirmaba de sí misma, no era más que una niña. Una niña con ojos soñadores que sentía nostalgia por el hogar y la familia que probablemente nunca volvería a ver. Su tío era un conde muy rico e influyente. Con el tiempo dejaría atrás esas fantasías tontas y se preocuparía tan sólo por elegir la gasa ligera para su último vestido de fiesta o por comparar el tamaño de las herencias de sus pretendientes. Simon notó una extraña punzada de pérdida al pensarlo.

—Deduzco que su tío no comparte sus simpatías por la causa escocesa.

Catriona bajó la cabeza.

—Tío Ross dice que soy tan necia como mi padre, siempre soñando con castillos en las nubes en vez de mantener los pies firmemente plantados en el suelo. Algo que resulta de lo más difícil con esas ridículas zapatillas que mi tía espera que me ponga.

Simon no soportaba ver su expresión derrotada. Quería

verla otra vez erguida y orgullosa, con los ojos relucientes de coraje y desafío.

Alargó la mano para apartar esos tirabuzones de aquellos extraordinarios ojos.

—Si tu padre hubiera vivido, seguro que estaría orgulloso de ti.

Catriona tuvo que recurrir a su última brizna de orgullo para no volver la mejilla hacia su mano. Ningún hombre la había mirado jamás de esta manera, como si fuera la única chica en su mundo. Pero ¿no había dedicado la misma mirada a Alice tan sólo unos minutos antes? Ocultó su miserable sonrojo de celos agachándose bajo el brazo del oficial, fuera de su alcance.

—Si tiene intención de hacer la corte a mi prima —dijo con brusquedad— necesitará unos ingresos estables. Puesto que mi tío no tiene hijos, quiere encontrar parejas sólidas tanto para Alice como para Georgina. La dote de Alice les mantendrá a los dos hasta que ascienda a comandante, siempre que, por supuesto...

—¡Basta! —Simon la cogió del brazo, manteniendo los dedos bien apartados de los dientes de *Robert the Bruce*—. Antes de que empieces a planificar mi casamiento, tal vez quieras saber que mañana embarco en el *Belleisle*.

—¿El *Belleisle*? ¡Vaya, es uno de los barcos bajo el mando del almirante Nelson!

Aquella respuesta sobrecogida hizo que Simon se sintiera un poco incómodo bajo su cuello almidonado. Siempre había llevado los colores azul y blanco de la Armada de Su Majestad con la misma indiferencia que el resto de su vestuario.

—Nelson es un héroe de verdad y un buen tipo, sí señor, para ser inglés, por supuesto —se apresuró a añadir ella.

Catriona le dirigió otra mirada tímida y, entonces, de forma instintiva, Simon reconoció que la adoración al héroe que iluminaba sus ojos no era por Nelson, por muy buen tipo que lo considerara. Pero él no había hecho nada para ganarse su consideración. Su medio hermano Richard siempre había sido el héroe de la familia. El heredero legítimo y la debilidad de su padre. Sin embargo, él era sólo el resultado desgraciado de unas pocas noches de borrachera pasadas por su padre en brazos de una preciosa y bella bailarina de ópera.

De pronto le dominó una extraña desesperación y quiso borrar esos ojos de admiración de su rostro, dejarle claro el hombre que era en realidad, no el hombre que ella creía que era.

—Nelson es sin duda un «buen tipo», pero el lugar para los héroes es el Ejército, la Armada es para tipos de origen sencillo como Nelson y segundos hijos prescindibles como yo. —Se inclinó contra la puerta del compartimiento con los brazos cruzados sobre el pecho—. Estaré embarcado varios meses. Mientras tu prima no espere nada de mí, no se sentirá decepcionada.

La muchacha enterró la nariz en el pelaje del gato.

—Alice esperará si se lo pide, aunque no puedo prometerle que sea fiel. Siempre ha sido un poco caprichosa.

Simon sonrió. Ah, vaya, este juego sí que lo entendía él bien. Había sacado partido de las delicadas rivalidades entre mujeres más de una vez.

Tomó la mejilla de la muchacha en su mano. Sorprendido por su sedosa suavidad, y le inclinó el rostro hacia arriba para examinarlo con ternura.

—¿Y qué me dices de ti, señorita Kincaid? ¿Cuánto esperarías al hombre que amas?

—Siempre —susurró ella.

Su promesa pareció temblar en el aire entre ellos, irrevocable, vinculante. Un estremecimiento de anhelo inesperado atravesó al oficial. Había hecho la pregunta en broma y ahora él era el blanco de la burla. Ella alzó la vista con sus húmedos labios separados y una mezcla de inocencia e invitación que lo desarmó.

Bajó la mano, dominado por la repentina necesidad de escapar de este coqueteo peligroso con una niña. Evitando sus ojos, se puso la casaca, luego rescató su bicornio de donde lo había arrojado Alice tras quitárselo en un momento de pasión, y se dio unos golpes con él en el muslo.

—Cualquier mujer que me espere está perdiendo el tiempo. Hace tiempo que aprendí lo insensato que es hacer promesas si no tienes intención de cumplirlas.

La chica acunó al gatito bajo la inclinación desafiante de su barbilla.

—Supongo que eso le convierte en un hombre honorable.

Poniéndose el sombrero, Simon le dedicó su sonrisa más chulesca, la que reservaba para mostrar su mano ganadora en las mesas de juego de Boodle's.

—Al contrario, señorita Kincaid. Eso me convierte en el teniente Simon Wescott, un bastardo por nacimiento y hazañas.

La dejó envuelta en una aureola de motas de polvo relucientes: una desaliñada princesa celta sin reino, con un gatito como único súbdito. Sólo cuando se subió a la silla y dio un puntapié al caballo para iniciar un furioso medio galope se dio cuenta de que no se había enterado de su nombre de pila.

Catriona corrió hasta la puerta del establo y contempló la marcha del desenvuelto joven teniente hasta que no quedó de él más que las nubes de polvo que levantaban los cascos de su montura. Cuando incluso éstas se disiparon con el viento, se hundió contra el marco astillado de la puerta, agarrando aún al gatito.

—¿Qué dices, *Robert*? —susurró, enterrando su sonrisa melancólica en el pelaje aterciopelado del gato—. Tal vez nuestro teniente Wescott sea más honorable de lo que cree. Si es lo bastante valiente para plantarse ante Alice y defenderme, hacer frente a los cañones de Napoleón no debería ser más complicado que un paseo por Hyde Park.

Robert the Bruce empujó su cabecita contra la barbilla de su dueña, con un ronroneo de asentimiento.

Capítulo 2

1810

Catriona Kincaid se agachó cuando un cepillo de plata pasó volando junto a su cabeza.

No era el primer objeto que su prima le arrojaba a la cabeza durante los diez años que hacía que se conocían, y dudaba que fuera el último. Por suerte, la puntería normalmente buena de Alice se había resentido de los sollozos desgarradores que sacudían su delgada constitución. Su lloriqueo era tan lastimero que había provocado incluso la compasión de Catriona, pero había sido el cauto ofrecimiento de consuelo de ésta lo que había provocado el vuelo del cepillo.

Retrocedió hacia la puerta del dormitorio de Alice, preparada para salir en rápida retirada si salían volando más objetos hacia ella.

Alice volvió a quedarse despatarrada sobre la elegante cama de cuatro columnas y se sometió a los cuidados de su hermana mayor con un poco más de compostura, permitiendo que Georgina le diera palmaditas en el hombro convulso y murmurara, «Ya está, ya está, cielo», en tono tranquilizador.

El rostro surcado de lágrimas de Alice surgió por un breve instante del lecho de almohadones para lanzar dagas con la mirada a su hermana.

—Es imposible que sepas cuánto estoy sufriendo. Tú tienes un marido. —Su voz se transformó en un gemido—. Oh, ¿cómo puede una vaca gorda como tú cazar un marido y yo no? —Se dio media vuelta y se hundió bajo las almohadas, acompañando cada sollozo de un puñetazo contra la funda de las plumas.

Georgina podría parecer más plácida y rolliza en comparación con la temperamental y sílfide Alice, pero no era ninguna mema. Aplicando una fracción más de fuerza en sus palmaditas, dirigió a Catriona una mirada impotente por encima del hombro. Ambas sabían que la madre de Alice y Georgina sería de poca ayuda. Tía Margaret estaba acurrucada en el sillón de orejeras junto al fuego, lloriqueando contra su pañuelo de encaje en silencio pero sin cesar. No se había movido de allí después de correr todas las cortinas de damasco del dormitorio, como si su hija padeciera una enfermedad fatal en vez de ser víctima de la ruptura de un compromiso.

—¿Qué has hecho, Alice? —preguntó Catriona en voz baja. Por el abrupto silencio que se hizo en la habitación, sabía que nadie más se había atrevido a preguntar—. Un hombre como el marqués de Eddingham no va a remover por nada la olla del escándalo de un matrimonio roto.

Alice se volvió otra vez, su desmelenada cabeza rubia emergió de nuevo de las almohadas. Se sorbió la nariz con resentimiento.

—Sólo le permití un beso.

Catriona se aproximó un poco más a la cama, frunciendo el ceño con perplejidad.

—La virtud es una cualidad sumamente valorada entre la mayoría de caballeros. Sin duda el marqués no sería tan cruel como para poner fin a vuestro compromiso sólo porque te negaras a permitirle un segundo beso.

Alice se incorporó, tirando fastidiosamente del cubrecama de satén. Tenía los ojos hinchados, y la blanca piel moteada y surcada de lágrimas.

—No fue al marqués a quien besé. —Pese al esfuerzo visible por aguantar el puchero, una sonrisa soñadora curvó sus labios—. Fue al otro tipo en el jardín, el primo de lord Melbourne.

Los ojos azules claros de Georgina se abrieron escandalizados. El pañuelo empapado que tía Margaret tenía pegado a los labios no pudo apagar el grito de consternación.

Catriona cruzó los brazos sobre el pecho, una vez confirmadas sus peores sospechas. Su prima siempre había tenido debilidad por los chicos guapos. Pese a sus mejores esfuerzos, ella, de hecho, nunca había olvidado al más guapo de todos: un joven oficial de marina con sonrisa de ángel y ojos de diablo cuyo contacto la había estremecido con un anhelo que entonces era demasiado joven para entender. Había confiado en que se desvaneciera con el tiempo, no que se agudizara.

—¿Y supongo que el marqués te pilló besando a ese tipo en el jardín? —preguntó a su prima.

Alice asintió. Su labio inferior empezó a temblar otra vez.

—Me humilló delante de mis amigos y se negó a hablarme en el carruaje de regreso a casa. Desconocía por completo que tuviera esa faceta tan cruel y celosa. Tal vez sea mejor haberlo descubierto antes de casarnos.

—Mejor para él, querrás decir —refunfuñó Catriona.

Alice entrecerró los ojos.

—Catriona está siendo odiosa conmigo, mamá. Haz que se vaya.

Y mientras tomaba aliento para gemir de nuevo, agarró una pastora de Meissen de la mesilla situada junto a la cama. Catriona no esperó a que su tía la despachara. Cerró la puerta del dormitorio de golpe un instante antes de que la delicada porcelana se estrellara contra ella. Los sollozos estridentes de su prima la siguieron por el pasillo.

Catriona descendió a buen paso por la larga escalera curva de la majestuosa mansión que llamaba su casa desde los diez años. Pese a la lograda combinación de elegancia y grandiosidad, había veces en que Wideacre Park parecía más una prisión que un palacio. Las ventanas arqueadas con tal gracia y las expectativas de su tío la enjaulaban con más eficacia que cualquier barrote de hierro. Aunque se esforzaba por recompensarle por su caridad transformándose en la recatada dama inglesa que él siempre había anhelado que fuera, todavía quedaba una parte salvaje y rebelde en ella que ansiaba echarse encima la vieja tela escocesa y corretear descalza sobre la hierba recién cortada.

Pero esta tarde no tenía otra opción que hacer caso a las exigencias del deber. Era mejor que el tío Ross se enterara de la verdad sobre lo ocurrido entre Alice y su prometido antes de que desafiara al marqués por humillar públicamente a su hija mayor. Por los rumores que habían llegado a oídos de Catriona, Eddingham —un ferviente cazador— tenía buen pulso y una puntería mortífera.

Cuando llegó a la puerta entreabierta del estudio de su tío, le sorprendió oír el rumor profundo de unas voces masculinas.

Se acercó con sigilo, preguntándose quién era tan inconsciente como para importunar en un momento tan delicado. Pero antes de que pudiera identificar la voz de barítono poco familiar, su tío la llamó:

—¿Eres tú, Catriona? Puedes pasar, el caballero y yo ya hemos terminado nuestros asuntos privados.

Catriona se introdujo en el estudio, sorprendida al descubrir que el *caballero* acomodado en el sillón de cuero con tachuelas de cobre al otro lado del escritorio de su tío no era otro que el propio marqués de Eddingham. Parecía mucho más sereno que su prima. Sus ojos oscuros miraban con claridad, su sonrisa flemática seguía intachable. No mostraba señales manifiestas de un corazón roto, ahondando la sospecha de Catriona de que él siempre se había sentido más atraído por la amplia dote de Alice que por la propia joven.

Su tío, con sus pesados carrillos y ojeras caídas, parecía más apesadumbrado que Alice o el marqués. Catriona no podía culparle en absoluto. Encontrar un marido a su hija tan dada a los escándalos no había sido tarea fácil.

El conde la invitó a entrar en la habitación.

—Creo que conoció a mi sobrina en la velada de lady Stippler el mes pasado —comentó.

Eddingham se levantó, y un habilidoso arreglo de rizos negro azabache cayó sobre su frente mientras le dedicaba una inclinación impecable.

—Un placer, como siempre, señorita Kincaid. Incluso bajo estas duras circunstancias.

Era un hombre apuesto, supuso ella, si te gusta el tipo moreno e inquietante.

—Me temo que mi prima puede ser bastante impetuosa e impulsiva —dijo Catriona—. Le aseguro que es culpa del carácter de Alice, a usted no se le puede reprochar nada.

—Tal vez haya sido para bien. —Suspiró, consiguiendo

la nota adecuada de resignación trágica—. Durante cierto tiempo he sospechado que tal vez nuestros temperamentos no se adapten del todo. —Mientras Catriona escogía un taburete con brocados donde sentarse con sus faldas extendidas, él volvió a instalarse en su sillón—. Su tío Ross y yo estábamos discutiendo los muchos intereses que tenemos en común. La afición por la buena carne de caballo. El amor a la tierra. —Se entretuvo en el rostro de la muchacha con su dura mirada—. El placer de un buen desafío. Dígame, señorita Kincaid, ¿tienen alguna relación usted y su tío con los Kincaid escoceses?

—¡Caray, claro que sí! —soltó Catriona, sorprendida por aquella pregunta inesperada.

—Yo diría que no —respondió con un bufido su tío en ese preciso momento, arrastrando las palabras—. Nuestra rama de la familia hace décadas que desciende de ingleses fuertes y robustos.

Apenas una década en tu caso, pensó Catriona sirviéndose un panecillo tostado de la bandeja de té, con la esperanza de que su dulzura mantecosa le quitara el amargo sabor de boca.

Eddingham dio un sorbo a su té con ademán remilgado.

—Sentía curiosidad porque acabo de comprar una gran extensión de tierra en las Highlands, cerca de Balquhidder. Mi asesores financieros me dicen que allí puedo ganar una fortuna con ovejas Cheviot.

Tío Ross pasó el pulgar por el extremo del cartapacio de cuero que cubría el escritorio, encontrando de pronto dificultades para mirar a Eddingham a los ojos.

—Eso he oído.

—Tuve la posibilidad de adquirir las tierras a la Corona por una bicoca, ya que durante años han estado asediadas por una molesta banda de forajidos dirigida por un hombre que se hace llamar Kincaid.

Catriona intentó tragar saliva, pero el panecillo se había desmenuzado como serrín en su garganta.

El marqués le dedicó una sonrisa indulgente:

—No sabe qué alivio me produce saber que ese bribón y su gente no tienen relación con una jovencita tan encantadora.

—¿Alguien ha viso alguna vez a ese forajido de mala reputación? —preguntó ella como si tal cosa mientras se servía una taza de té para disimular el repentino temblor de manos.

El marqués ya no parecía tan apuesto, en absoluto, con aquel gesto de desdén en su delgado labio superior.

—Me temo que no. Prefiere merodear en las sombras como el cobarde avasallador que es. El año pasado desapareció por completo, como sucede a menudo con los hombres de su calaña. Si no ha muerto a estas alturas, le haremos salir a él y a sus hombres cuando empiece el deshielo primaveral. Tengo soldados ingleses a mi disposición que están más que ansiosos por realizar esa tarea.

Pisadas atronadoras. Figuras con casacas rojas surgiendo de la oscuridad. Una llamarada, luego una ceguera que lo paralizaba todo. Un staccato *de pólvora. El aullido de angustia de un hombre al arrojarse sobre el cuerpo inerte de su mujer. Luego tan sólo el crujido espectral de una cuerda oscilante, resaltada contra el cielo iluminado por la luna. El rostro surcado de lágrimas enterrado en la camisa de su hermano, intentando bloquear aquella imagen que iba a quedar grabada por siempre en la memoria de ambos.*

La voz de Catriona pareció surgir desde muy lejos, desde la brumosa noche de las Highlands en que sus padres murieron a manos de los crueles soldados ingleses.

—¿Le apetece un poco más de té, milord?

Eddingham acercó la taza.

—Desde luego, encantado.

Los labios de Catriona se congelaron en una sonrisa petrificada mientras inclinaba el pico de la tetera de plata dos centímetros más allá de su taza, vertiendo un chorro de té tibio sobre el regazo del marqués.

Con un juramento, Eddingham se levantó de un brinco.

—¡Catriona! —ladró su tío con un golpe en el escritorio—. ¿Qué diantres te ha cogido, muchacha? ¡Podría esperar algo así de Georgina, pero no es tu estilo ser tan patosa!

La sonrisa graciosa de Catriona no se alteró mientras volvía a dejar la tetera con delicadeza en la bandeja y tendía al marqués una servilleta de lino.

—Perdóneme, milord —dijo sin inmutarse—, prometo tener más cuidado en el futuro.

—Eso sería muy recomendable, señorita Kincaid —replicó Eddingham apretando los dientes mientras secaba la antiestética mancha que se extendía por la parte frontal de sus pantalones de gamuza. Arrojando la servilleta sobre la bandeja, se obligó a forzar una sonrisa e hizo una inclinación cortante.

—Si tiene la amabilidad de disculparme, milord, mejor me retiro a mi casa para hacer los arreglos necesarios.

Mientras su tío acompañaba a Edingham a la puerta, Catriona permaneció en la otomana, con las manos dobladas serenamente sobre el regazo: el mismísimo retrato de una sobrina consciente de sus deberes. Pero en el minuto en que la puerta se cerró tras el invitado, se puso en pie para enfrentarse a su tío, y el estudio se convirtió en una trinchera humeante en medio de una batalla que venía de largo.

Con las manos en jarras, la muchacha fulminó con la mirada a su tío.

—¡No puedo creer que sigas negando tu ascendencia! ¿No has oído a ese hombre? En cuanto se deshiele la nieve de las montañas planea ir a por lo que queda de ellos como si de una partida de caza se tratara. ¿Y si ese «Kincaid» del que habla es mi hermano, tu mismísimo sobrino?

—¡Razón de más para negarlo! ¿No has oído a Eddingham? —Su tío buscó refugio tras el escritorio—. Ese tipo es un forajido, un ladrón, un bandolero que roba a gente inocente en beneficio propio. No es más que un delincuente común cuyo único destino posible es acabar colgado del lazo de una horca.

Catriona se puso rígida.

—¿Igual que tu hermano?

Su tío removió una gruesa pila de papeles, con expresión dura, pero con la mirada ablandada por un antiguo dolor.

—Tu padre escogió su propio destino.

—Igual que hizo el tuyo —respondió ella recordándole el atroz pacto al que llegó su abuelo con los ingleses. Un trato que a él le salvó la vida, pero acabó con la tierra y el espíritu de su clan—. Pero como yo soy mujer, no soy libre de elegir el mío.

El hombre volvió a dejar los papeles sobre el escritorio.

—¿Y cuál sería ese destino que tú escogerías, Catriona?

Ella se acercó un poco más al escritorio y se inclinó para apoyar las palmas sobre la reluciente superficie de caoba.

—Quiero regresar a Escocia para buscar a mi hermano.

Su tío se limitó a observarla un largo momento antes de decir en voz baja:

—Si Connor fuera ese forajido... si siguiera con vida, ¿no crees que ya habría intentado contactar contigo? Tenía quince años cuando te envió conmigo y ha dispuesto de diez largos años para practicar con la escritura.

Catriona ya contaba con que su tío contraatacara con furia y bravuconería o tal vez con una risa burlona. Pero la lógica era un arma que no había previsto esquivar.

—Tal vez haya pensado que me iría mejor si olvidaba nuestra vida en Escocia. Si me olvidaba de él.

—Pues en tal caso tenía razón. Pero lo que no tendrías que olvidar es que fue él quien te mandó conmigo para que tuvieras una vida mejor.

—Me mandó contigo porque creía que era la única manera de salvar mi vida después de que los casacas rojas mataran a nuestra madre de un tiro y colgaran a nuestro padre.

—¿Y esperas que yo te envíe allí de vuelta para que también te maten a ti? Me parece que no va a suceder. —Soltó un resoplido—. Tu padre también tenía la cabeza llena de pájaros y sueños. Un día se plantó justo donde te hallas tú hoy, con ojos llameantes de indignación justificada, y exigió a nuestro padre que le permitiera viajar a Escocia e intentar reunir al clan Kincaid. Al oír su negativa, desafió los deseos de mi padre y se escabulló a altas horas de la madrugada. También abandonó a la prometida de buena posición que tu abuelo le había elegido y acabó casándose con una chiquilla de las Highlands sin un penique. Nunca volvimos a verle. —Sacudió la cabeza—. Davey lo tiró todo por la borda por perseguir un sueño ridículo. No voy a permitir que cometas el mismo error.

Catriona se enderezó.

—Dentro de tres meses cumplo veintiún años y podré ir donde me plazca. —Permitió que la más leve cadencia escocesa se introdujera en sus palabras pues sabía que aquello irritaba a su tío más que cualquier palabra que pudiera pronunciar—. Sí, tío Roscommon —dijo llamándole por el nombre que nadie en la familia se atrevía a utilizar—. ¡Entonces seré libre para seguir mi propio destino y si hace falta haré todo el viaje hasta las Highlands para encontrar a Connor y a mi clan!

Catrina se percató demasiado tarde de que manifestar su rebeldía había sido un error. El ancho rostro de su tío se puso colorado, traicionando su herencia escocesa con más eficacia que cualquier acento.

—Nada de eso, chiquilla. ¡Porque voy a doblar tu dote y te voy a casar con el primer hombre que entre por esa puerta y pida tu mano. Se acostará contigo, te dejará embarazada y para entonces ya estarás demasiado ocupada practicando escalas en el pianoforte y pegando bonitas conchas al papel pintado de las paredes como para seguir con esas ideas tuyas tan idiotas!

Horrorizada, Catriona notó las lágrimas escociéndole en los ojos.

—Siempre te he estado agradecida por tu caridad, tío, y puedo entender que quieras librarte de una carga tan engorrosa, pero nunca hubiera imaginado que me despreciaras tanto. —Por mucho que le apeteciera estallar en lágrimas y abandonar echa una furia la habitación como habría hecho Alice, se obligó a darse media vuelta y salir con calma por la puerta, con la cabeza bien alta.

Cuando la puerta se cerró tras su sobrina, Ross Kincaid se hundió pesadamente en la silla. Después de que su hermano pequeño desafiara los deseos de su padre y huyera a Escocia, su progenitor había ordenado retirar todos sus retratos y quemarlos. Pero él no necesitaba bosquejos ni cuadros para recordar a su hermano. Catriona, con sus rebeldes rizos rosados, era el vivo retrato de Davey.

Nunca olvidaría el día en que la diligencia de Edimburgo la dejó en la puerta de su casa: una criatura delgada y desaliñada con unos enormes ojos grises y una espesa mata de rizos caídos sobre la cara. Sus únicas posesiones eran la ropa que llevaba puesta y la tela escocesa que rodeaba sus hombros. Pese al destello de hambre en su mirada y el polvo que manchaba sus blancas mejillas, había descendido de la parte posterior de la diligencia como si llegara al palacio de Buckingham para tomar el té con el rey.

No pudo evitar que una sonrisa curvara sus labios con el recuerdo. Para ser sinceros, no despreciaba a su sobrina. La quería. La quería lo suficiente como para casarla con un hombre a quien no amara sólo para mantenerla a salvo en Inglaterra, sino para impedir que cometiera los mismos errores fatales que su padre.

Ross sacó una pequeña llave de oro del bolsillo de su chaleco y abrió el cajón inferior del escritorio. Con un ligero temblor en su mano normalmente estable, sacó un fajo amarillento de cartas sujetas con un pedazo de cordel, todas ellas dirigidas, con torpes garabatos masculinos, a la señorita Catriona Kincaid. Las volvió entre sus manos, estudiando con mirada preocupada los sellos de cera intactos.

No había mentido a su sobrina, se dijo Ross, pasando por alto el escozor de culpabilidad en sus entrañas. Las cartas del hermano habían dejado de llegar hacía más de tres años. Sin duda, el chico debía haber muerto.

Metió el fajo de cartas otra vez en el cajón, lo cerró y giró la llave, guardando sus secretos junto con todas sus excusas.

Cuando Catriona salió del estudio de su tío, todavía con el escozor de las lágrimas no vertidas en sus ojos, lo último que esperaba ver era al marqués de Eddingham apoyado perezosamente en la pared de enfrente.

El caballero levantó un bastón elaboradamente tallado con su mano enfundada en un guante blanco mientras decía:

—Había olvidado mi bastón. —El destello de diversión en sus ojos advirtió a Catriona de que había estado oyendo toda la conversación, incluida la amenaza de su tío de doblar su dote y casarla con el primer hombre que pidiera su mano.

La muchacha se secó una lágrima de la mejilla, pues percibía que no sería sensato dejar entrever el menor rastro de debilidad ante ese hombre.

—¿También ha olvidado el camino hasta la puerta? ¿Debo llamar a alguno de los lacayos para que le acompañe a la salida? —preguntó con una clara indirecta.

El marqués se enderezó, elevándose sobre ella en el pasillo en sombras.

—Eso no va a ser necesario. No obstante, tal vez quiera informar a su tío de que voy a estar fuera los próximos días, pero que mi intención es pasar a visitarla a usted en cuanto regrese el lunes por la tarde. Tal vez quiera decirle también que me gustaría intercambiar unas palabras con él entonces. En privado.

Catriona se quedó helada, incapaz de moverse mientras Eddingham alargaba la mano para pasarle el pulgar enguantado por la curva de la mejilla, un movimiento que más que una caricia era la oscilación de aviso de la lengua de una cobra.

Se inclinó un poco más y el calor de su aliento llegó a su oreja con una intimidad poco grata.

—Tal vez no sea demasiado tarde y consiga usted salvar a esos salvajes que llama parientes suyos con tal audacia, señorita Kincaid. Con una esposa complaciente y entusiasta calentando mi cama, tendré mucho menos tiempo para dedicarme a su extinción.

Y entonces se largó, con el golpeteo brioso de su bastón sobre el suelo de parqué burlándose del miedo de Catriona. La joven se derrumbó contra la puerta. No se percató de que estaba aguantando la respiración hasta que se le escapó un resuello entrecortado. Casi se muere del susto cuando notó algo caliente y peludo frotándose contra su pierna.

Bajó la mirada justo cuando *Robert the Bruce* pegaba su enorme cabeza a su tobillo, haciéndole perder casi el equilibrio.

—¡Vaya, estás aquí, pequeño caradura! —exclamó mientras se doblaba para coger al gato en sus brazos. Su profundo ronroneo le recordó que no había nada pequeño en él—. ¿Y dónde estabas hace unos minutos cuando tan bien me habría venido la defensa de un caballero incondicional?

Catriona vislumbró su reflejo en el espejo ovalado de marco dorado, que colgaba en la pared de enfrente. Apoyó la barbilla en la amplia cabeza del felino, saboreando su sólido calor y recordando cómo le había sostenido en una ocasión exactamente de la misma manera mientras permanecía de pie en la puerta de un establo y observaba a un apuesto joven alejarse para enfrentarse al mundo. Sus ojos grises ya no estaban empañados por las lágrimas como en aquella ocasión, sino centelleantes por el acero de las espadas cruzadas.

—El tío Ross se equivoca, ¿verdad, Robert? No nos hace falta un marido. Lo que necesitamos es un héroe. —Observó en el espejo sus labios formando una sonrisa decidida—. Y sé con exactitud dónde encontrarlo.

Capítulo 3

Las frías y húmedas paredes de la prisión de Newgate aloja-
ban toda clase de granujas y bellacos que alguna vez habían
asediado las amplias vías y callejones de Londres. Asesinos,
violadores, ladrones, secuestradores, morosos y sinvergüenzas de todo género abarrotaban las largas y estrechas celdas
de la prisión, contribuyendo todos ellos a la miasma de sufrimiento y miseria que parecía destilar el lugar.

La horca se hallaba justo en el patio exterior al que daban las ventanas de la prisión; su sombra intimidante era un
severo recordatorio de que muchos de los encarcelados tras
los muros sólo lograrían escapar de allí una vez que colgaran del extremo de la cuerda del verdugo.

Catriona siguió con celo al carcelero por un húmedo túnel de ladrillo, esforzándose en que el dobladillo con festo-
nes de su redingote no rozara la paja repugnante del suelo
sin soltar al mismo tiempo el pañuelo que apretaba contra la
nariz. No pudo evitar agradecer haber rociado aquella misma mañana con agua de lavanda el trozo de lino ribeteado
de encaje. El aroma floral ayudaba a bloquear el hedor de
carne sin lavar y otros impensables insultos a sus delicados
orificios nasales.

El carcelero se detuvo tambaleante para girarse en redondo. El farol que sostenía con una mano huesuda proyectó un arco de luz amarillenta sobre su nariz rota y la dentadura podrida. De su cráneo deforme colgaban unos ralos mechones rojizos.

—¿Está segura de que quiere hacer esto, señorita? Newgate no es lugar para una dama. Si fuera mi hermana, la querría a salvo en casa zurciendo mis calcetines delante del fuego, no pateando por aquí con ese montón de sodomitas y degolladores tan cerca.

Catriona bajó el pañuelo y echó una mirada nerviosa por encima del hombro, temerosa de que un sodomita estuviera a punto de saltar de las sombras para cortarle el cuello.

—Agradezco su preocupación, señor, pero creo que es mi deber cristiano buscar a mi díscolo hermano y ofrecerle todo el consuelo que yo pueda darle.

El carcelero resopló:

—Como usted quiera, señorita. Pero el único consuelo que buscan la mayoría de estos sinvergüenzas se encuentra en el fondo de una botella de ginebra o debajo de las faldas de una fulana.

Sin dejar de sacudir la cabeza, continuó por el túnel, silbando una tonada poco melodiosa por el hueco de los dientes que le quedaban. Catriona se hubiera unido a su silbido de haber creído que iba a darle el coraje que empezaba a flaquear en ella. El túnel pronto se abrió y dio a un pasillo más amplio, flanqueado a un lado por una larga sala común casi demasiado grande para llamarla celda. Habría parecido más grande incluso si cada centímetro de espacio disponible no estuviera ocupado por la horda de aspecto más variopinto que había visto en su vida.

Algunos estaban desplomados sobre los bancos de madera mientras otros iban inquietos de un lado a otro o permanecían despatarrados sobre la paja como animales en un granero. Ni un pañuelo empapado en lavanda durante toda la noche podría haber disimulado la peste.

Un coro de silbidos y bufidos recibió su aparición. Catriona mantuvo la mirada fija al frente, fingiendo con tenacidad una fuerte sordera.

—¡Vaya, mira eso, Charlie! —gritó uno de los hombres— ¡Una dama viene de visita! ¿O es tu mujer que busca un hombre de verdad que le caliente la cama?

Otro prisionero sacó entre los barrotes su mano incrustada de mugre para señalarla con el dedo:

—Igual es una de esas misioneras. Vente paquí, preciosa, y tendrás motivos pa ponerte de rodillas.

Pero Catriona y el prisionero dieron un respingo cuando el carcelero pegó un cachiporrazo en los barrotes, que no alcanzó los dedos del preso por los pelos.

—Controla tu lengua delante de la dama, Jack, o me veré obligado a entrar y enseñarte modales como Dios manda.

Aunque las bromas subidas de tono de los hombres se rebajaron poco a poco a murmullos huraños, Catriona siguió notando sus miradas hambrientas perforando como fuego la recia lana escarlata de su redingote. Cuando por fin salió con el carcelero por la puerta situada en el otro extremo, casi se desploma de alivio. Pero el desahogo duró poco. El túnel que descendía hacia las sombras era aún más oscuro y estrecho que el anterior.

Se aclaró la garganta para disimular el débil temblor en su voz:

—¿Es aquí donde encierran a los prisioneros más incorregibles?

El carcelero le dedicó una mirada astuta por encima del hombro.

—Algunos lo dirían así.

Para cuando llegaron a la gruesa puerta de roble al pie del túnel, Catriona empezaba a cuestionar una vez más la conveniencia de la aventura. Una rejilla de hierro se abría en lo alto de la puerta, demasiado alta para que ella pudiera asomarse ni siquiera de puntillas.

Buscó con manos temblorosas en el bolsillo de su cartera y tendió al carcelero el permiso arrugado.

—Me prometieron una hora a solas con mi hermano.

Sosteniendo el permiso del revés, el carcelero lo miró bizqueante y movió los labios fingiendo leer. Catriona sacó una guinea de la cartera y la agitó ante sus ojos, segura de que este lenguaje universal sería entendido.

El guardián le sonrió radiante, se metió la moneda en el bolsillo y luego descolgó ruidosamente de su cinturón un juego de llaves de hierro para sacar la más grande, de aspecto más intimidante, y meterla en la cerradura. Mientras la puerta crujía al abrirse hacia fuera sobre los goznes gigantes, tomó aliento, preparándose para lo peor.

Se le escapó un resoplido de incredulidad cuando recorrió con la mirada el interior de la celda. Si pudiera llamarse celda. La habitación no podía poseer todas las comodidades de un hogar, pero desde luego poseía toda las comodidades de una casa de mala fama con decoración recargada. O al menos las comodidades que imaginaba Catriona que podía tener una casa de mala fama, pues nunca había visitado establecimientos de ese tipo.

Los muros húmedos estaban cubiertos por mantones bordados de escarlata y oro que eran vaporosos a la vez que chillones. Una alfombra oriental de relucientes tonos esmeralda y rubí calentaba el suelo de piedra y un par de ninfas de yeso medio desnudas le dirigían miradas coquetas desde sus pedestales desiguales colocados en los extremos de la celda. Pese a estar desportilladas, y la alfombra un poco deshilachada, un trío de lámparas de aceite colgadas de estacas de madera clavadas en la pared proyecta un relumbre acogedor sobre todo el escenario, dándole el encanto atractivo de la tienda de un sultán.

No había ninguna cama en la cámara, pero el sofá de aspecto mullido sin duda serviría para este propósito. Como demostraba su actual ocupante. Lo único que Catriona alcanzaba a ver desde el umbral de la puerta era un par de relucientes botas negras con borlas y un gracioso arabesco de humo que se elevaba para unirse a la débil nube que flotaba cerca del techo.

—¿Eres tú, Barney? —preguntó el ocupante del sofá arrastrando las palabras sin molestarse en descruzar las botas, mucho menos levantarse para recibir a sus invitados—. ¿Ha enviado la señora Terwilliger a la chica que solicité? No puedes ni imaginar lo solo que acabas sintiéndote aquí, puñetas, sin nada más que tu imaginación como compañía.

El carcelero se rascó la cabeza y dedicó una mirada avergonzada a Catriona.

—Me temo que no, señor. Pero sí traigo compañía para aliviar su soledad. Es su querida hermana, que ha venido con una dosis de confort cristiano.

Las botas ni se agitaron. Una reflexiva bocanada de humo se elevó hacia el cielo. Mientras Catriona consideraba en serio salir corriendo y arriesgarse con los hombres de la celda compartida, el prisionero se sentó y bajó sus piernas largas y musculosas sobre el borde del sofá.

Al quedar a la vista, Catriona apenas pudo contener un jadeo.

Simon Wescott ya no parecía un chico guapo.

Su pelo necesitaba desesperadamente un corte, pues le llegaba justo hasta por debajo de los hombros, y el tono del cabello era más oscuro que el matiz meloso que recordaba, como si los mechones sedosos hubieran visto más medianoches que luz del sol en los últimos cinco años. La barba de un día oscurecía su mentón, acentuando el fuerte corte y los hoyuelos eslavos bajo los pómulos. La vida disipada había pasado factura en torno a sus ojos, tallando una fina telaraña de líneas que daban a su rostro más carácter del que poseía probablemente. Una irregular cicatriz blanca dividía en dos su ceja izquierda, como si al final hubiera sido castigado por osar volar demasiado cerca del sol con un rayo arrojado desde el puño de un dios celoso.

Apagó con deliberado esmero su delgado puro y luego la escudriñó a través de la persistente bruma de humo. El recelo oscurecía sus ojos hasta dotarlos del color de un claro del bosque en la calma ansiosa que precede a la tormenta.

Catriona estaba a punto de abrir la boca para tartamudear algo —cualquier cosa— cuando él extendió mucho los brazos, curvando los labios con la sonrisa deslumbrante que sin duda había convencido a innumerables jovencitas para que accedieran a quitarse la ropa interior y echarse en sus brazos.

—¡Vaya, hola, encanto! ¿Por qué no te acercas y te hago el caballito en mis rodillas como cuando sólo eras una pequeñaja encantadora?

Sin otra opción que continuar con la pantomima que ella había iniciado, Catriona dio un paso para aproximarse, agarrando la cartera con los nudillos blancos de tensión.

—Hola, hermano querido —dijo con tirantez—. Confío en que te hayan estado tratando bien.

—No tan bien como tú siempre hacías, pelirroja —contestó alargando la mano para darle un manotazo juguetón en el trasero. La mirada indignada de Catriona sólo sirvió para incrementar la chispa traviesa en sus ojos.

—Dadas las serias circunstancias —replicó—, me alegra encontrarte tan bien de ánimo. —Apretó los labios formando un gesto rígido y se inclinó para darle un casto beso en la mejilla. Pero él volvió la cabeza en el último segundo para que los labios de Catriona rozaran el extremo de su boca.

Con un vivo sonrojo, ella se enderezó en un intento de escapar de su alcance.

Conmovido por la tierna reunión, el carcelero canoso sacó un apestoso pañuelo del bolsillo y empezó a secarse los ojos.

—Su hermana desea disponer de un tiempo a solas con usted, señor, de modo que dejaré que ambos vuelvan a familiarizarse mientras tomo el té.

—¡No! —Comprendiendo que había cometido un terrible error, Catriona se abalanzó con desesperación hacia la puerta, pero fue demasiado tarde. El carcelero ya había salido de la celda y giraba la llave desde fuera, dejándola encerrada en la jaula del tigre.

Y a menos que quisiera que se la comiera para cenar, sabía que lo mejor era intentar recuperar su desencajada compostura.

Mientras se volvía despacio para hacerle frente, Simon se levantó del sofá. Era más alto de lo que recordaba. Más ancho de hombros, más delgado de caderas. No llevaba casaca ni chaleco, sólo un par de pantalones de napa y una camisa de batista blanca con amplias mangas, abierta por el cuello, revelando una cuña de pecho musculoso salpicado de un sutil vello dorado. Ni en sus imaginaciones más osadas hubiera soñado que sus encantos se volverían aún más letales con el tiempo, pulidos por esa alquimia masculina misteriosa de la edad y la experiencia.

—Soy horrible mintiendo —confesó.

—Lo sé. Por eso mamá siempre me quiso más a mí. —Al ver la mirada de reproche de la joven, ladeó la cabeza—. A no ser que sea otra de las hijas bastardas de mi padre, ¿qué hace aquí? ¿Ha venido a asesinarme o —su mirada escéptica ahondó en la delgada cintura resaltada por el favorecedor corte *princesse* del redingote— a acusarme de ser el padre de su futura progenie?

—Vaya, yo... yo... —tartamudeó ella antes de que la venciera la curiosidad—. ¿Sucede eso con frecuencia?

Simon se encogió de hombros.

—Al menos una vez por semana. En ocasiones incluso dos los martes. —El gesto torcido en sus labios hacía imposible distinguir si se burlaba de ella o de su propia reputación—. Si ha venido a asesinarme, me temo que estoy a su merced. Le ofrecería mi fular para estrangularme, pero se lo llevaron precisamente para que no pudiera colgarme, no vaya a privar al verdugo de ese placer.

—La última vez que lo consulté, endeudarse en casi siete mil libras y seducir a la hija de un juez no era un delito que llevara a la horca.

—Aún no conoce al juez. —Volvió a hundirse sobre el borde del sofá y estiró la mano hacia atrás.

Medio esperando verle sacar un arma de algún tipo, Catriona dio un paso nervioso hacia atrás. Pero cuando volvió a aparecer la mano, esgrimía una botella medio vacía de oporto.

Sacó dos copas de debajo del sofá con igual aplomo.

—Estoy siendo negligente con mis modales, ¿le apetece acompañarme?

—No, gracias. —Mientras observaba cómo servía un chorro generoso de licor rubí en una de las copas, añadió—: Había olvidado que esperaba compañía muy diferente. Debe de sentirse muy decepcionado.

Wescott le dedicó un mirada difícil de sondear desde debajo de las pestañas bajadas con gesto de culpabilidad.

—No diría eso. Sorprendido, tal vez, pero no decepcionado.

—Nos conocimos en otra ocasión, aunque no puedo esperar que me recuerde.

Igual que nunca esperaría olvidarse ella de él.

—Entonces no me hace la menor justicia —la mirada de amable censura de Simon podía haber fundido un témpano de hielo—... señorita Kincaid.

Catriona se quedó boquiabierta de la impresión.

El prisionero levantó la copa en un brindis burlón.

—Nunca olvido un rostro bonito.

Ella cerró entonces la boca de golpe.

—Me tomó por un muchacho.

Los labios de Wescott se estiraron divertidos mientras dedicaba una mirada sumamente breve, si bien atrevida, a la generosa prominencia del seno.

—Un error que, le aseguro, no volveré a cometer. —Dio un sorbo al oporto, con un canturreo guasón en su voz—. Sin duda no pensaría que iba a olvidarme de una bonita chiquilla escocesa que olía a heno recién cortado y a galletas de canela, y cuyo paladín era un salvaje gatito naranja llamado *Bonnie Prince Charlie*.

—*Robert the Bruce*. ¿Supongo que recordará también a mi prima? —no pudo resistirse a preguntar.

Él la miró pestañeando, con la inocencia de un conejito.

—¿Tenía una primita?

—Sin duda tiene que recordar a Alice. Estaba a punto de acabar de seducirla cuando yo me precipité desde el pajar sobre su espalda.

—Ah, sí, cómo podría olvidar a la dulce y encantadora... —Frunció el ceño—. ¿Podría repetir el nombre, por favor?

—Alice.

—Ah, sí, la dulce y encantadora Amelia. —Se llevó una mano al corazón—. He pensado con afecto en ella casi a diario desde que la cruel mano del destino nos separó.

Reprimiendo a su pesar una sonrisa, Catriona alargó la mano para sacudir el extremo de uno de los mantones que cubrían las paredes de piedra.

—¿Qué clase de prisión permite lujos como el vino, el tabaco y las mujeres de vida airada?

—Lamento corromper su delicada sensibilidad, querida mía, pero los hombres encarcelados que disponen de medios siempre han honrado la tradición secular de sobornar a sus carceleros. —Levantó la copa para otro brindis, lo cual le dio una excusa válida para que la vaciara del todo—. Dios bendiga a esa pobre alma en busca de dinero.

Catriona frunció el ceño.

—No entiendo. Si tiene medios, ¿por qué está encerrado por sus deudas?

Simon pestañeó.

—Tal vez debiera haber dicho la ilusión de medios. Aquí todo el mundo sabe que el duque de Bolingbroke es mi padre. Y todos creen, por supuesto, que ni siquiera el más desalmado de los nobles sería tan cruel como para permitir que su hijo bastardo se pudriera en Newgate. Esperan que en cualquier minuto haga aparición en su carruaje a las puertas de la prisión, arrojando monedas desde su cartera rebosante a los babeantes campesinos.

—¿También espera usted lo mismo? —preguntó con indiferencia, intentando ocultar lo crucial que era su respuesta para sus planes.

El fantasma de una sonrisa amarga tiró de los labios del preso.

—Más bien espero que proporcione la cuerda para la horca. Me temo que siempre he sido una horrenda decepción para él. Mi trasgresión más reciente ha sido sobrevivir al enfrentamiento contra Napoleón mientras mi hermano Richard sufría una muerte innoble de disentería en un campo de batalla cubierto de barro en Malta, dejándole sin heredero adecuado.

—Lo lamento —dijo ella en voz baja.

—¿Que muriera mi hermano? ¿O que yo sobreviviera? —Se reclinó otra vez en el sofá y dio unas palmadas a un cojín situado a su lado—. Ya está bien de paparruchas sobre mi árbol familiar. ¿Por qué no se acerca un poco, descansa su bonita cabeza en mi hombro y me cuenta cómo llegaron a oídos tan refinados y encantadores como los suyos las noticias de mis sórdidos crímenes?

Pasando por alto su audaz invitación, Catriona se acomodó con cuidado en un taburete destartalado de tres patas situado un poco más lejos. Aquella cosa se tambaleó peligrosamente y casi acaba en el suelo, pero consiguió recuperar el equilibrio. Se esforzó por recuperar también la dignidad quitándose con brusquedad el sombrero y apoyándolo en el suelo junto al taburete.

—Como bien será consciente, estoy segura de ello, su tan reciente encarcelamiento ha sido muy comentado en todos los salones de la ciudad. —Se quitó los guantes y los dejó encima del sombrero—. Pero desde luego no debería ser tan modesto sobre sus logros, señor Wescott. ¿O debería llamarle sir Simon? No sólo sobrevivió a Napoleón, sino que le concedieron el título de *sir* por su valor después de Trafalgar, por salvar la vida de su capitán en el *Belleisle* al arrojarse delante de una bala de mosquete dirigida a su superior. A su regreso de España, le recibieron como un héroe ante toda la sociedad londinense.

Él dio un resoplido.

—Esta ciudad siempre se ha apresurado a abrazar a cualquier necio con un puñado de medallas relucientes y un galón en los hombros.

—Oh, pero no fue su ascensión a la gloria lo que de verdad captó la imaginación de la ciudad. Fue esta posterior caída en desgracia, bastante espectacular o en picado debería decir. En vez de aceptar el ascenso a comandante que le ofrecía la Armada, renunció y se dedicó a putañear, beber y jugar hasta perder cada vestigio de respetabilidad que su valor le había granjeado.

Wescott se estiró sobre el sofá y dobló las manos tras la cabeza, con aspecto de total aburrimiento.

—Se ha dejado las peleas y los duelos. No he matado a nadie desde entonces, pero he herido a varios.

Ella continuó como si él no hubiera hablado:

—Desde entonces no pasan ni dos semanas sin que aparezca alguna mención tórrida sobre usted en las gacetillas de chismorreos.

—Que sin duda estudiaba minuciosamente cada noche antes de meterse con su camisón blanco entre las sábanas frías de su cama solitaria.

Aquella pulla casi da en el blanco, consiguiendo que Catriona se sintiera incomoda. Lo que no sabía era la de veces que su recuerdo había calentado esas sábanas y sus sueños.

Alzó la barbilla.

—¿Cómo sabe que duermo sola?

—Por su aspecto parece desesperada por encontrar un buen... —Encontró la mirada fija de Catriona durante un largo momento, luego concluyó la frase en voz baja— marido.

La joven se levantó para recorrer la celda, evitando la mirada de su ocupante.

—También he oído rumores sobre usted desde su regreso. Rumores que no se imprimen en las páginas de chismorreos, sino que se susurran en los salones y callejones traseros. Cuentan que está dispuesto a emplear las destrezas adquiridas en la Armada para ofrecer ciertos servicios a quien los necesite: protección, transporte, recuperación de objetos perdidos. —Hizo una pausa ante una de las estatuas de yeso, pasando un dedo con delicadeza por el holluelo en la mejilla de la ninfa—. A un precio, por supuesto.

—Entregarse a una vida de libertinaje no es barato, ya sabe.

Tras ella, oyó el crujido del sofá cuando Simon se enderezó en el asiento.

—¿Por eso ha venido hoy hasta aquí, señorita Kincaid? ¿Porque quiere contratarme?

—No, señor Wescott —respondió con frialdad mientras se volvía a él—. He venido hoy aquí porque deseo casarme con usted.

Capítulo 4

Simon había recibido propuestas poco convencionales en su vida —algunas demasiado escabrosas como para contarlas en presencia de mujeres—, pero ninguna implicaba algo tan impactante como la perspectiva de un matrimonio.

Su labia habitual le dejó sin palabras mientras miraba boquiabierto a su visita, preguntándose si sería tan dócil como preciosa. La promesa de belleza que había vislumbrado en el granero hacía cinco años se había cumplido con creces, más allá de sus expectativas más desmedidas.

Tenía la clase de belleza que no requiere cosméticos ni artificios para su realce. No le hacía falta retoques para atraer la atención hacia la plenitud irresistible de su labio inferior, ni colorete para resaltar el rosado natural de sus mejillas. Alguno podría describir su nariz como una fracción demasiado afiliada o su mentón un grado demasiado fuerte, pero Simon lo habría descartado por su desatino. Encontraba sus defectos tan estimulantes como sus encantos, sobre todo el matiz fresa, tan poco a la moda, de su cabello y la delicada dispersión de pecas que moteaban la crema de su piel. Por lo que a él concernía, habría que considerar un delito penado con la horca el intento de suprimirlas con color crema o loción Gowland's.

Sus chanzas anteriores sonaban de pronto demasiado verosímiles. Apenas recordaba a su prima Alice. Maldición, apenas recordaba el rostro de la joven y cachonda condesa que le había llevado a la cama la noche en que el esbirro del magistrado le sacó de ahí a rastras y le metió en esta celda. Pero nunca había olvidado a esta muchacha o la mirada en sus ojos cuando tomó su mejilla en la mano con tal imprudencia y la incitó a encontrar la suya.

Simon había admirado su propio reflejo en los ojos de innumerables mujeres a lo largo de los años, pero el hombre que le contemplaba desde esos brumosos espejos grises era un desconocido. Un hombre que de hecho podría ser merecedor de tal admiración. Un hombre que todavía contaba con la oportunidad de que su país y su padre se sintieran orgullosos.

Esta vez no se tomó la molestia de llenar la copa y se llevó la botella de oporto a los labios para darle un buen lingotazo, acogiendo con beneplácito aquel conocido ardor que le aturdía.

—Su cochero debe haberse equivocado al tomar esta dirección y traerla hasta aquí, señorita Kincaid. Esto es Newgate, no Bedlam.

—Soy muy consciente de lo demente que le sonará la idea. —Levantó la mano para retirarse un rizo suelto que había escapado del pulcro moño, recordándole a él la chica difícil que era cuando la conoció. Los años en Inglaterra finalmente habían logrado pulir la cadencia escocesa de su voz. A Simon le sorprendió echar de menos de tal manera aquel canturreo—. Pero lo que le estoy ofreciendo es en buena medida una propuesta de negocio. ¿No son eso los matrimonios al fin y al cabo?

—Vaya, señorita Kincaid —respondió arrastrando las

palabras—, no tenía ni idea de que latiera el corazón de una verdadera romántica bajo ese encantador seno.

Ese encantador seno se agitó con un suspiro de frustración.

—Puede burlarse si así lo desea, pero sabe que estoy hablando en serio. Una duquesa empobrecida se casa con un comerciante rico para salvar la fortuna de la familia. Dos jóvenes que crecieron en fincas adyacentes se hacen promesas de matrimonio simplemente para complacer a sus familias y unir sus tierras. Los corazones son maltratados todo el tiempo y por iniciativas mucho menos nobles.

—¿Por qué no me explica qué iniciativa podría ser tan noble como para llevar a una mujer como usted a traspasar los muros de una prisión en busca de un futuro marido?

Catriona se acercó un poco, con una expresión seria que desarmaba a cualquiera.

—Quiero que me acompañe a buscar a mi hermano a las Highlands.

Simon necesitó un minuto para asimilar esa información.

—Una tarea bastante sencilla. ¿Por qué exige que me cambie estos grilletes por esos otros que propone?

—Porque no tengo medios para contratarle directamente. Pero tengo una dote muy generosa. —Bajó la mirada y sus espesas pestañas proyectaron una sombra sobre sus mejillas—. Una dote que mi tío acaba de doblar en un intento desesperado de librarse de mí.

—¿Sucedió esto antes de que descubriera que venía a Newgate en busca de marido?

La muchacha le dedicó una mirada de reproche.

—No sabe que estoy aquí. Nadie lo sabe.

Simon sostuvo su mirada sin pestañear, observando cómo le subía el rubor por las mejillas mientras se percataba de la peligrosa información que acababa de suministrar. Había arriesgado no sólo su reputación sino su virtud al permitir que el carcelero la encerrara en la celda con él. Por lo que Catriona sabía, era el tipo de canalla sin corazón que podría violentarla en ese mismo sofá, metiéndole una mano bajo las faldas mientras pegaba la otra a su boca antes de darle tiempo de coger aire para gritar. Y no es que a nadie en este agujero dejado de la mano de Dios le importara si chillaba. Con toda probabilidad los hombres de la celda común le vitorearían mientras pedían su turno una vez que acabara con ella.

Catriona, con dificultades visibles para apartar los ojos de él, empezó a recorrer la celda una vez más, atrayendo la mirada hastiada del preso al gracioso balanceo de sus caderas bajo la lana escarlata del redingote.

—Estoy dispuesta a dividir por la mitad la dote para compartirla con usted —le informó, hablando como si él fuera tan necio como para aceptar la oferta—. Después de acompañarme hasta dar con mi hermano, puede regresar a Inglaterra. El dinero debería ser más que suficiente para cubrir las deudas y dejarle aún cierto beneficio considerable.

Wescott alzó una ceja.

—¿Para el juego y el putañeo?

—Si elige derrocharlo así —respondió con ácida dulzura.

—Vaya impresión va a dar que abandone a mi querida esposa en las remotas Highlands y regrese a mis costumbres libertinas.

El resoplido de Catriona no era muy propio de una dama.

—No le preocupaban las apariencias el verano pasado cuando se quitó toda la ropa y se echó a nadar en el estanque para peces de colores de lady Abercrombie en medio de su recepción de la tarde, ¿verdad que no? Pero no tema, estoy preparada para cualquier eventualidad. Una vez que regrese a Londres, pediré la anulación del matrimonio. Dudo que su reputación quede enturbiada por un escándalo más. Yo seré la única que tendrá que enfrentarse al riesgo de la perdición.

—Ya se enfrenta al riesgo de la perdición —le recordó con amabilidad—. Y detesto recalcar esto, pero la única manera de obtener una anulación sería demostrar que somos de hecho hermano y hermana, lo cual es imposible, o que yo fuera incapaz de cumplir con mis deberes matrimoniales de forma satisfactoria para usted.

—Algo que seguro cree que es imposible también —concluyó ella con sequedad.

Él se encogió de hombros como respuesta.

—Ahí esta la clave, señor Wescott. Si afirmo tal cosa para obtener la nulidad, yo seré el hazmerreír de Londres, no usted. Por otro lado, usted será libre para volver a dedicar sus días y noches a demostrar lo mentirosa que soy.

Al final Catriona se había aproximado lo suficiente como para que él le tomara la mano. Simon la acercó un poco más y la obligó a mirarle y ver que la luz burlona había desaparecido por completo de sus ojos.

—Una vez que sea mi esposa a los ojos de la ley, ¿por qué iba a contentarme con la mitad de su dote? ¿Qué iba a impedir que me fugara sin dejarle un penique y la abandonara en la indigencia?

Ella le observó pestañeante.

—Caray, su palabra, por supuesto.

Simon no recordaba la última vez que alguien había depositado alguna fe en su palabra. Tal vez no fuera más que un truco de la luz vacilante de la lámpara, pero por un instante fugaz, habría jurado que había captado un vislumbre de aquella antigua adulación en su encantador rostro.

Catriona se desconcertó cuando una sonora carcajada escapó de su boca, y luego otra. Tras soltar su mano, el prisionero se desplomó contra los cojines del sofá, riéndose con tal fuerza que se vio obligado a secarse las lágrimas de las mejillas.

—Detesto desilusionarla, querida mía, pero mi palabra no merece ni siquiera el aliento de pronunciarla. Si busca un caballero andante que la ayude en su noble búsqueda, me temo que ha llamado a la puerta equivocada. —Le ofreció una cariñosa sonrisa lasciva—. Es mucho más fácil que este caballero rapte a una damisela que la rescate.

Con esa amenaza tan deliciosamente perversa acelerando la sangre por sus venas, lo único que pudo hacer Catriona fue forzar una fría sonrisa en sus labios.

—No hacía falta que se esforzara tanto en escandalizarme. Puedo prometer que no me hago ilusiones acerca de su reputación o falta de ella. ¿Por qué cree que le elegí?

—¿Por falta de experiencia con los hombres? Debe ser eso, porque detestaría pensar que ha estado abrigando un afecto sentimental por mí todos estos años.

La leve burla pinchó sin esfuerzo su corazón. Desesperada por impedir que la hoja se ensañara y derramara su sangre permitiéndole a él verla, meneó la cabeza con una risita desdeñosa.

—No se vanaglorie tanto, señor Wescott. Le he escogido porque sé que no puede resistirse a obtener un beneficio considerable por una cantidad tan mínima de esfuerzo.

Simon observó a Catriona torvamente. Su ofrecimiento estaba empezando a sonar demasiado tentador para su gusto.

—¿Y cómo planea sacarme de Newgate? —Indicó con la cabeza su cartera—. ¿Lleva una pistola metida en su bolsito de seda?

—Confío en que no sea necesario. Planeo hacer una visita a cada uno de sus acreedores para anunciarles nuestro compromiso secreto y rogarles discreción tanto como paciencia. Creo que puedo hacerles entrar en razón, al fin y al cabo no tienen ninguna esperanza de recuperar sus pérdidas mientras usted se pudra en prisión. Si creen mi palabra de que cubriré las deudas en cuanto regresemos de una romántica luna de miel en las Highlands, es mucho más probable que sean magnánimos, ¿no le parece?

—Tal vez sea capaz de encandilar a mis acreedores, pero poco podrá hacer con el magistrado enojado. La última vez que le vi, pedía mi sangre a gritos.

La sonrisa de Catriona se agrandó y reveló un encantador hoyuelo en la mejilla izquierda.

—¿Quién cree que ha autorizado esta visita? Lord Poultney sabe que no hay esperanzas de verle en la horca. Pude convencerle de que encadenarle a una mujer para el resto de su vida sería un castigo mucho más conveniente para un bribón como usted.

Simon permaneció muy quieto. Había estado demasiado tiempo en la Armada, era capaz de reconocer cuándo le aventajaban y le derrotaban. Y no tenía problemas para admitir la sensación de que iba a ser embarcado en contra de su voluntad.

Se levantó del sofá con toda su altura musculosa elevándose cómodamente sobre su invitada, con la recompensa de verla retroceder un poco.

Nadie le había acusado jamás de gallardía, pero no parecía quedarle otra opción que la de intentar salvar a esta niña insensata antes de que propusiera el trato a otro convicto menos escrupuloso que él. Si existía alguien así.

—Muy bien, señorita Kincaid —dijo descansando las

manos en las caderas—. Aceptaré este endemoniado trato suyo.

—¿Lo hará? —contestó Catriona incapaz de ocultar del todo su sorpresa ante tan inesperada y rápida rendición.

—Con una pequeña condición por mi parte.

—¿Y qué sería? —preguntó con cautela.

Dio un paso hacia ella, quien retrocedió a su vez un paso más, deteniéndose justo antes de tropezar con el taburete.

—Aunque no puedo negar que la perspectiva de embolsarme la mitad de su dote es tentadora, me temo que no es incentivo suficiente para satisfacer mis... apetitos. No veo razón para sufrir la indignidad del matrimonio sin permitírseme disfrutar de las ventajas.

—¿C-c-como cuales? —tartamudeó ella.

La sonrisa del prisionero era tan tierna y benevolente como la de un cura.

—Usted.

Catriona tragó saliva de forma audible.

—¿Yo? ¿Quiere disfrutar de mí?

—Sin duda hay espejos en la casa de su tío. No puede haberle pasado inadvertido que se ha convertido en toda una belleza. —Alzó una mano hasta su mejilla igual que en el granero aquel día de verano hacía tanto tiempo—. Voy a hacer el papel de marido entregado, por lo tanto merezco una recompensa más sustancial que sólo su dote. —Desplazó la base del pulgar sobre el terciopelo exquisito de su labio inferior. Ante su delicioso temblor, una nota grave matizó su voz—: La quiero a usted. En mi cama. Cumpliendo con cualquier deber de esposa que le solicite.

Simon había pensado atrapar con su hechizo seductor a Catriona, pero era él quien estaba hipnotizado por el brillo brumoso de sus ojos, la manera tentadora en que sus labios se separaban lo mínimo bajo la presión persuasiva del pulgar. Sintió su piel bajo la punta de los dedos igual que aquella otra vez. Qué lástima, maldición, no llegar a descubrir jamás si era igual de suave todo su cuerpo.

Casi era como volver a estar en aquel granero con el olor del heno recién cortado cosquilleando en sus narices y las motas de polvo danzando un minué centelleante a su alrededor. Casi como si él fuera un hombre mucho más joven, lleno de promesas y sueños secretos sobre el futuro que sólo ella podía ver. Sin darse cuenta, se encontró inclinándose hacia delante, bajando la cabeza hacia ella y saboreando la cálida fragancia del suspiro de Catrina contra sus propios labios.

Jurando en voz baja, se enderezo de súbito. Los pantalones le apretaban con incomodidad, su cuerpo traicionero le instaba a arrastrarla hasta el sofá y consumar la parodia de matrimonio que no tenía intención de aceptar.

Dobló los brazos sobre el pecho y la contempló con severidad.

—Ésas son mis condiciones, señorita Kincaid. Acéptelas o rechácelas.

Catriona sabía que tenía que estar loca para aceptar esas condiciones tan escandalosas. Ella le había propuesto un matrimonio de conveniencia, breve y estéril. Él había respondido exigiendo deshonrar su cuerpo joven y tierno de cualquier manera que le garantizara máximo placer y satisfaciera sus apetitos libertinos. Por la causa de su hermano, Catriona era capaz de casarse con Simon y recuperarse después. Pero compartir la cama —aunque sólo fuera una temporada— supondría un caro error para su cuerpo y alma hasta el final de sus días.

Ladeó la cabeza para estudiarle. Él se ponía la máscara

de villano lascivo con facilidad alarmante, pero ella no podía olvidar que también era un astuto jugador.

Supuso que sólo había una manera de descubrir si aquello era un farol.

Cuando la bruma se desvaneció de los ojos de Catriona, dejándolos tan afilados como el sílex, Simon apretó la mandíbula, preparándose para el tortazo merecido que sabía que iba a llegar.

—Muy bien, señor Wescott —contestó con firmeza—. Aceptaré sus condiciones. Y a usted.

Simon se quedó boquiabierto de asombro.

Lo único que pudo hacer fue permanecer ahí mientras ella se acercaba a toda prisa al taburete para empezar a recoger sus guantes como si no acabara de entregar su preciosa inocencia en permuta a un completo desconocido.

—Puede llevarme un par de días organizar su liberación. Le mandaré toda una serie de instrucciones en cuanto pueda. Creo que está familiarizado con el trayecto hasta la finca de mi tío, en las afueras de la ciudad. Confío en que podamos partir hacia Gretna Green para nuestra boda el mismo lunes por la mañana.

Mientras Simon observaba cómo se anudaba las cintas del sombrero formando un vistoso lacito, necesitó varias respiraciones entrecortadas para identificar la emoción poco familiar que le invadía en forma de enojo. Simon Wescott no se enojaba. Se emborrachaba. Se volvía sarcástico y mordaz. Y de vez en cuando se quedaba impasible. Pero nunca se enojaba. Y la verdad, ahora no estaba enojado.

Estaba hecho una furia.

No le habían embaucado de ese modo desde la vez que pilló a Philo Wilcox en la mesa de juego con todos los ases metidos en la manga. Había satisfecho ese desaire convocando al hombre en la calle y pegándole un tiro en el culo cuando se volvió para huir en vez de disparar. Supuso que la sociedad no vería con buenos ojos que infligiera un castigo similar a la astuta señorita Kincaid.

Pero eso no significaba que no contara con otros recursos.

Avanzó hacia ella y apartó de una patada el taburete. Algo en su mirada entrecerrada hizo que Catriona abriera los ojos con expresión de alarma. Retrocedió dando un traspiés, revelando la primera señal de miedo genuino desde que se había quedado encerrada en la celda con él.

—Vaya, señor Wescott —dijo sin aliento—, ¿hay alguna otra cosa que desee comentar?

—Oh, creo que ya hemos comentado todo lo que hacía falta. —La acorraló contra la pared hasta no dejarle espacio para huir—. Pero no puedo permitir que se vaya de aquí creyendo que descuido mis deberes. Si no me equivoco, la tradición es sellar un trato así con un beso.

Catriona se llevó la mano a la garganta.

—Oh, no... la verdad, no creo que... no sería lo más apropiado teniendo en cuenta...

La aguantó contra la pared con su cuerpo, la cogió por la nuca, sin prestar atención al sombrero que aplastaba, y atrajo su boca bajo sus labios, interrumpiendo la protesta sin reparos. Si era un trato con el diablo, estaba decidido a que ella saliera de esta celda sabiendo con exactitud cuál de ellos era el diablo.

Pero no había previsto que aquella ternura de la boca que tenía aplastada bajo sus labios iba a saber a cielo además de a infierno. La abrasadora dulzura del beso sabía a néctar y ambrosía. Las llamas continuaron creciendo cuando ella le rodeó la nuca con la mano y se aferró desesperadamente, como si descendiera por un abismo oscuro y profundo y estuviera decidida a llevárselo a él con ella.

Catriona había pasado un millar de noches solitarias soñando con el beso que Simon podría haberle dado en el granero iluminado por el sol si ella no hubiera sido tan joven y él no hubiera estado tan hastiado. Cerraba los ojos con un suspiro anhelante e imaginaba la comunicación tierna entre sus mentes, corazones y almas mientras sus labios se rozaban con delicadeza en una casta caricia.

Éste no era el mismo beso.

Tenía razón en una cosa, este beso no tenía nada de apropiado. No era el beso de un pretendiente que corteja a su novia. Era el beso de un pirata reclamando un premio. El beso de un bárbaro conquistador mientras viola a la primera virgen que ve en el pueblo. Simon saqueó con rudeza la suavidad de sus labios, aprovechándose del jadeo de sorpresa de Catriona para hundir la lengua entre los mismos.

Pero ella le acogió con impresionante facilidad. El empuje ardoroso de la lengua amenazaba con fundirlo todo en su interior, dejando una miel espesa y dulce.

Aunque Simon había pretendido castigar a Catriona, quien padecía era él, un ansia cruda le hacía desear devorar mucho más aparte de aquella bonita boca.

Cuando a la muchacha le flaquearon las rodillas, la de Simon estaba ahí deslizándose entre sus muslos para sostenerla. Pese al grosor de las faldas, él pudo percibir el calor que emanaba del tierno núcleo. No pudo resistirse a oprimirlo rudamente con su rodilla, y un perverso estremecimiento de satisfacción dominó su cuerpo cuando ella gimió de placer indefenso dentro de su boca.

Ninguno de los dos oyó el crujido de la puerta de la celda al abrirse de golpe sobre sus goznes oxidados.

—¡Ah... qué imagen tan tierna!

Se separaron de golpe. Reaccionando por puro instinto, Simon le rodeó la cintura con un brazo protector y la colocó tras la protección de su cuerpo.

El guardián se hallaba en el umbral de la celda, los renegridos trozos de dientes sonreían con afecto.

—Verles a los dos ahí juntos enternece a este viejo, vaya que sí. —Se quedó mirando entonces a Simon, suspirando con melancolía—. Eres un diablejo con suerte, muchacho. Siempre he deseado tener una hermana yo también.

Capítulo 5

No venía.

Catriona se puso de rodillas sobre el asiento empotrado bajo el ventanal de su dormitorio, descorrió el pestillo y sacó medio cuerpo por la ventana en plena noche. A excepción del distante tintineo de un arnés y el relincho de un caballo inquieto, procedentes de los establos, poco podía enturbiar la paz bucólica de la noche. Por mucho que inspeccionara con frenesí las colinas ondulantes y los pulcros setos en torno a la finca de su tío, no había señales de ningún caballero aguerrido ascendiendo por la colina, ni para rescatarla ni para violarla.

Un escalofrío travieso ejecutó una danza espontánea sobre su piel. Si el beso que le había dado en los labios en la prisión era una referencia, todo parecía apuntar a lo segundo.

Dirigió una mirada nerviosa a la cama por encima del hombro. Hasta *Robert the Bruce* parecía haberla abandonado. Lo más probable era que el golfillo peludo hubiera salido a cortejar el harén de gatas que rondaban por los establos, compitiendo por sus inconstantes atenciones.

Volviendo a sentarse sobre sus talones, estudió el delicado similar situado sobre la repisa de la chimenea. Según sus cálculos, hacía ya unas cinco horas que deberían haber sacado a Simon de Newgate. En los cuatro días transcurridos desde que cerraran su pacto, él había dispuesto de mucho tiempo para tramar la manera de escapar de Catriona. Con toda probabilidad ya habría huido de la ciudad, tal vez incluso del país. Aunque era más probable que en estos instantes languideciera en brazos de alguna mujerzuela de buen ver, dando tragos de brandy y bromeando a su costa.

Dada la promesa insensata que ella había hecho, supuso que debería estar agradecida de que la dejara tirada en el consabido altar. Acceder a su audaz exigencia había sido una auténtica locura. Por supuesto, casi había merecido la pena sólo por ver esa mandíbula esculpida con tal exquisitez quedarse abierta de la impresión.

Un rubor ascendió por sus mejillas mientras intentaba detener su imaginación descontrolada y no invocar imágenes escandalosas de los deberes que un hombre como Simon Wescott esperaría de su esposa. Se pasó un dedo sobre la tierna prominencia de su labio inferior. A juzgar por los efectos devastadores del beso, esos deberes le reportarían probablemente tanto placer como a él, si no más.

Otro minuto de tictac del reloj. Al parecer ni siquiera la perspectiva de acostarse con ella era suficiente para incitarle a cumplir el trato. Catriona se movió inquieta sobre el asiento de la ventana, sin explicarse por qué estaba tan irritable.

El débil eco de un murmullo grave y masculino hicieron que el corazón le diera un vuelco. Estiró el cuello para mirar hacia el palomar de techo cobrizo, donde tan sólo descubrió a dos de los lacayos de su tío, que habían salido a fumar un cigarrillo nocturno antes de cerrar la casa para pasar la noche.

Pese a las yemas tiernas que adornaban las ramas próximas de un tilo, el frescor del invierno surcaba el aire de marzo. Acurrucándose en un rincón del asiento de la ventana, Catriona metió sus pies descalzos bajo el dobladillo del camisón y se envolvió mejor con la deteriorada tela escocesa.

El tartán a cuadros verdes y negros estaba tan deshilachado que casi se había quedado transparente en algunos puntos. Su tío había prohibido aquella prenda ante gente educada hacía ya más de tres años. Tuvo que recuperarlo de una pila de basura en dos ocasiones en que el conde había ordenado a las criadas que lo quemaran. El mantón de cachemir que le habían regalado para su vigésimo cumpleaños descansaba descuidadamente sobre el espejo de pie lacado situado en el rincón mientras ella seguía con su trapo.

Sabía que era un comportamiento infantil, pero no podía soportar la idea de tirarlo. Era lo único que conservaba que le recordara la vida que en otro tiempo había compartido con sus padres y su hermano. El tiempo gastaba a la vez la tela y su memoria.

Como para subrayar ese pensamiento desesperanzado, el reloj de pie del descansillo de la segunda planta empezó a sonar y no se detuvo hasta dar once tañidos. Cuando el último talán profundo circuló por toda la casa, el ánimo de Catriona se hundió.

Si Simon la había traicionado, todo había acabado para ella. Eddingham vendría mañana por la tarde, y sabía que su prioridad era pedirle su mano a tío Ross.

Arrojando la manta, Catriona descendió del asiento y se fue a zancadas hasta el alto armario de cerezo situado en el rincón. Abrió el baúl de viaje con brocados y empezó a meter puñados de medias y ropa interior dentro.

Su tío Ross estaba en lo cierto. Tenía la cabeza llena de pájaros y sueños. Si no se hubiera aferrado a una fantasía romántica tan infantil, nunca habría puesto sus esperanzas —y las de su hermano— en manos de un canalla tan desvergonzado como Simon Wescott. Hubiera sido preferible vender algunas joyas de las que le había regalado su tío a lo largo de los años, y comprar un pasaje en la diligencia a Edimburgo. Tal vez llegara a las Highlands con poco más de lo que tenía al salir de allí, pero al menos no tendría que abandonar toda esperanza de encontrar a Connor o a su clan.

Estaba rebuscando más a fondo en su ropero cuando rozó con las manos una suave longitud de palisandro. Olvidando sus prisas, sacó la caja rectangular de su escondite y levantó con cuidado la tapa. Un grueso fajo de recortes estaba guardado en el interior forrado de seda de la caja.

Que sin duda estudiaba minuciosamente cada noche antes de meterse con su camisón blanco entre las sábanas frías de su cama solitaria.

El eco de las palabras burlonas de Simon resonó tan claro que él podría haber estado de pie justo tras ella, lo bastante cerca para tocarla. Tampoco ayudaba el hecho de que su camisón blanco con puños de recargados volantes y cuello alto fuera tan virginal como el hábito de una novicia.

Catriona cerró la tapa de golpe y empujó la caja hasta el fondo del baúl de viaje, bajo la más íntima de sus prendas íntimas.

Estaba metiendo la mano en el armario para sacar el vestido de lana más resistente y caliente que encontrara cuando se oyó un tremendo traqueteo procedente del área de la ventana. Entró en tensión con el corazón latiendo irregular. Al traqueteo le siguió el juramento virulento de una voz de barítono profunda y familiar.

Corrió a la ventana y al asomarse encontró a Simon Wescott tirado en el suelo debajo, formando un lío contrariado de largos brazos y piernas, fragmentos partidos de enrejado y ramas de rosales. Apenas era la imagen deslumbrante que había visualizado tantas veces mientras soñaba despierta: Simon andando bajo su ventana tocando un laúd o mirando con ternura hacia arriba con una mano en el corazón mientras recitaba, *¿Qué luz atraviesa esas ventanas? ¡Es luz del este, y el sol es Catriona!*

Reprimió una sonrisa y se dijo que aquel vértigo que la dominaba era sólo alivio porque él no se hubiera roto aquel cuello de necio.

—Caray, buenas noches, señor Wescott —llamó con un susurro exagerado—. ¿Por qué no ha llamado tranquilamente a la puerta de la entrada para que el mayordomo anunciara su llegada? Habría sido mucho más discreto.

Retirándose del pelo un rama colgante, le lanzó una mirada fulminante.

—¡Y habría dolido menos!

—Ya le advertí en mi nota que el enrejado podía no aguantar su peso.

Apartando de una patada un trozo ofensivo de estructura, se sentó.

—Pero no dijo nada de los rosales que crecían debajo.

—No vi la necesidad. No florecerán hasta dentro de varias semanas.

—Es posible que no tengan flores, pero aun así le aseguro que tienen muchas espinas. O al menos hasta que yo he aterrizado encima. Ahora creo que la mayoría están hundidas en mi... persona. —Con un gesto de dolor, desenroscó un trozo de enredadera de su cuello y se incorporó como pudo.

Antes de que Catriona tuviera ocasión de sugerir que se fuera sigilosamente hasta la puerta de servicio para dejarle entrar, él ya estaba trepando por la pared, empleando las ásperas piedras que sobresalían en la esquina de la casa para mantener el equilibrio.

Cuando Catriona tuvo cerca sus amplios hombros, le agarró por la parte posterior de la chaqueta y le ayudó a auparse a través de la ventana, acción que le brindó tiempo suficiente para admirar el juego intrigante de músculos bajo el tejido extrafino pegado a su piel. Se preguntó si alguna vez había ascendido por las jarcias del *Belleisle* con la misma gracia.

Simon pasó por encima del asiento de la ventana y rodó con limpieza por el suelo para luego ponerse en pie. Ella se apartó, bastante intimidada ahora por el hecho de tener a un reconocido libertino en su dormitorio. En sus fantasías, él siempre permanecía en lugar seguro en el exterior de la ventana, contento con admirarla desde la distancia.

—Estoy un poco decepcionada por la falta de finura, señor Wescott. Daba por supuesto que tenía una amplia experiencia en esto.

Frotándose la espalda, le dirigió una mirada misteriosa.

—¿En qué? En arrancarme espinas de mi...

—En introducirse furtivamente por ventanas de mujeres en medio de la noche —apuntó en voz baja—. Al fin y al cabo, ¿no es la manera más conveniente de evitar a sus maridos?

Simon sacudió la leonada melena que caía sobre sus hombros y alisó la seda granate de su chaleco.

—Tiene que saber que dejé de jugar con mujeres casadas hace años. Tienen el hábito molesto de enamorarse de mí e insistir en divorciarse de sus maridos.

—¡Qué fastidio tiene que haber sido para usted!, y para los maridos —añadió con sequedad.

—Puedo asegurarle que mi sufrimiento era superior, señorita Kin... —Le miró frunciendo el ceño—. ¿Y cuál es su puñetero nombre de pila?

—Catriona —le informó tras decidir que tal vez no era el momento más oportuno de reprenderle por maldecir.

—Catriona —repitió, haciendo rodar el nombre desde su lengua como si fuera música—. Como es natural, tenía que ser Catriona —murmuró en voz baja—. Ni Gladys ni Gertrude ni Brunhilde—. Su expresión se iluminó.— ¿Puedo llamarte Kitty?

Ella sonrió cordial.

—No a menos que quiera volver a aterrizar otra vez en esos rosales.

Wescott se apartó de la ventana y le hizo una refinada inclinación.

—Buenas noches, mi bella Catriona. De acuerdo con las instrucciones que envió a mi celda en la prisión, he venido a ponerla en una situación comprometida. —A juzgar por su mueca perezosa, insinuante y la manera provocadora en que la gamuza de sus pantalones se pegaba a sus caderas delgadas como una segunda piel, parecía más que capaz de cumplir la tarea.

Catriona tragó saliva con dificultad, de pronto tenía la boca seca.

—No, ha venido a fingir que lo hace. Todavía no estamos casados, señor Wescott.

—Pero estamos prácticamente casados. Por tanto, ¿no piensa que debería llamarme Simon? —Recorrió la distancia entre ellos y atrapó su mano para llevarse la palma a los labios—. O tal vez «querido». O «cielo». O alguna otra expresión de cariño que muestre un afecto apasionado y eterno por mí.

Incómoda con el centelleo diabólico en sus ojos, Catriona cerró la mano.

—Mi tía lleva casada más de treinta años con mi tío y nunca he oído que le llamara de otra manera que «milord».

Simon se encogió de hombros, y el brillo en sus ojos se intensificó.

—Soy sólo un humilde caballero, pero no pongo la menor objeción al tratamiento de «milord». —Inclinando suavemente la mano de Catriona, rozó con sus labios separados la parte sensible del dorso de la muñeca. Su voz se volvió más profunda, hasta sonar como un ronroneo ronco—. Incluso podría añadir «mi amo» en los momentos más íntimos si así le place.

Esforzándose por no prestar atención a aquella sensación de derretimiento que parecía irradiar desde la caricia de sus labios, Catriona soltó su mano.

—¿Siempre ha sido tan desvergonzado?

Simon se afanó en parecer arrepentido, pero sin éxito.

—Eso me dicen. Mi madre era bailarina de ópera, ¿sabe? Pasé mis primeros nueve años de vida entre bambalinas en el teatro. Las otras bailarinas siempre me estaban contando cuentos, revolviéndome el pelo, sentándome en su regazo. —Una sonrisa nostálgica curvó sus labios—. Sentían devoción por mí y yo las adoraba del todo. La manera en que charlaban entre ellas. Su forma de oler. El rumor de sus enaguas al moverse. Una noche, cuando tenía seis años, desaparecí durante una representación de *Don Giovanni* y mi madre afirmó que me encontró de rodillas ante una de las chicas más guapas de la compañía, haciéndole un proposición matrimonial.

Catriona no pudo evitar sonreír ante la imagen de un niño de ojos verdes y pelo dorado intentando camelarse, en pantalones cortos, a una sofisticada bailarina durante una ópera dedicada a la vida disoluta de Don Juan.

—¿Qué fue de ella? —preguntó en voz baja.

—Me rechazó, por supuesto. Dijo que era demasiado

bajo y que volviera y se lo preguntara al cabo de diez años, cuando estuviera más crecidito. Fue un golpe tremendo para mi corazón y también para mi seguridad, pero tras una temporada breve de amargura y pena, conseguí recomponer mi corazón hecho añicos y tirar adelante.

—No... me refería a su madre.

Todo el encanto natural se desvaneció de su rostro, aunque sus planos cincelados quedaron todavía más persuasivos que antes:

—Murió cuando yo tenía nueve años. Y me fui a vivir con mi padre.

Se apartó y empezó a recorrer sin cesar el dormitorio, dejando claro que no habría más confesiones. Tras hacer una pausa ante el tocador, retiró el tapón de un frasco de agua de lavanda y se lo llevó a la nariz. A Catriona le provocó un escalofrío observar aquellas manos fuertes y masculinas manejando sus cosas. Era casi como si las deslizara sobre su propia piel.

—¿Está segura de que este plan suyo va a funcionar? —preguntó mientras volvía a dejar en su sitio el frasco aromático antes de volverse hacia ella—. ¿No habría sido más simple que la pusiera en un compromiso pero de una manera más tradicional? Como mandarle una carta subida de tono proclamando mi devoción o dejarnos pillar dándole un beso tras la maceta de una palmera en Almack's.

—Mi tío puede ser muy astuto. Tenemos que convencerle de que mi reputación está arruinada del todo. Quizá llegue a sospechar que ando tramando alguna cosa, pero si los criados son testigos del escándalo, no tendrá otra opción que permitir que nos casemos.

—¿Y si decide pegarme un tiro en vez de eso?

Catriona le sonrió con dulzura.

—Entonces tendré que buscar otro novio, ¿no cree?

—Muchacha sin corazón. —Entrecerrando los ojos, cruzó la alcoba y se echó de espaldas sobre la cama. Su aspecto masculino era arrollador ahí reclinado entre todos los cojines ribeteados de encaje y almohadas cilíndricas.

Con los brazos doblados tras la cabeza y las botas cruzadas a la altura el tobillo, Simon observó con aire taciturno el dosel de madera que cubría la mitad superior de la cama.

—No puedo creer que esté a punto de ser condenado por un crimen que ni siquiera he tenido el placer de cometer. —Le dedicó una mirada provocativa desde debajo de las pestañas—. Todavía.

Para ocultar su consternación, la joven le cogió por los tobillos y desplazó sus pantorrillas hasta el extremo de la cama, para rescatar el cubrecama de satén color crema del insulto de sus tacones.

—Piense en ello tan sólo como un castigo por todos los crímenes de los que ha salido indemne a lo largo de los años. Los corazones rotos. Las castidades arrebatadas.

Sin inmutarse lo más mínimo, se sentó y empezó a quitarse las botas, arrojando primero una y luego la otra al lado opuesto de la cama.

—Cuando nos encuentren juntos en su cama por la mañana, ¿no cree que se preguntarán por qué no me escabullí antes de dejar que nos descubrieran?

—Tal vez crean que nos hemos dormido sin darnos cuenta.

Wescott hizo un gesto de asentimiento.

—Eso tiene sentido. Como es natural, estaría exhausta tras una noche disfrutando de mi estilo extenuante y lleno de inventiva de hacer el amor.

Catriona cruzó los brazos sobre el pecho.

—O tal vez me quedé dormida de aburrimiento, así de sencillo.

Simon alzó una ceja y le dedicó una mirada desconcertada para hacerle saber lo poco probable que sería ese panorama.

Mientras se quitaba la casaca y empezaba a desabrocharse el fular, ella se percató de que no tenía intención de dejarlo en las botas.

—¿Qué está haciendo? —exigió saber mientras sus diestros dedos empezaban a desabrochar los botones forrados de su chaleco.

—Me estoy desvistiendo, por supuesto. —Hablaba con suma amabilidad, como si explicara una ecuación matemática complicada a una niña lenta de entendederas—. Difícilmente nos atraparán en *flagrante delicto* con toda la ropa puesta, ¿no cree?

Se sacó el chaleco de sus amplios hombros y empezó a soltarse los gemelos de plata de la tapeta de ojales de la camisa, uno a uno. Catriona estaba casi tan hipnotizada por la gracia intencionada de sus dedos como por la extensión impresionante de pecho que poco a poco quedó visible mientras deslizaba cada gemelo entre su sujeción cosida con pulcritud.

Los músculos bien definidos del abdomen quedaron expuestos poco a poco. Una dispersión dorada de vello se estrechaba formando una nítida uve justo bajo su ombligo, como la flecha de un querubín, señalando en dirección al cielo o bien al infierno. Tragando saliva, Catriona apartó la mirada y se esforzó por concentrarse en el rostro de Simon.

Él no se miraba las manos, la estaba observando a ella. La chispa traviesa en los ojos bajo sus párpados caídos la hacía saber cuánto estaba disfrutando con su turbación.

Catriona se dio media vuelta, pues notaba que hasta sus

pecas se fundían con la acometida de calor hirviente. Esforzándose por mantener la voz tan fría como calientes estaban sus mejillas, dijo:

—Si no es demasiada molestia, ¿le importaría avisarme cuando haya acabado de despojarse de toda su ropa?

Pudo oír la sonrisa en su voz.

—Ansiosa por echar una miradita, ¿no?

Ella cerró los ojos un breve instante mientras contaba hasta diez.

—Y cuando esté bien tapado bajo las mantas.

Catriona dio unos golpecitos con su pie descalzo en el suelo de arce mientras pasaban varios minutos.

Se oyeron unos misteriosos golpetazos y topetazos, seguidos de un rumor intrigante, antes de que Wescott dijera por fin:

—Ahora ya puede darse la vuelta. No hay peligro de ofender su casto pudor.

Catriona se había atrevido a imaginar en sus sueños más osados a Simon en sus brazos, pero nunca en su cama. Se volvió a su pesar, medio temiendo que siguiera todavía ahí de pie sobre la alfombra al lado de su cama, tan desnudo como el día que llegó a este mundo. Pero fiel a su palabra, estaba bien metido bajo las mantas. Al menos la mitad de él.

Reclinado contra el cabezal y con el cubrecama hasta la cintura, la luz de la lámpara jugaba delicadamente sobre su pecho desnudo, dotándole de un relumbre dorado digno del arcángel Gabriel. Pero si el destello diabólico de su mirada no la había convencido para entonces de que Simon no era ningún ángel, sus siguientes palabra sí iban hacerlo.

—Ahora le toca a usted.

Capítulo 6

Mientras Simon indicaba con la cabeza su camisón, Catriona lo cerró aún más, sujetándolo por el cuello con ansiedad.

—¿Perdón?

—Si queremos que esto resulte convincente —explicó—, no puedo ser el único que esté sin ropa.

—Pues yo... no veo por qué —tartamudeó ella—. ¿No podríamos sólo... —sacudió la otra mano en el aire, buscando la inspiración entre sus conocimientos escondidos— fingir que me levantó las faldas de mi camisón y luego... mmm... volvió a taparme una vez... terminó?

Wescott bajó la cabeza para dedicarle una mirada de incredulidad.

—No me digas que es así como tu tío hace el amor a tu tía.

La simple idea provocó un escalofrío en Catriona.

—Ni siquiera comparten dormitorio.

—Bien, al menos lo hicieron en una ocasión o no habrían engendrado a la encantadora Agatha, ¿verdad que no?

—Alice —murmuró débilmente Catriona—. Y tuvo que suceder dos veces porque también está Georgina.

Con cuidado de mantener la sábana estratégicamente dispuesta sobre su regazo, Simon retiró las mantas y dio unas palmaditas en el trozo de colchón de plumas que quedaba a su lado, mientras su sonrisa insinuante mostraba una ternura irresistible.

—No seas tímida, cariño. Prometo que seré el perfecto caballero.

Catriona se preguntó a cuántas mujeres habría engatusado con esas palabras y esa sonrisa para que se metieran en la cama con él. Sus palabras podían prometer una cosa, pero sus ojos y sonrisa proponían placeres a los que ninguna mujer podría resistirse, placeres que no lamentaría, al menos mientras los experimentara.

Su cama siempre le había parecido demasiado espaciosa, casi decadente, sobre todo comparada con la funda rellena de paja en la que dormía de niña en Escocia, pero el corpachón masculino de Simon parecía volver diminuta la elegante cama con medio dosel. Nunca hubiera soñado que un hombre pudiera ocupar tanto sitio. O que consumiera tanto aire. Mientras desplazaba la mirada de su sonrisa a los amplios hombros, y luego a esa tentadora flechita de vello que adornaba los planos tensos de su abdomen, sintió una opresión en el pecho y notó que el aire le faltaba.

Temerosa de agravar su mortificación al derretirse ahí mismo, cruzó a toda prisa la habitación, se metió de golpe en la cama y se echó las mantas sobre la cabeza. Sólo entonces se atrevió a sacarse el camisón, con movimientos forzados, y tirarlo al suelo. Con la cabeza todavía enterrada bajo las mantas, se pegó con rigidez al mismísimo extremo de su lado del colchón, aterrorizada de que cualquier movimiento provocara que alguna parte díscola de su cuerpo rozara por accidente alguna otra parte aún más díscola de él.

—¿Catriona?

—¿Mmm? —contestó medio sorprendida de que él recordara su nombre.

—¿Planeas quedarte ahí debajo toda la noche?

Aferrándose a su último vestigio de dignidad, ya que ropa no le quedaba, respondió:

—Tal vez.

Simon tiró del cubrecama hasta dejar expuestos la nariz y los ojos de la muchacha, quien le miró pestañeante.

—¿Quieres que apague la lámpara? —preguntó.

—¡No! —exclamó con un pánico aún más intenso ante la perspectiva de compartir con él la oscuridad además de la cama. Se sentó, sujetando la sábana sobre sus pechos y sacudiendo el pelo para apartárselo de los ojos—. Tengo una idea mucho mejor.

En cuestión de segundos, echó mano a todas las almohadas y cojines que encontró y los ahuecó para levantar un muro impenetrable entre ellos. Una vez concluido, Catriona apenas podía ver nada por encima del mismo. Dudaba que el propio Napoleón construyera un bloqueo tan impresionante.

—Me siento de vuelta en Newgate —dijo Simon con voz apagada.

—Si mi plan no funciona, es muy posible que vuelva allí —le recordó ella, volviéndose y dando la espalda con decisión al lado de la cama de Simon.

Con un largo suspiro acongojado, él volvió a ponerse cómodo a su lado de la barricada improvisada. Catriona cerró los ojos. Pese a todos sus esfuerzos de relajarse y no prestarle atención, seguía muy consciente de su presencia. Simon parecía no conservar similitud alguna con el muchacho que ella había adorado tanto tiempo. Era un desconocido, tan grande, exótico y peligroso como un tigre africano dormitando bajo el sol. Percibió la fragancia, cuya masculinidad no podía negarse, que desprendía su piel caliente. Le recordaba a tofe derretido mezclado con la tonificante brisa del mar en Brighton.

Se puso boca arriba con inquietud y lanzó una mirada de odio al medio dosel. Nunca había hecho algo tan escandaloso como dormir sin camisón. Había algo deliciosamente hedonista en la manera en que sus extremidades desnudas se deslizaban contra las sábanas, la forma en que el limpio lino provocaba cosquillas en sus pezones, que se arrugaban. Algo que le hacía desear estirarse y ronronear como un gato satisfecho.

Se volvió de costado y lanzó una mirada iracunda esta vez a la montaña de almohadas, pues sabía que ninguno de los dos conseguiría pegar ojo en toda la noche.

Un ronquido apagado alcanzó sus oídos.

Sujetándose la sábana contra su seno, se sentó y atisbó por encima de las almohadas. Simon tenía los ojos cerrados, la boca levemente abierta, y su respiración era profunda y regular. Con las pestañas de puntas doradas descansando en las mejillas y un mechón díscolo caído sobre la ceja, parecía tan inocente como un bebé recién nacido. O en su caso un bebé nacido en el infierno.

La sábana se había escurrido hasta sus caderas. Catriona se mordisqueó el labio inferior, fascinada contra su voluntad por los misterios escondidos debajo. Gracias a la reticencia de tía Margaret, su conocimiento de la anatomía masculina nunca había progresado más allá de lo que había deducido de los rituales de apareamiento de los gatos y de los sementales en los establos de su tío. ¿Qué haría Simon si descubriera al despertarse que ella había levantado la sábana para echar una miradita?

Demasiado asustada, pues sabía exactamente qué haría, se acomodó de nuevo en el nido solitario que ella misma había construido. Lo más probable era que él hubiera dormido con tantas mujeres desnudas en su vida que ya no le distrajera más que el hecho de que *Robert the Bruce* se enroscara a su pierna.

Dio un suspiro, abandonando toda esperanza de descanso. Pero casi sin darse cuenta, el ritmo íntimo de los ronquidos de Simon hizo que se sumiera en un sueño dulce y tranquilo.

Simon se despertó con un cálido cuerpo femenino acurrucado contra su corpachón desnudo y una rabiosa erección. Aunque seguía medio dormido, sabía con exactitud qué tenía que hacer con ambos. Pero antes de poder darse media vuelta y ponerse encima de aquel cálido cuerpo de mujer, buscando un olvido aún más dulce que el sueño, recordó con exactitud a quién pertenecía el cálido cuerpo de mujer.

Abrió los ojos de golpe.

Preguntándose si continuaba soñando todavía, levantó la cabeza lo justo para atisbar por encima del hombro. No, ahí estaba: la mismísima señorita Catriona Kincaid, con sus rizos rubios rosados vertidos sobre la almohada, las mejillas sonrosadas por el sueño, el cautivador susurro de su aliento en su nuca. Y en cuanto se movió un poco, ella le rodeó la cintura con el brazo y le atrajo aún más contra el refugio exuberante de su cuerpo, tanto que podía notar la ternura de sus pechos desnudos contra su espalda. Aunque pensara que físicamente era imposible, su erección aumentó de tamaño.

Gimiendo en voz baja, volvió a hundirse en la almohada. Aunque todos los cojines y almohadas cilíndricas habían sido retirados del lado de la cama de Catriona, ella nunca creería su inocencia en eso. Bajó la mirada. Catriona había apoyado inocentemente la mano contra su rígido abdomen, sólo a un dedo de distancia de la perdición de ambos.

Estremecido de deseo, Simon se sentó de golpe y le apartó el brazo. En vez de despertarla, como había esperado, ella se limitó a fruncir el ceño y soltar un leve ronquido contrariado, tras lo cual se acurrucó aún más en el colchón.

La sábana todavía cubría sus partes femeninas más pertinentes, pero en esos instantes la graciosa curva de su garganta y las prolongaciones delicadas de las clavículas le parecieron tan tentadoras como las sombras oscuras de sus pezones bajo la sábana. Desprendía un olor cálido y femenino, almizcleño por estar dormida. Ningún perfumista francés conseguiría una fragancia más erótica o irresistible a la nariz de un hombre.

Por sorprendente que lo encontrara el observador ocasional, él siempre se enorgullecía de su autocontrol, sobre todo en lo que a mujeres se refería. Cada palabra seductora surgida de sus labios, cada beso prolongado, cada caricia diestra con la punta de sus dedos estaba calculada para provocar la pérdida de control en su amante, no en él. Pero ahora estaba a punto de perder esa baza decisiva por poco más que el contacto ingenuo de una chica inocente.

La lámpara se había apagado durante la noche. Inspeccionó con mirada entrecerrada las sombras, pero no llegó a distinguir con claridad la esfera del reloj situado sobre la repisa de la chimenea. La luz nacarada que se filtraba por la ventana podía provocarla tanto la luna como el amanecer. Podían pasar minutos u horas hasta que alguien irrumpiera en el dormitorio.

Estudió a Catriona. Sus labios separados eran tan exuberantes y tentadores como unos pétalos de rosa besados por las primeras gotas del rocío.

Prometo ser el caballero perfecto.

Sus propias palabras regresaban de forma obsesiva. ¿No le había dicho en el granero, todos esos años atrás, que no era su costumbre hacer promesas que no era capaz de cumplir?

Arrebatarle un beso mientras estaba tan indefensa y vulnerable, sólo para satisfacer sus propios apetitos carnales, sería impensable, poco escrupuloso...

Se inclinó y rozó sus labios con delicadeza.

E inolvidable...

A Catriona la estaba besando un hombre que había nacido para ese arte. Sus labios, firmes y suaves al mismo tiempo, rozaban los suyos una y otra vez con la cantidad adecuada de presión para separarlos. Mantuvo los ojos bien cerrados; si esto era un sueño, no quería despertar nunca.

Pero no pudo evitar agitarse cuando le metió la lengua en la boca. Sus caderas se arquearon sobre la cama como si tuvieran voluntad propia, buscando la respuesta a algunas preguntas que ni siquiera se había atrevido a hacer. Aquella lengua jugueteaba con la suya, acariciaba, provocaba, tentaba, hacía promesas no pronunciadas que no sabría distinguir si eran verdad o mentira.

El deseo vibró denso en sus venas, palpitando en lugares secretos que se había atrevido a tocar sólo en las horas oscuras y solitarias de la noche. El beso prometía que aquello era tan sólo una sombra del placer que podía darle. Hacía el amor a su boca con la misma atención exquisita al detalle que sabía que ofrecería al resto de su cuerpo si ella fuera lo bastante atrevida o insensata como para entregárselo a él.

Manos que ahora ya seguían la curva vulnerable de su cuello, la barrera delicada de su clavícula, la prominencia doliente de sus pechos. Simon tomó uno de los senos a través de la sábana, evaluando en la palma su peso y toqueteando su pezón hinchado con la base del pulgar. Al mismo tiempo, absorbía con suavidad la punta de su lengua, mostrándole con exactitud las maravillas que podría conseguir si se lo permitiera. Catriona soltó un gemido, pues el movimiento irresistible provocaba un estremecimiento de anhelo en las profundidades de su vagina.

Podría haberse convencido de que seguía soñando si no se sintiera completamente despierta por primera vez en la vida. Todos sus sentidos estaban vivos y animados, esclavos voluntarios de la tierna maestría de aquella boca y manos. Sería demasiado fácil fingirse dormida hasta que la seducción se completara. Dejar que él cargara con la culpa y la vergüenza mientras ella se hacía la víctima inocente, mancillada por su deseo incontrolable.

Pero su conciencia no le permitía el lujo de tal artimaña. Tal vez no tuviera valor para mirarle a los ojos y arriesgarse a dejarle ver el amor insensato y fiel que le había profesado y cuánto tiempo llevaba esperando este momento, pero sí podía pronunciar su nombre en el cáliz de miel de su boca, y enredar sus manos en la seda trigueña de su cabello y devolverle el beso con un fervor ingenuo que traicionaba toda una vida de anhelo.

La respuesta de Simon fue algo entre un gemido y un gruñido. Aquel sonido primario provocó un estremecimiento vertiginoso en ella. Por primera vez comprendía que tenía sus propias artimañas, un poder sobre él que no requería ni experiencia ni pericia.

Aceptando la invitación no expresa de Catriona, Simon exploró su boca con la lengua en un beso que era tierno y erótico a la vez, mientras deslizaba la mano entre las sábanas y recorría la piel desnuda de su muslo. Catriona soltó un jadeo. Su reputación estaba a punto de quedar comprometida en toda regla, sin embargo, toda su fortaleza moral parecía haberla abandonado. En vez de protestar indignada, lo único que parecía capaz de hacer era acoger con los brazos abiertos su deshonra.

Nunca hubiera soñado que un hombre pudiera ser tan delicado y tan despiadadamente persuasivo al mismo tiempo. Simon la incitó a separar los muslos con la misma facilidad que antes le había hecho separar los labios, desplazando sus dedos con cuidado exquisito sobre la suavidad de los rizos de las partes pudendas.

Allí él descubrió algo que, fuera lo que fuera, pareció complacerle en sumo grado. Su cuerpo poderoso entró en tensión y se estremeció mientras introducía un dedo entre esos pétalos tiernos.

Catriona enterró su rostro contra el hombro y gimió contra su cuello mientras una sensación sin parangón amenazaba con doblegar las inhibiciones que le quedaban. Placer era una palabra demasiado vulgar para describirlo. Era dicha y agonía, y un anhelo desesperado, todo interrelacionado. No pensaba que pudiera soportar otro segundo, pero quería que continuara eternamente.

—Por favor —susurró con voz ronca—. Oh, por favor... —Ni siquiera sabía qué rogaba. Sólo sabía que si no lo conseguía, tal vez pereciera de anhelo.

Pero él sabía con exactitud lo que quería. Sus dedos diabólicamente diestros avanzaban, acariciaban y la provocaban, hasta que ella se retorció bajo su mano. No sabía quién era esta desconocida desvergonzada en la que se había convertido, sólo sabía que anhelaba su contacto y el placer enloquecedor que él le ofrecía, igual que una adicta debía de ansiar el opio. No se había equivocado en cuanto a él. Era ángel y demonio al mismo tiempo, la alentaba sin cesar hacia la promesa del paraíso, al tiempo que pretendía apropiarse del alma de Catriona.

Le pasó el pulgar con delicadeza sobre el pequeño capullo rígido alojado en la base de sus rizos y por un momento eterno permaneció suspendida entre el cielo y la tierra. Entonces una oleada de éxtasis demoledor se apoderó de ella, mientras descendía alocadamente por un abismo del que sólo los brazos de Simon podían salvarla, sólo sus labios apagarían el grito roto, suave, del delirio.

Todavía seguía aferrada a él, perdida en una bruma de deleite, cuando la puerta del dormitorio se abrió de par en par y una voz estridente vapuleó sus tiernos nervios.

—¿Has visto mis peinetas de nácar, Catriona? Tendría que haber sabido que no debía dejártelas. No sabes apreciar las cosas delicadas de la vida. Te contentarías con una apestosa cinta de tela a cuadros o una... —La voz se apagó.

Mientras Catriona se quedaba paralizada, con ojos como platos, Simon la tapó con la sábana y luego se volvió a mirar a la intrusa.

Sonriendo como un gato que acaba de ser atrapado con las plumas del canario entre los dientes, estiró los músculos como un felino y dijo:

—Buenos días, Agnes. ¿Has venido a traernos a tu prima y a mí el desayuno?

Capítulo 7

*E*l plan de Catriona tuvo un éxito arrollador.

Los chillidos escandalizados de Alice despertaron a toda la casa, incluido un pobre lacayo de la planta inferior que se apresuró a subir por la escalera con el hacha de la cocina en la mano, convencido de que se estaba cometiendo un asesinato. Para cuando el tío y la tía de Catriona entraron dando tumbos por la puerta del dormitorio con expresión de aturdimiento, ataviados tan sólo con sus arrugados camisones, más de una docena de criados se había congregado codo con codo, y miraban la cama boquiabiertos y mudos de asombro.

Catriona supuso que ella y Simon quedaban muy convincentes como pareja. Sobre todo ella con el cabello todo caído y las mejillas enrojecidas de mortificación y de rubor por el maravilloso placer palpitante que acababa de darle él. Probablemente hubiera permanecido paralizada en aquel sitio hasta perecer de vieja si Simon no le hubiese rodeado los hombros con los brazos para sentarla contra la almohada como un maniquí, para a continuación depositar un beso en su pelo.

—*¡Tú!* —dijo Alice en voz baja. Su elegante bata de chiffón formaba vuelos a su alrededor mientras señalaba con un dedo acusador a Simon—. ¡Te conozco!

Él le dedicó una sonrisa agradable.

—No tan bien como podrías haberme conocido si no nos hubieran interrumpido hace unos años.

El rostro de tío Ross se puso escarlata. Los ojos se le salían de las órbitas como si estuviera a punto de caer muerto de una apoplejía justo ahí en el suelo del dormitorio de Catriona. Su aspecto hubiera intimidado aún más si la borla del gorro de dormir no se balanceara sobre su ojo mientras temblaba de rabia.

—¿Qué significa todo esto jovencita? —bramó—. ¿Quién diantres es este hombre y por qué está en tu cama?

Catriona no había previsto cómo iba a dolerle que su propio tío pensara lo peor de ella. Era peor que tener a Alice calificándola de escocesa salvaje sin un mínimo de modales y buena cuna. Peor que los suspiros exasperados de tía Margaret mientras la doncella se esforzaba en pasarle un cepillo por el pelo rebelde. Peor que las burlas de los lacayos cada vez que amontonaba los guisantes en la hoja del cuchillo en vez de usar el delicado tenedor de dos dientes que tenía al lado del plato. Su primer instinto fue subirse las mantas por encima de la cabeza y temblar aterrorizada.

Pero luego recordó lo que había en juego en el caso de que su treta fallara.

Soltándose de los brazos de Simon con toda la gracia y dignidad que pudo lograr, salió de la cama y se quedó en pie, envolviéndose con la sábana como si fuera la toga de una diosa griega. Puesto que tía Margaret aún no se había desmayado del susto, dio por supuesto que había dejado atrás mantas suficientes para tapar a Simon.

Levantando la barbilla, miró a su tío directamente a los ojos y proclamó con audacia:

—Se llama Simon Wescott y es mi amante.

Los criados jadearon al mismo tiempo.

—¡Oh, cielos! —exclamó su tía, tambaleándose. Una doncella joven y lozana se apresuró a aguantarla.

Catriona no se percató de que Simon se había puesto en pie a su lado hasta que su murmullo ronco acarició su oído.

—Si se retrasan unos segundos más, mi ángel, eso sería cierto.

Mientras apoyaba las manos en los hombros de Catriona, ella sólo pudo confiar en que su público tomara el rubor que ascendía por sus mejillas por un sonrojo de triunfo.

—¡Fuera! —ladró su tío.

Durante un segundo de aturdimiento, Catriona pensó que ella y Simon serían desterrados como Adán y Eva, expulsados desnudos del jardín, pero luego se dio cuenta de que se dirigía a los criados.

Todos permanecían paralizados por la conmoción hasta que volvió a aullar.

—¡Que os vayáis! Volved de inmediato a vuestras obligaciones y no digáis una sola palabra de lo que habéis visto aquí esta mañana o seréis despedidos sin paga ni referencias.

Agachando la cabeza para evitar la mirada de su señor, los criados salieron desfilando del dormitorio. Pese a la amenaza de su tío, Catriona confió en que las noticias de su deshonra llegaran de todos modos a Londres con la caída de la noche. Era bien sabido que las habladurías de los criados, mimadas tanto en las cocinas campestres como en las entradas traseras de toda la ciudad, circulaban irrefrenables y eran casi imposibles de erradicar.

Respirando por sus orificios nasales como un toro a punto de cargar, el conde miró a Simon de arriba abajo. Para un hombre que sólo llevaba encima una sonrisa perezosa y una manta a modo de taparrabos, Simon mantenía la compostura de forma asombrosa. Pero era probable que contara con una amplia experiencia en aguantar la mirada a padres furiosos y maridos celosos, pensó Catriona, consumida por un acceso de resentimiento impropio en ella.

Tío Ross se volvió a mirarla.

—¿Cómo has podido hacer algo así? Después de acogerte en mi casa y tratarte como una hija, ¿cómo has podido avergonzarnos a mí y a tu tía metiendo a este... este... —hizo un ademán en dirección a Simon, al no encontrar una palabra lo suficientemente vil para describirle— este desconocido en mi casa y en tu cama?

Simon contestó antes de que ella lograra abrir la boca, frotándole los hombros al mismo tiempo con delicadeza.

—No es que esperemos que ustedes dos entiendan una pasión tan irresistible cuando ni siquiera comparten cama.

El rostro del conde pasó del escarlata al púrpura mientras su tía se llevaba la mano al pecho y exclamaba:

—¡Qué inconcebible!

La expresión de Simon se suavizó para guiñarle un ojo.

—Perdone que le contradiga, milady, pero al menos lo hizo en dos ocasiones o no tendrían a Georgina y Alberta, aquí presentes.

—Alice —siseó la prima de Catriona—. Me llamo Alice. Y no sé cómo puede sorprenderte todo esto, papá. Siempre has dicho que la madre de Catriona era una simple mujerzuela escocesa que tras seducir al tío Davey para que se casara con ella, hizo que le mataran. —Se sorbió la nariz con sorna—. Con una madre así, no es de extrañar que esta brujita se acueste con cualquiera.

Mientras la sonrisa cariñosa y ojos risueños de su madre regresaban a su recuerdo, Catriona dio un paso involuntario hacia Alice, formando sendos puños con las manos.

—¿Ah, de verdad? Y entonces, ¿tú qué excusa tienes?

Simon la cogió por los brazos y la hizo volver a su lado. Sin dejar la sonrisa, su voz resonó como un azote en toda la habitación, lo bastante hiriente como para levantar ampollas:

—Yo en su caso, Abigail, me pensaría dos veces cómo se dirige a mi novia.

Catriona le miró sorprendida, percatándose por primera vez de que él podía ser un enemigo peligroso. Quizás incluso más peligroso que Eddingham.

—¿Su novia? —repitió Alice, tan pálida como su bata.

—¿Su novia? —rugió el tío Ross.

—Oh, cielos —dijo tía Margaret, dejándose caer en el sillón más próximo y apretando aquel pañuelo omnipresente contra sus temblorosos labios.

Simon ofreció a su tío una inclinación conciliadora.

—Le ruego perdone mi temeridad, milord, pero desde el primer momento en que la vi al otro lado de un concurrido salón de baile, supe que su sobrina era la única mujer que existía en el mundo para mí. Todas las demás mujeres palidecen a su lado.

Mientras el tío continuaba fulminándole con la mirada, impasible ante tan tierna declaración, Simon hizo que Catriona se diera la vuelta para que le mirara a la cara. Sujetó sus manos con delicadeza, acariciando su rostro con la mirada mientras jugueteaba tiernamente con sus pulgares sobre sus nudillos.

—Me enamoré de su coraje, su temple, su belleza, y ya no pude pensar en nadie ni en nada más. Si yo fuera mejor hombre, me habría resistido a la tentación de degustar sus encantos, pero mi ansia era tan desmedida que ningún poder del cielo ni del infierno impedía hacerla mía.

Los ojos verdes de Simon ya no brillaban traviesos sino

que ardían de pasión. Hacía rato que Alice estaba boquiabierta de impresión y tía Margaret empleaba el pañuelo para abanicarse.

Catriona estaba igual de desconcertada cuando Simon clavó una rodilla en el suelo y pegó los labios con fervor al dorso de su mano por un breve instante. Luego alzó la vista, con expresión seria y suplicante al mismo tiempo.

—Sólo ruego que ella me perdone por aprovecharme con tal crueldad de su inocencia y me permita enmendarlo haciéndome el honor de acceder a compartir mi vida, mi futuro... y mi nombre.

Catriona también estaba boquiabierta. Había soñado con este preciso momento durante tanto tiempo que casi quiso pedir a Alice que le pellizcara sólo para demostrarle que estaba despierta.

Pese a las campanas de alarma que resonaban en su corazón, sintió la tentación de creerse cada sílaba pronunciada.

Pero eso suponía la locura... y el desengaño.

Lo que él se merecía era una prolongada ovación, seguida de un entusiasta «¡Bravo!» Por lo visto, durante sus años entre bambalinas había aprendido algo más que a apagar los efectos de humo o mirar las enaguas a las bailarinas de ópera. ¡Caray, había nacido para pisar las tablas de Drury Lane al lado de nombres como John Kemble o Sarah Siddons!

Mientras seguía observándole con cautela en vez de caer llorando de alegría y gratitud en sus brazos expectantes, Simon entrecerró los ojos ligeramente.

—¿Qué dice, querida gatita? ¿Me hará el honor de convertirse en mi esposa?

—¿Gatita? —Alice soltó un resoplido y entornó los ojos—. La última vez que yo le llamé eso, me metió en la cama un ratón del granero.

Conteniendo las ganas de hacerles callar a ambos, Catriona respondió remilgadamente:

—Bien, puesto que lo expresa con tal gracia, señor, supongo que no tengo otra opción que aceptar su proposición.

Simon se incorporó de golpe y la rodeó en un abrazo tan apasionado que amenazó con desplazar tanto la sábana como la manta.

Alice dio en el suelo con su delicado pie.

—¡No es justo, papá! ¡Se comprometió primero conmigo! ¡Debería haberse casado conmigo!

—Antes prefiero la horca de Newgate —murmuró Simon al oído de Catriona.

—¡Por Dios bendito, hombre! —aulló tío Ross, fulminándole con incredulidad—. Entonces, ¿a cuantas mujeres de mi familia ha seducido?

—Bien, todavía no he conocido a Georgina. —Recuperando las manos de Catriona, Simon ofreció a tía Margaret su sonrisa más rapaz—. Ni he tenido el placer de pasar un rato a solas con su encantadora esposa.

Mientras tía Margaret ahogaba una risita contra el pañuelo, su marido soltó:

—¡Ni va a hacerlo, si yo puedo opinar al respecto!

Lanzando una mirada de reproche a su esposa, tío Ross cruzó la habitación y tomó las manos de Catriona. Tenía las palmas calientes y húmedas, en marcado contraste con el tacto fresco y seco de Simon. Su tío nunca la había tocado antes con algo parecido al afecto.

—¿De verdad es esto lo que quieres, niña? —Le estudió el rostro, con mirada mucho más penetrante de lo que había esperado—. Si no es así, te enviaré al extranjero hasta que pase el escándalo. —Tragó saliva con cierta dificultad—. Si surgen... complicaciones, podemos encontrar una buena casa en el campo para el bebé. Nunca tendrás que volver a verlo o recordar esta noche terrible. Puedes permanecer aquí bajo mi techo todo el tiempo que quieras. No voy a obligarte a casarte con este sinvergüenza, o cualquier otro hombre, si no lo deseas.

Catriona había conseguido soportar la repulsa de su tío y su propia vergüenza, pero aquella inesperada compasión casi es su perdición. Le miró pestañeante, con lágrimas sinceras emborronando su visión.

—Es lo que quiero, tío Ross. —Dirigió una rápida mirada a Simon. La observaba con una expresión extraña, distante y al mismo tiempo concentrada. Rogando para que él atribuyera también a un talento para la escena similar al suyo la convicción al pronunciar sus palabras, dijo—: Él es lo que quiero, más que cualquier otra cosa en esta vida.

Aún estrechando las manos de su sobrina, tío Ross lanzó una mirada asesina a Simon:

—Entonces, pongo a Dios por testigo, lo tendrás.

Tío Ross sabía cumplir su palabra. A primera hora de la tarde de aquel mismo día, Simon y Catriona se preparaban para partir hacia Gretna Green en uno de los carruajes más modestos del conde. Ahora que había preparativos inesperados de boda, los criados habían vuelto a la actividad con excitación renovada. Dos lacayos habían partido a recoger la ropa de Simon de sus alojamientos de Piccadilly, lo cual significaba que las noticias del escándalo ya habrían llegado para entonces a Londres. Pero estarían ya adornadas de anécdotas conmovedoras sobre lo atento que el futuro marido era con la novia y las miradas adorables con que ella admiraba su apuesto semblante.

—Y entonces, ¿dónde está mi dinero, cielo? ¿Has convencido a tu tío para que te lo entregue? —murmuró Simon, acercando la mano enguantada de Catriona a sus labios mientras esperaban juntos en la calzada particular, observando a los lacayos que acababan de enganchar al carruaje un precioso tiro de caballos pardos.

—Nuestro dinero, quieres decir —respondió Catriona con dulzura, agitando las pestañas al mirarle.

—Muy bien. ¿Dónde está mi mitad de nuestro dinero?

—Todo a su tiempo, amor mío. —Soltando su mano, le dedicó una sonrisa radiante y dio un toque a su chaleco como la mejor de la esposas, lo que provocó que las doncellas sonrieran como tontas mientras les observaban—. Todo a su tiempo.

Mientras Simon la miraba con ojos entrecerrados, ella se volvió a ver a los lacayos cargar un único baúl en el espacioso portamaletas de la parte posterior. No es que pudiera ordenar a las doncellas que embalaran todas sus pertenencias mundanas. Ellas creían que regresaría a recogerlas después de una idílica luna de miel con el novio, en sus brazos y en su cama. No había manera de que supieran que tal vez no volverían a verla más.

Echó una ojeada por encima del hombro a las ventanas con parteluz y las desgastadas piedras grises de la casa que había llamado su hogar durante los últimos diez años, sorprendida por la punzada de pena que sintió en su corazón. ¿Habría sentido lo mismo su padre la noche en que huyó dejando este lugar por última vez? Él ni siquiera pudo permitirse decir adiós a su familia.

—Si me preguntas, mamá, es una suerte librarnos de esa putilla. —Alice apareció andando desde el recodo de la casa con tía Margaret, cuya expresión amarga podía hacer suponer que había tomado leche cortada directamente del platillo. Había cambiado su elegante bata por un vestido de calle amarillo intenso y una sombrilla a juego que sólo servía para resaltar su mala cara—. Tal vez sin ella para mancillar nuestro buen nombre con sus pocos modales, finalmente sea posible encontrar un buen partido decente para mí.

—He oído que el marqués de Sade busca una esposa que le haga compañía en el manicomio —susurró Simon al oído a Catriona, en referencia al conocido autor de *Justine* y *Juliette*.

Catriona contuvo una sonrisa antes de murmurar:

—Yo diría que es una pizca formal para los gustos de Alice.

Se volvieron al mismo tiempo al oír el sonido de cascos de caballos. Catriona esperaba ver a los lacayos de regreso de Londres con las maletas de Simon o tal vez a Georgina y a su marido en su espléndido carruaje, para despedirse de ella. Pero era un jinete solitario que cabalgaba con un estruendo hacia ellos por la larga calzada bordeada de robles, como si los perros del infierno pisaran los cascos de su montura.

Alice, protegiéndose la vista del relumbre del sol de la tarde, fue la primera en reconocerle.

—¡Mira, mamá! Es Eddingham. ¡Sabía que volvería a sus cabales y me rogaría aceptarle otra vez!

Sin darse cuenta siquiera, Catriona se acercó aún más a Simon cuando el jinete tiró con brutalidad de las riendas para detener en seco el enorme caballo zaino. Al pobre animal le palpitaban los costados mientras echaba espuma por la boca.

Cuando Eddingham descendió de un salto de su montura, Alice se adelantó correteando, haciendo girar con garbo la sombrilla.

—¡Sabía que regresaría a por mí, querido! Es probable que se pregunte si alguna vez seré capaz de perdonarle, pero si de verdad lamenta la forma deplorable en que me trató, creo que con el tiempo seré capaz de... —No supo qué cara poner cuando el marqués pasó de largo junto a ella.

Avanzó hacia Catriona y Simon dándose con la fusta en la palma de la mano en perfecta conjunción con el tirón del músculo del mentón.

Se detuvo ante ellos y señaló con el dedo a Simon, con el rostro manchado de rabia.

—¡Tú!

—¿Te has dado cuenta cuánta gente tiende a saludarte de esa manera? —murmuró Catriona por la comisura de los labios.

Simon se encogió de hombros.

—¿Qué puedo decir? Será una consecuencia de mi encanto deslumbrante. —Con una amplia sonrisa, dijo al marqués—: Hola, Ed. ¿Has venido a toda prisa hasta aquí para felicitarnos a mí y a la novia?

—¿Novia? —escupió el marqués, parecía que fuera a atragantarse con aquella palabra—. Así que son ciertos los rumores. —Se volvió a Catriona—. Cuando me fui la semana pasada, pensaba que habíamos llegado a un entendimiento.

Ella respondió a aquella mirada furiosa con rostro indiferente.

—Oh, le entendí perfectamente, milord. Dejó muy claras sus intenciones.

Simon se llevó una mano al corazón.

—¡Vaya, cariño, nunca me contaste que había un rival compitiendo por tus sentimientos!

—No era consciente de que fueras un hombre celoso, querido —contestó—. Pero no hace falta que tu encantadora cabeza se inquiete por eso. Lord Eddingham sólo competía por mi dote, no por mis sentimientos.

Simon le rodeó los hombros con el brazo y sonrió radiante a Eddingham.

—Estoy seguro de que no era más que timidez pudorosa lo que evitó que Catriona le contara que ya estaba comprometida. Conmigo. —Antes de que ella pudiera reaccionar, levantó la barbilla de la joven con un dedo y le dio un tierno beso en los labios. No habría marcado el territorio con más claridad si hubiera orinado sobre sus botas de cabritilla como uno de los maleducados spaniels de su tía Margaret. Por un momento de estupor, Catriona se sintió como si le perteneciera de verdad.

Eddingham puso tal cara de pena que Catriona podría haber sentido incluso lástima por él, si creyera de verdad que en algún momento había sentido algo por ella.

—No puede ser cierto, ¿o sí? —le exigió saber—. Sin duda conoce la reputación de Wescott. ¡Caray, ha pasado por los dormitorios de la mitad de las mujeres de Londres! Dígame que no es verdad su intención de casarse con el... el... —dedicó un gesto desdeñoso a Simon— bastardo.

La mayoría de hombres habrían reaccionado al insulto como si les hubieran dado con la fusta en la mejilla. Pero la sonrisa de Simon se volvió aún más peligrosa.

—Puedo asegurarle que Catriona es muy consciente de mis flaquezas... y del hecho de que soy hijo ilegítimo. No tenemos intención de permitir que nuestro primer hijo sufra el mismo destino, motivo de que partamos rumbo a Gretna Green con tal premura.

Ante la flagrante implicación de que ya se había metido en su cama —y en su cuerpo— Eddingham dio un paso atrás, con el rostro blanco. La mirada que dirigió a Catriona superaba todo desprecio.

—Se merecen el uno al otro. Confío en que ardan en el

infierno. —Empezó a darse media vuelta cuando volvió a detenerse, con una desagradable sonrisa formándose en sus labios—. Oh, y, señorita Kincaid, si por casualidad ve a alguien de su parentela escocesa durante la luna de miel, asegúrese de saludarle de mi parte.

Se giró sobre los talones de sus relucientes botas y pasó a zancadas junto a tía Margaret y la alicaída Alice como si no estuvieran ahí. Subiéndose a la grupa del caballo, espoleó los costados del animal con una fuerza que provocó un estremecimiento en Catriona.

—Un tipo encantador —murmuró Simon—. Incluso más simpático de lo que recordaba.

Mientras le observaban cruzar al galope el inmaculado césped de su tío, levantando trozos de parterre con los cascos del caballo castrado, Catriona suspiró:

—Entonces, ¿a quién sedujiste? ¿A su hermana? ¿A su tía soltera? ¿A su prima tercera?

El semblante de Simon era de un adusto inusitado en él.

—Él piensa que seduje a su novia. Pero me creas o no, yo era inocente, igual que ella. Nuestro escarceo no fue más que un coqueteo inofensivo hace casi tres años, después de que se le cayera por accidente un guante a mis pies en Almack's. Estaba enamorada de Eddingham y tenía toda intención de contraer matrimonio con él. Pero pocos días después de que él presenciara nuestro intercambio, ella tuvo una mala caída del caballo durante una cabalgada vespertina en Hyde Park y se rompió el cuello.

A Catriona se le puso la piel de gallina, un frío repentino anuló el calor del sol primaveral.

—Pobre chica. No pensarás que él tuvo algo que ver con su muerte, ¿verdad?

—Siempre he tenido mis sospechas, pero no he podido

probar nada. —Su voz dejó entrever amargura por primera vez—. Al fin y al cabo, ¿quién iba a creer las acusaciones insensatas de un bastardo frente a la palabra de un caballero tan íntegro? —Al ver por el rabillo del ojo el ceño de preocupación de Catriona, Simon le dio un apretón en los hombros para tranquilizarla—. No te preocupes, cielo —la animó, y la expresión casual de cariño que surgió con tal facilidad de sus labios le dolió más que cualquiera de los insultos de Eddingham—. No puede hacernos daño a ninguno de los dos.

Catriona observó marchar al marqués con el corazón contraído por el miedo. Si explicaba a Simon cuan equivocado estaba, tal vez también le viera a él desaparecer por el horizonte.

Capítulo 8

Los compañeros de viaje de Catriona iban acomodados en extremos opuestos del carruaje, observándose airados de un lado a otro del espacio que separaba sus asientos.

—Nunca me habías hablado de Eddingham o de él —dijo Simon cruzando los brazos sobre el pecho mientras dirigía una mirada acusadora a Catriona. Ella iba sentada justo enfrente, tras haberse plantado sin reparo y con claridad en el campo del rival de Simon.

Sin bajar el libro encuadernado en cuero que había sacado de su baúl para pasar las largas horas de viaje en la Gran Carretera del Norte, Catriona se encogió de hombros.

—Puesto que ya os habíais conocido anteriormente, no veía la necesidad de una presentación formal.

—No lo habría reconocido. ¿Con qué le has estado alimentando? ¿Con ponis?

Catriona le dedicó una mirada de desaprobación por encima del libro.

—No es muy considerado burlarte de sus dimensiones de esta manera. Es bastante sensible a ese tema, por si no lo sabes.

—¿Y qué va a hacer si le ofendo? ¿Me va a comer?

Catriona cerró el libro de golpe y lo arrojó sobre el asiento.

—¡Vaya, señor Wescott, qué vergüenza! Soy consciente de que mi *Robert* es lo bastante guapo como para merecer tus celos, pero aun así, no es propio de ti.

Sin dejar su mirada furiosa, estiró la mano y tiró del enorme gato naranja sobre el asiento para instalarlo sobre su regazo. Mientras empezaba a acariciar con delicadeza su grueso pelaje, un ronroneo ensordecedor retumbó en la garganta del animal. Apoyó la monstruosa cabeza en las patas y miró pestañeante a Simon con sus somnolientos ojos dorados, regodeándose como un sultán barrigón que acaba de reclamar la última virgen de su harén.

Simon entornó los ojos.

—¿Has olvidado que la última vez que coincidimos, intentó morderme un dedo? Todavía tengo la cicatriz.

Ella hizo un gesto de desdén.

—Sólo defendía mi honor, como supuestamente debe hacer un héroe.

Sus miradas se encontraron durante un instante tenso, recordando ambos ese momento peligroso pero embriagador en la cama deshecha de Catriona en que Simon había estado a punto de arrebatarle su virtud en vez de defenderla.

Luego Simon farfulló una respuesta inteligible en voz baja y se hundió aún más en su asiento. Mientras miraba ceñudo por la ventana la campiña a su paso, Catriona recogió el libro y lo levantó para ocultar su sonrisa. La verdad, le fascinaba bastante la idea de que Simon estuviera celoso, aunque sólo fuera de un gato.

Dio las gracias por la distracción que le proporcionaba tanto el libro como el gato. Por primera vez se encontraban a solas por completo desde que se había despertado por la mañana con sus labios en la boca y las manos... bien, tal vez fuera más sensato no pensar donde habían acabado sus manos o sus dedos.

Catriona se inclinó hacia delante, llevándose un quejido contrariado de *Robert the Bruce*, para abrir la ventanilla más próxima del carruaje.

—El aire empieza a estar un poco viciado aquí, ¿no te parece? —preguntó dejando que la brisa refrescara sus mejillas ruborizadas.

Simon se limitó a alzar una ceja. El aire se había vuelto más fresco a medida que avanzaban en dirección norte hacia Escocia.

Indicó con un ademán el baúl de viaje que descansaba en el suelo a los pies de Catriona.

—¿Tienes más libros ahí?

Recordando la caja de palisandro que seguía guardada bajo la ropa interior que había metido con tantas prisas la noche anterior, Catriona notó una llamarada de pánico.

—¡No! —exclamó agarrando con desesperación la valija de brocado en el momento exacto en que él cogía el asa de marfil del otro extremo.

Claramente intrigado por su reacción violenta, dio un tirón a la valija.

—Me contentaría con un diario o una gacetilla de chismorreos con que pasar las horas hasta que hagamos la parada para pasar la noche.

—Bien, no tengo ni una cosa ni la otra —respondió estirando a su vez. Su desesperación le dotó de la fuerza necesaria para arrebatarle la valija y levantarla para dejarla sobre el asiento a su lado.

Simon volvió a reclinarse y estiró sus largas piernas, con un aspecto más petulante todavía que si hubiera ganado la pequeña competición.

—¿A qué viene tanto secreto, querida? ¿Es ahí donde escondes mi dinero?

—Toma. Puedes leer este libro. —Le tiró el libro, y él lo cogió sin chistar.

Miró con el ceño fruncido las letras sobre el lomo.

—¿*El progreso del peregrino*? Confiaba en que fuera algo más... estimulante.

—¿Cómo *Las aventuras cachondas de Nell la Traviesa* tal vez?

—Oh, ya lo he leído dos veces. —Una pícara sonrisa jugueteó en sus labios—. Según los rumores, el autor basó el personaje del amante más consumado y deslumbrante de Nell en mí.

Intentando no recodar lo consumado que había demostrado ser en su propia cama, Catriona hizo un ademán para indicar el libro.

—También hay un personaje basado en ti en este libro. Le llaman Satán.

Ahora que se había quedado sin lectura, le tocaba a Catriona mirar con el ceño fruncido por la ventana. Tras varios minutos de silencio sepulcral, se atrevió a observar a Simon. Había sacado unas gafas con montura metálica del bolsillo de su chaleco y parecía estar enfrascado por completo en la historia. Notó que su propia expresión se suavizaba. Con las gafas colgadas de la nariz y un mechón suelto de pelo caído sobre la frente, no parecía tanto un libertino como un profesor de alguna prestigiosa universidad. No le costó imaginarse las materias en las que destacaría como profesor: duelos, juego, coqueteo, putañeo.

Corazones rotos.

Su sonrisa se desvaneció. Mañana por la noche ya sería su esposa. No podía evitar pensar lo diferente que habría sido este viaje si su inminente matrimonio fuera otra cosa más que un negocio. Probablemente ella iría acurrucada en su regazo ahora mismo sin necesidad de un libro para pasar las tediosas horas del viaje.

Suspiró. No podía permitirse estas fantasías peligrosas. Ella le había prometido un matrimonio de conveniencia y su obligación era cumplir con esa promesa, por muy poco conveniente que resultara para su corazón anhelante.

Simon la pilló estudiándole. Ella se apresuró a bajar la mirada a su regazo, centrando toda su atención en acariciar las orejas aterciopeladas de *Robert the Bruce*.

—¿Quieres que lea en voz alta? —se ofreció.

—Como te plazca —contestó, intentando sonar todo lo desinteresada que le fue posible, a pesar de que nada le hubiera gustado más.

Simon retrocedió a la primera página del libro y empezó a leer. Tenía una bonita voz expresiva de barítono, afinada tras años de observar a los actores en la ópera. Mientras la suntuosa música de su voz creaba un hechizo irresistible en ella, Catriona no tardó en encontrarse sumergida en la gran historia clásica de Bunyan, como si la estuviera experimentando por primera vez en su vida.

Faltaba poco para el anochecer, que arrebataba la última luz a la página del libro y hacía que las palabras corrieran juntas formando una mancha borrosa. Simon alzó la vista de la escena en que Christian y Hopeful se preparan para atravesar el río de la Muerte y encontró a Catriona desplomada sobre el asiento de enfrente, profundamente dormida. No había dejado de leer desde la última parada en una posada, hacía dos horas, para cambiar los caballos y cenar algo. Una sonrisa se dibujó en sus labios, a su pesar, mientras cerraba el libro y lo dejaba a un lado tras quitarse las gafas.

Catriona, con el sombrero inclinado a la izquierda y una pluma cayéndole sobre el ojo, parecía una niñita que había tomado prestadas las mejores galas de su madre para pasearse por el cuarto. Un rizo reluciente se había escapado del pulcro moño y colgaba siguiendo la curva de marfil de su cuello.

Dada la forma desvergonzada en que Simon se había comportado en su cama aquella mañana, le sorprendió que Catriona se fiara de él tanto como para bajar la guardia. Tenía motivos para temer que, en el instante en que cerrara los ojos, se le echara encima como un venado en celo sin control de sus instintos más innobles.

Juraría ante los mismísimos miembros del Parlamento, con sus pelucas, que su intención había sido sólo robar un beso inocente de sus labios separados. Pero aquellos labios eran tan tiernos... tan cálidos... tan incitantes...

Cuando Catriona había murmurado su nombre contra su boca, con un atisbo de su fascinante cadencia escocesa, él ya había estado perdido del todo.

Si Alice no hubiera irrumpido en el dormitorio buscando sus infernales peinetas, estaría expiando un pecado mayor que un beso robado. Seguía sin decidir si lo que le había abrumado en ese momento fue alivio o pesar.

Haría bien en recordar que no era más que un pistolero a sueldo de Catriona. La petición de nulidad ante la Iglesia por incumplimiento de los deberes matrimoniales sería imposible si ella regresaba a Londres con una criatura creciendo ya en su vientre. Había aprendido a evitar tales contratiempos cuando era poco más que un muchacho, pero esta mañana, al oírla gemir su nombre y notar el estremecimiento de éxtasis bajo sus dedos, todos sus pensamientos de *coitus interruptus* y de gomas se habían esfumado de su cabeza, junto con toda la cautela y sentido común. Lo único que quería en ese momento era ahondar en ella y hacerla suya.

Intentando con desesperación apartar las imágenes provocativas que este pensamiento evocaba, miró el baúl de viaje de Catriona, apoyado en el asiento contiguo. Tal vez ésta fuera la mejor ocasión para descubrir con exactitud qué escondía con tal empeño de su mirada indiscreta. Pero cierto remordimiento de conciencia detuvo su mano. O tal vez sólo fuera el temor a que le pillaran. Si ella se despertaba y le encontraba enredando en sus pertenencias personales como un delincuente de Covent Garden, igual no volvía a echar una siesta jamás.

El carruaje dio una sacudida al pasar sobre un profundo bache, y la cabeza de Catriona rebotó en el respaldo del asiento. Ella frunció el ceño y agitó sus delicados párpados. Simon miró por la ventana del carruaje a la luna que ascendía en el cielo, poniendo a prueba su fuerza de voluntad. Sólo era su pistolero a sueldo. La comodidad de Catriona no era de su incumbencia.

El siguiente bache hizo que le vibraran los dientes a él mismo y arrancó un gemido de desagrado de la garganta de Catriona. Con un suspiro reacio, Simon se trasladó al asiento de enfrente. Retiró a *Robert the Bruce* del regazo de la joven dormida, confiando en no acabar perdiendo un dedo, incluido el pulgar. El gato se limitó a quedarse ahí sujeto por él, sin menearse pero ridículamente pesado. Simon instaló con cautela al animal en el asiento que acababa de dejar libre, y el gato le dedicó una mirada enojada antes de formar un ovillo hinchado y cerrar sus ojos dorados.

Simon tiró del sombrero a Catriona para quitárselo, luego la atrajo hacia él para rodearla con sus brazos y así amortiguar con su pecho los golpes de la carretera. Pero parecía que la muy acaparadora no iba a contentarse con usar su pecho como almohada. Antes de que pudiera asimilar lo que estaba sucediendo, ella había meneado el trasero sobre el asiento y deslizado la cabeza sobre el regazo de su compañero de viaje.

Mientras acurrucaba la mejilla contra él, intentando encontrar el punto más cómodo, Simon soltó una maldición en voz baja. Si seguía frotándose contra su pecho de aquel modo tan enloquecedor, aquello no iba a diferenciarse mucho de apoyar la cabeza en una roca.

Catriona rodeó con una mano la parte superior de su muslo y se quedó quieta, con una sonrisa de satisfacción dibujada en sus labios de pimpollo. Ella no podía saber que su dicha era un tormento para él. La caricia de su aliento cálido a través de la fina napa de los pantalones le permitía saborear tanto el cielo como el infierno. Entornó los ojos mirando al techo del carruaje, si esto era un castigo por el desliz de la mañana, Dios tenía un sentido del humor mucho más perverso de lo que había supuesto.

Mientras el carruaje seguía atravesando un bache tras otro, fue Simon quien se vio obligado a apretar los dientes para contener un gemido. Pese a su reputación, nunca había tenido problemas para controlar su deseo cuando hiciera falta. Tal vez lo que padecía ahora era sencillamente la novedad de negarse a sí mismo la mujer que deseaba.

Retiró un mechón de la tierna mejilla aterciopelada de Catriona. El sedoso cabello se enroscó en su dedo como si pretendiera atraparlo.

En ese momento comprendió con exactitud qué tenía que hacer para escapar de esta mujer con el corazón intacto.

Ella había prometido dividir su dote con él tras la boda. Una vez que lo hiciera, le resultaría fácil darse a la fuga. Tal vez se ganara su desprecio por embaucador, pero al menos la habría acompañado hasta la frontera escocesa, y ella podría usar el resto de la dote para llegar a las Highlands y a los brazos expectantes de su hermano.

En cuanto a él, olvidaría todas sus deudas en Londres y emplearía el dinero en huir al continente, donde alguna ardiente condesa italiana o belleza morena griega se arrojaría en sus brazos y cama y le haría olvidar todo lo que tuviera que ver con Catriona Kincaid y sus brumosos ojos grises y ridículas pecas.

Catriona se despertó poco a poco con una mano jugueteando suavemente con su cabello. Continuó con los ojos bien cerrados, deleitándose con aquella sensación tan novedosa. La familia de su tío se enorgullecía de su reserva inglesa, recién desarrollada. Rara vez había contacto físico y, a menos que se contaran los hirientes pellizcos de Alice, nadie la tocaba.

La mano que se movía con ternura por sus rizos sueltos removió los recuerdos infantiles enterrados hacía tanto tiempo. Recuerdos de su padre levantándola por encima de la cabeza como si fuera una pluma. Recuerdos de su hermano revolviéndole el pelo recién peinado tan sólo para hacerla protestar con un chillido. Recuerdos de sentarse ante el fuego en casa con su madre acariciando sus rizos rebeldes hasta que ella cabeceaba y su padre llegaba para llevarla en brazos a la cama.

Soltó un suspiro y se acurrucó un poco más en la almohada, sintiéndose apreciada y segura por primera vez desde que los soldados ingleses llegaron para destrozar a su familia y su futuro, dejando nada más que un dolor hueco.

Un susurro ronco y masculino rozó su oído como si fuera terciopelo.

—Despierta, bella durmiente. Es hora de buscar una cama de verdad.

Catriona abrió los ojos de golpe llena de horror al percatarse de que la mano que tiraba con destreza de un rizo díscolo pertenecía a Simon y que la almohada bajo su mejilla no era en absoluto una almohada sino un musculoso muslo.

Por muy tentadora que hubiera parecido antes la perspectiva, no concebía que hubiera sido tan alocada como para acurrucarse sobre su regazo. ¿Y si había murmurado algo idiota e incriminador mientras dormía, algo como, *Bésame, cariño*, o *Me parece que te amo*?

Se incorporó con tal prisa que le dio a Simon con la cabeza en la barbilla, con fuerza suficiente como para hacerle ver las estrellas.

—¡Ay! —Frotándose el mentón, él la miró con cautela—. No recibía un guantazo así en el mentón desde la última vez que boxeé en Genleman Jackson's.

—Cuánto lo siento. —Desesperada por escapar de él, se escabulló tambaleante y buscó a tientas el sombrero entre los asientos envueltos en sombras. Cuando sus manos dieron con algo blando, un ofendido «mrriuu» le advirtió de que había encontrado a su gato en vez del bonete.

—¿Buscas esto?

Al enderezarse encontró a Simon columpiando el sombrero con un dedo largo y elegante.

—Muchas gracias —respondió con frialdad mientras lo cogía y se lo colocaba en la cabeza.

—¿Me ocupo yo de reservar el alojamiento? —se ofreció al tiempo que alargaba la mano para girar el bonete de manera que la vistosa ala de terciopelo verde quedara adelante en vez de atrás.

Catriona le apartó las manos.

—No hará falta. Me ocuparé yo misma de todo mientras tú te encargas de que entren nuestro equipaje.

Simon se encogió de hombros y se retiró tras un escudo de indiferencia.

—Como gustes. Al fin y al cabo, aquí mandas tú.

Sin esperar a que el cochero o uno de los mozos de la posada viniera a ayudarla, abrió como pudo la puerta del carruaje y bajó del vehículo tan deprisa que se enredó un pie en las faldas y casi se cae. Una vez recuperado el equilibrio, si no su dignidad, empezó a cruzar el patio. Se encontraba a medio camino de la puerta de la posada cuando hizo una abrupta media vuelta y retrocedió a buen paso hacia el carruaje.

Metió la mano por la portezuela y tiró de su pequeño baúl de viaje. Tras pensar un momento, volvió a alargar la mano y sacó también a *Robert the Bruce* para cogerlo en brazos. Mientras volvía a cruzar el patio, casi pudo notar la mirada maliciosa de Simon perforándole la espalda. Alzó la barbilla, recordándose con severidad que cualquier refugio que encontrara en sus brazos sería tan sólo una ilusión peligrosa.

Poco después, Simon se encontró siguiendo a su prometida por una escalera estrecha y sinuosa. Podría llevar caídas las plumas del sombrero, pero el brío de su trasero seguía tan fresco como siempre.

Tomó el pasillo de la derecha al llegar a lo alto y, mientras abría la marcha, contó en voz baja al pasar junto a unas cuantas puertas estrechas de roble. Se detuvo ante la última de ellas e introdujo en la cerradura la llave con cintas que llevaba en la mano. La puerta se abrió de golpe y reveló una cama de hierro blanqueado.

Simon casi suelta un gemido de añoranza. Después de tantas horas espantosas dando botes en el interior del carruaje, aquel colchón delgado con sus almohadas poco mullidas y edredón gastado era igual de atrayente que una nube celestial.

Iba a adelantarse, pero Catriona se volvió en el umbral para bloquearle el paso. Le miró pestañeante, sus velados ojos grises inocentes como los de un bebé.

—Lo lamento. ¿He pasado por alto comentar que he reservado alojamientos separados? Puesto que oficialmente no vamos a estar casados hasta mañana, no sería muy apropiado compartir habitación. —Indicó el pasillo antes de ofrecerle una segunda llave—. Encontrarás tu cama justo al final, la última puerta de la izquierda.

Simon cogió la llave con lentitud, luego indicó con ademán el gato acunado en sus brazos.

—Supongo que no tienes reparos en que ese granuja comparta cama contigo.

—Por supuesto que no. A diferencia de ti, de él sí puedo esperar que sea un perfecto caballero. —Con esas palabras y un movimiento delicado, le cerró la puerta en la cara, dejándole de pie a solas en el pasillo.

El día de su boda, con el que Catriona había soñado durante cinco años, amaneció tormentoso, con truenos que no presagiaban nada bueno y el constante tamborileo de la lluvia en el techo de la posada. Cuando ella y Simon estuvieron vestidos, y tras desayunar unos pedazos de pan duro y cuencos tibios de gachas de avena, se vieron obligados a abrirse paso entre los charcos fríos del patio para llegar al carruaje que les esperaba. El cochero estaba encogido en lo alto del pescante, chorreando lluvia por el ala de su chistera y la voluminosa capa de los hombros de su sobretodo. Su aspecto era aún más deprimente que el de la propia Catriona sujetándose el dobladillo empapado de la capa y arrastrando un maullante *Robert de Bruce* hasta el interior del vehículo.

Tras reanudar el viaje por la Gran Carretera del Norte, la promesa de la primavera fue desapareciendo poco a poco, dejando setos y ramas de árboles desnudos de capullos y un paisaje desolado y ventoso. Al menos Catriona no tenía que preocuparse por la posibilidad de acurrucarse de nuevo sobre el regazo de Simon. Con los nervios tensos como cuerdas de piano, era imposible quedarse dormida.

El hombre que tenía enfrente no era en absoluto un príncipe azul que se contentara con un casto beso de sus labios temblorosos. Era de carne y hueso, con las necesidades de un hombre y los apetitos de un hombre. Apetitos que ella había prometido satisfacer en un momento de locura.

Cruzaron la frontera escocesa y entraron rodando en el pueblecito aletargado de Gretna Green justo cuando la luz gris se desvanecía dando paso a una oscuridad todavía más sombría. Catriona se preguntó cuántas novias habrían viajado antes que ella por esta carretera, algunas locas de alegría, otras aún dolidas por los escándalos que dejaban atrás, otras perseguidas por padres frenéticos y novios plantados, desesperados por detener su fuga antes de consumarla en una posada de mala muerte, abierta precisamente con este propósito. Mientras cogía la mano que Simon le ofrecía y descendía del vehículo, se percató de que nadie iba a rescatarla a ella de su locura.

Estaba a punto de casarse con el hombre de sus sueños y, no obstante, se sentía avanzando con dificultad por una pesadilla que ella misma había creado. Simon, en vez de esperarla ante el altar de una iglesia bajo la luz de las velas y entregarle su corazón, se llevaría su dinero y su inocencia. Compartirían cama, pero no la vida.

Les guiaron hasta un granero cargado de humo e iluminado por el relumbre infernal de una forja. En lugar de un clérigo, un herrero gigante con un delantal manchado de hollín se adelantó para oficiar la ceremonia. Por lo que él sabía, Catriona podía ser una heredera secuestrada, que dentro de pocos minutos sería violada por su ansioso novio. Mientras le pusieran unas monedas en la palma mugrienta, él la entregaría gustosamente al propio diablo.

Con disimulo, Catriona dirigió una mirada al perfil de Simon. Guardaba poco parecido con el oficial joven y encantador que había alimentado sus fantasías inocentes desde el día que le pilló haciendo el amor a su prima. Este hombre, con la siniestra cicatriz en la frente y el gesto cínico en los labios, de pronto le pareció un desconocido peligroso e intimidador. Dio un respingo cuando el sudoroso herrero dejó el martillo en el yunque de golpe y les declaró marido y mujer.

Un desconocido que ahora era su esposo.

Mientras el herrero bramaba, «¡Que lo que Dios ha unido no lo separe el hombre!», Catriona alzó una mirada en dirección al cielo, medio esperando que un rayo la redujera a cenizas allí mismo.

No intercambiaron votos sinceros, ni alianzas de oro, ni

un tierno beso. Fue una boda sin promesas ni compromisos, a medida de un hombre como Simon Wescott.

—¿Esto es todo? —preguntó ella, anticipándose con desesperación a lo inevitable.

Una sonrisa se formó en el rostro ancho y curtido del herrero.

—Sí, mocita, esto es todo. Una vez que tú y tu hombre firméis el registro que tenéis ahí, esta boda os une ante la ley igual que cualquier boda de iglesia. Y ante el Señor —añadió lanzando una mirada hacia las vigas polvorientas del granero como si fuera a dar pie a un coro de ángeles dispuesto a bendecir su pecaminosa unión.

Simon se apresuró a garabatear su nombre en el registro con lomo de cuero, luego le tendió a ella la pluma de ave, rozándole la mano con sus cálidos dedos. Catriona se esforzaba por dejar de temblar lo suficiente para poner el punto a la *i* de su nombre cuando otra pareja irrumpió entre risas por la puerta del granero, sacudiéndose la lluvia del pelo. Aunque parecían un par de ratas ahogadas, sus rostros relucían más que la propia forja.

—¿Es usted el tipo que puede hacer realidad todos mis sueños? —preguntó al herrero el joven de pelo cobrizo, rodeando con el brazo a su compañera de mejillas de manzana.

La joven se dio unas palmaditas en la empapada pechera y contempló con adoración el rostro con pecas del novio.

—Hiciste realidad todos mis sueños el día que desafiaste a mi padre y me rogaste que me escapara contigo.

El ansioso novio tomó aquel rostro radiante entre sus manos y bajó la boca para besarla con un ardor tierno pero apasionado que provocó una punción con hoja de púas de envidia en el corazón de Catriona.

El herrero se aclaró la garganta.

—A menos que queráis que vuestro primer retoño nazca antes de que os declare marido y mujer, sugiero que los dos os vengáis p'aquí junto al yunque.

Entre risitas, la pareja se separó con un sonrojo. La chica echó una ojeada a la mesa donde se hallaba el registro, reparando por primera vez en Simon y Catriona.

Sonrió con timidez a Catriona, revelando un hueco encantador entre sus dos paletas.

—¿Os acabáis de casar vosotros dos?

Catriona hizo un gesto de asentimiento.

—Justo antes de que entrarais.

La chica se apresuró a acudir junto a ella y le echó los brazos en un abrazo impulsivo.

—¡Oh, ojalá seáis tan felices como mi Jem y yo!

Catriona le correspondió con una torpe palmadita antes de que la chica se alejara de nuevo. Evitando los ojos de Simon, dijo:

—Gracias, estoy segura de que sí.

El joven se acercó también a estrechar con entusiasmo la mano de Simon.

—Que su lecho matrimonial reciba la bendición de muchos hijos, señor, montones de hijos robustos. —Echó una mirada apreciativa a las caderas de Catriona antes de guiñar un ojo a Simon—. Creo que su nueva parienta será tan buena dando hijos como mi Bess.

Mientras Catriona soltaba un resuello escandalizado y su Bess contenía una risita con la mano, Simon devolvió el guiño al chico e hizo un aparte lo suficientemente audible para todos.

—Tienes buen ojo, hijo. Y precisamente por eso me he casado con esta chiquilla.

Muy consciente de la presencia de Simon tras ella, Catriona subió penosamente por los escalones que llevaban a las habitaciones. Esta noche no podía dejarle plantado en el pasillo. Ya hacía cinco años que su corazón le pertenecía y, ahora, según la ley y la sociedad, también su cuerpo era de su propiedad.

Ni siquiera podía contar con que *Robert the Bruce* defendiera su honor esta noche. Pese a las protestas de Catriona, el posadero había insistido en que el gato se quedara en los establos con el cochero.

A medida que se acercaban a lo alto de las escaleras, las sombras que envolvían el estrecho pasillo amenazaban con consumirla. A nadie en Gretna Green le preocupaba la elegancia de sus alojamientos. El único requisito que se exigía a una habitación era que contuviera una cama. Y a juzgar por la pareja que habían descubierto forcejeando en el patio, algunos de los más ansiosos recién casados estaban dispuestos a privarse incluso de ese lujo. Notó sus mejillas ardientes otra vez al recordar el gruñido de apreciación de aquel hombre cuando un pecho se escapó del corpiño de la mujer y él lo sostuvo en su mano ansiosa.

—Ah, ya estamos —dijo con falsa alegría al llegar a la habitación que les habían asignado. Después de tres intentonas inútiles de abrir la cerradura, Simon cogió con delicadeza la llave de su temblorosa mano y la deslizó en la cerradura. Sus cuerpos se rozaron cuando él sostuvo la puerta abierta para darle paso, obligándola a tomar conciencia otra vez de cuánto más fuerte y grande era.

El posadero les había subido el equipaje, pero el hogar de piedra estaba frío, no habían encendido el fuego para darles la bienvenida ni para calentar la helada humedad del aire. Una mesa toscamente labrada ocupaba el espacio situado frente al hogar. Tampoco les esperaba ninguna cena nupcial. Ninguna humeante empanada de pichón, ni siquiera un trozo mohoso de queso con pan duro.

Quizá fuera preferible, pensó Catriona. Con los nervios que sentía en el estómago, dudaba que quedara sitio para nada.

Una única lámpara proyectaba un relumbre poco generoso sobre la estrecha cama de hierro del rincón. Parecía que apenas hubiera sitio para un ocupante, mucho menos para dos. Nada que ver con la cama de medio dosel que Simon y ella habían compartido en casa de su tío.

Se estaba preocupando innecesariamente, se dijo. Con toda probabilidad, a esas alturas Simon ya habría olvidado la promesa alocada que ella le había hecho en la cárcel. Sólo era un farol para espantarla. Se quitó el sombrero y lo dejó sobre la mesa antes de volverse a mirarle.

Observándola con una intensidad que sólo podría calificarse de depredadora, Simon apoyó la espalda en la puerta como si quisiera bloquear cualquier esperanza de escapatoria, tiró del nudo de su fular y dijo:

—Ya nos hemos entretenido demasiado, encanto. Acabemos con esto, ¿no te parece?

Capítulo 9

*C*atriona se quedó paralizada. Dada la reputación de Simon, había esperado al menos un intento de seducción para salvar las apariencias: una sonrisa persuasiva, una caricia tierna, algunas palabras melosas halagando la sedosidad de su pelo o el aroma embriagador a lavanda con que se había salpicado tras las orejas. Sabía de primera mano lo persuasiva que podía ser su lengua. Sobre todo cuando la ponía al servicio de un beso. Pero en este momento la estaba observando como si tuviera la intención de doblarla sobre la mesa, levantarle las faldas por encima de la cabeza y violarla como haría algún merodeador vikingo.

Se aclaró la garganta con torpeza.

—Acabamos de llegar. En realidad no hay prisas, ¿verdad que no?

Él se irguió del todo, la anchura impresionante de sus hombros le daba un aspecto todavía más intimidante que en la forja.

—¿Y por qué no? He cumplido con mi parte y ahora te toca a ti. Quiero lo que me prometiste.

Catriona contempló su rostro implacable durante un largo momento antes de asentir poco a poco.

—Muy bien. Ahora que estamos casados, supongo que no tengo derecho a negarme.

Con manos temblorosas se despojó de la capa mojada y la dobló con esmero sobre una de las sillas destartaladas. Se movió hacia la cama, calculando cada paso como si la llevaran a la horca. Se instaló con cautela sobre la delgada funda rellena de brezo, luego se tumbó de espaldas y cerró los ojos con fuerza. Tal vez si él fuera implacable e impersonal —dándose placer sin ofrecer nada a cambio— le resultara a ella más fácil ocultar sus sentimientos. Sin riesgo de derretirse bajo sus caricias o de empezar a gritar su nombre en un momento de locura dichosa.

—¿Qué diantres estás haciendo?

Catriona abrió los ojos y se encontró a Simon inclinado sobre la cama, mirándola con el ceño fruncido como si hubiera perdido el juicio.

Contestó pestañeante:

—Me preparo para desempeñar mis deberes maritales.

—Más bien parece que vayan a asarte en un espetón. —La cogió por el brazo para sentarla—. Si yo fuera tú, me sentaría antes de acabar con una manzana metida en la boca.

Sonrojada hasta las cejas, se soltó de su asimiento, avergonzada de que él la encontrara tan patosa.

—Como habrás supuesto con toda probabilidad tras nuestro anterior encuentro, no estoy especialmente versada en el arte de hacer el amor.

Interpretando su tos apenada como una expresión de conformidad, Catriona frunció el ceño:

—Nunca he sido una profesional del libertinaje, mientras que tú sin duda has tenido la oportunidad de practicar innumerables perversiones creativas.

—Oh, docenas. Cada una más creativa que la anterior —reconoció con alegría.

—Lo que intento decir —continuó diciendo ella entre

sus dientes apretados— es que podría precisar tus instrucciones. No tengo idea de lo que puede complacer a un hombre como tú.

Simon se puso de rodillas ante ella y cogió sus manos con delicadeza. Cuando Catriona encontró su mirada, notó una esperanza insensata agitándose en su corazón. Tal vez le había juzgado mal, tal vez él también abrigaba esperanzas secretas de que esto pudiera ser algo más que un matrimonio de conveniencia.

Simon le acarició los nudillos con los pulgares, el contacto era aún más seductor de lo imaginado, su voz más tierna incluso:

—Puedo decirte con exactitud qué complacería a un hombre como yo.

—¿Ah sí? —Estaba hipnotizada por su murmullo ronco, su mirada perdida en las centelleantes profundidades verdes de sus ojos y la curva cautivadora de sus labios.

Simon se acercó todavía más y su aliento cálido acarició los rizos ralos de su sien.

—Nada me complacería más que...

Ella cerró los ojos y contuvo la respiración, prometiéndose mantener la compostura por muy escandalosa que fuera su sugerencia.

—...recibir el dinero que se me debe.

Catriona abrió los ojos de golpe. Soltó las manos con tal brusquedad y se levantó tan deprisa que casi tumba a Simon de espaldas. Él recuperó el equilibrio y poco a poco se enderezó, pero ella ya estaba andando con paso irregular ante la chimenea.

Durante unos segundos de locura, se había permitido olvidar con qué clase de hombre estaba tratando. Un bribón. Un mercenario. Un hombre capaz de vender su alma si con ello conseguía un puñado de monedas para gastar en burdeles o en mesas de juego. Por supuesto, ella había vendido su inocencia, con más negligencia todavía, por lo tanto supuso que no tenía el menor derecho a condenar su codicia.

Se dio media vuelta para mirarle.

—Me temo que no va a ser posible.

Simon la observó con recelo.

—¿Y por qué no?

—Porque todavía no has concluido la tarea para la que te contraté.

—Me contrataste para que me casara contigo.

Sonaba todavía más humillante expresado sin rodeos, como si hubiera sido la única manera de conseguir un marido.

—También te contraté para que me acompañaras al encuentro de mi hermano en las Highlands. Una vez que finalices esa misión de forma satisfactoria, recibirás el pago completo. Hasta entonces, no puedo permitir que te escabullas en medio de la noche y me abandones a mi propia suerte.

Se contemplaron en silencio. Ambos sabían que ahora él tenía derechos legales no sólo sobre la mitad de su dote sino sobre ella misma. De acuerdo con el juzgado, cada penique de Catriona, cada prenda de ropa que poseía, cada cabello de su cabeza se había convertido en propiedad personal de Simon desde el momento en que habían firmado el registro matrimonial. Podía robarle, podía violarla, incluso golpearla con los puños, y ningún juez de Inglaterra ni de Escocia le condenaría.

—Permíteme aclarar una cosa —dijo en voz baja, dirigiendo una rápida mirada a la cama—. ¿Querías confiarme tu cuerpo, pero te niegas a confiarme tu dinero?

No tenía respuesta para eso. Sobre todo después de que Simon le hubiera hecho saber de forma tan dolorosa que le interesaba más su dinero que su cuerpo.

—Me decepciona, señora Wescott —afirmó él por fin—. Sé que no soy un hombre de palabra, pero pensaba que tú sí.

Se dio media vuelta y se dirigió a buen paso hacia la puerta.

—¿Adónde vas?

—Afuera —respondió cortante sin dejar de andar.

Catriona le observó alejarse de ella, y la sensación de indefensión fue en aumento. Aunque su matrimonio fuera sólo simulado, no podía soportar la idea de que él pasara la noche de bodas en brazos de otra mujer.

—¡No! ¡No puedes irte!

Simon giró sobre sus talones, alzando una ceja en gesto de patente desafío.

—¿Y por qué no? ¿Puedes ofrecerme un buen motivo para que me quede?

Durante un momento de desesperación, la joven consideró acercarse a él, arrojarle los brazos al cuello, pegar su boca a sus labios y hacer lo que hiciera falta. Pero si él la rechazaba de nuevo, su orgullo maltrecho no sobreviviría el golpe.

Alzó la barbilla y le miró directamente a la cara.

—Mi tío. Te dije que era un hombre astuto y no estoy segura de que esté convencido con nuestra pantomima. Bien podría haber contratado a un espía para seguirnos. ¡Caray, incluso el cochero podría ser su confidente! John ha sido durante años fiel criado de tío Ross.

Simon entrecerró los ojos como si considerara sus palabras.

—Si le llegan noticias de que mi nuevo marido no ha pasado la noche de bodas en mi dormitorio, enviará hombres a por mí para llevarme de vuelta a casa. Nunca volvería a ver a mi hermano y tú nunca verías un solo penique de la dote.

Simon se pasó una mano por el pelo, luego se volvió hacia la puerta. Catriona se desmoralizó al percatarse de que no tenía la menor intención de hacerle caso.

—Te dejo a solas para que te prepares para dormir —dijo cortante—. Regresaré dentro de una hora con algo para cenar.

—Gracias —susurró ella, pero él ya se había marchado, dejando el eco del golpe de la puerta resonando en los oídos de su esposa.

Simon cruzó como un vendaval la sala de la posada consciente de las miradas curiosas que atraía del puñado de comensales repartidos por las largas meses de madera. Era probable que no esperaran ver a un novio huyendo del dormitorio de su amada como si se le hubiera adelantado el propio diablo.

Abrió de par en par la puerta de la entrada y ya se encontraba en medio del patio cuando se percató de que no tenía a donde ir. Conteniendo un juramento, dio media vuelta y alzó el rostro al cielo. Una tímida luna se asomaba entre el velo de jirones de nubes proyectando un brillo reluciente sobre el patio. La lluvia caía más suave, apenas una leve bruma, pero ni siquiera su caricia apaciguante podía fundir del todo el ceño en su frente.

Lanzó una mirada iracunda a la ventana encendida de la habitación del segundo piso que iba a compartir esta noche con su esposa virgen. En aquel momento se le ocurrieron unas cuantas *perversiones creativas* que le encantaría practicar con ella, para empezar con esa preciosa boca que tenía.

No sabría decir por qué estaba de tan mal humor. No era que Catriona le hubiera traicionado, simplemente había anticipado su siguiente paso y le había puesto a prueba, pagándole con la misma moneda. Su exasperación quedó templada por un hilo de admiración quizá más peligroso. No era frecuente que coincidiera con un oponente tan digno, ni siquiera en las mesas de juego o en el campo de duelo.

¿Cómo había adivinado su intención de largarse con la mitad del dinero y dejarla tirada en Gretna Green? ¿Podía leerle el pensamiento aquella condenada mujer?

Aflojó los puños poco a poco, preguntándose cuándo los había cerrado. Nunca hubiera creído que fuera a reaccionar con ira ante una derrota. Eso sólo servía para ceder el dominio al rival. Siempre había sido capaz de desviar las burlas y el acoso de su padre con una oportuna ocurrencia o entornando los ojos con displicencia. Y si en alguna ocasión esa estrategia fracasaba y se llevaba una feroz paliza de algún criado de su padre, se limitaba a esconderse en la biblioteca cuando todo el mundo estaba en la cama y se agenciaba una de las carísimas botellas de oporto del viejo para calmar el dolor de sus moratones y la peligrosa furia de su estado de ánimo.

Una sonrisa perezosa se formó en sus labios. Había permitido que la nueva señora Wescott le hiciera olvidar una de las lecciones más valiosas y merecidas de su infancia.

Catriona estaba sentada con las piernas cruzadas en medio de la estrecha cama de hierro, ciñéndose el gastado tartán escocés sobre el camisón. A juzgar por el frío que había vislumbrado en los ojos de su marido antes de que abandonara de un portazo su dormitorio nupcial, la prenda iba a hacerle falta. Tras un intento poco entusiasta de encender el fuego con aquel manojo escaso de astillas, la llama exigua ya se había apagado dejando sólo brasas.

Pese a su promesa, Simon ya llevaba fuera más de una

hora. Con toda probabilidad, a esas alturas ya se encontraría a medio camino de Edimburgo, pensó con desánimo, tras decidir que ni ella ni la dote merecían las molestias.

Frunció el ceño cuando el alegre rumor de una melodía atravesó la puerta, en total discrepancia con su estado de ánimo.

Mi esposa, esa muchacha preciosa,
Tan guapa como fantasiosa,
bajo mi falda escocesa echó una miradita
Y al suelo cayó desmayadita.

Catriona abrió los ojos con incredulidad. Aunque la cancioncilla era aullada con un acento escocés tan reconocible como el brezo de primavera en una ladera de las Highlands, la profunda y masculina voz de barítono le resultaba demasiado familiar.

Cuando pregunté a qué venía tanto sofoco
Escondió el rostro con sonrojo
La pobrecita no sabía si sería capaz
De llevarse a la cama tal semental

Catriona se quedó boquiabierta, pero cerró la boca en el momento en que la puerta del dormitorio se abrió con estrépito. Simon se hallaba en el umbral, sujetando una botella abierta de whisky escocés en una mano y una enorme salchicha en la otra.

Se apoyó en el marco de la puerta y le dedicó una sonrisa burlona, rezumando encanto por todos los poros.

—Hola, cariño mío. ¿Me echabas de menos?

Capítulo 10

Era sorprendente ver a Simon más alegre y mucho más despeinado que cuando había salido de la habitación hecho una furia. En algún momento durante su excursión había perdido el abrigo y el chaleco. Llevaba el fular anudado descuidadamente alrededor del cuello y media camisa por fuera, desabrochada por el cuello. Por extraño que fuera, este conjunto desaliñado le sentaba bien, le daba un estilo gallardo reservado habitualmente a los piratas y príncipes perdidos.

Llevaba el pelo leonado echado hacia atrás como si no hubiera parado de pasarse los dedos por él. Catriona apretó los labios. Confiaba, por el bien de él, en que sólo hubieran sido los dedos de Simon.

Como si le leyera el pensamiento, él agitó la botella en el aire.

—Espero que no te importe, pero he pagado unas rondas a los muchachos en el bar. Por supuesto, tendrás que pasar cuentas con el posadero mañana. —Se llevó un dedo a los labios como si protegiera un secreto inconfesable, antes de susurrar—: Mi monedero está un poquito vacío y mi crédito no es el deseable.

—Pensaba que ibas a traer la cena.

—Y eso he hecho. Ésta es tu cena —dijo— tirándole la salchicha.

Catriona la atrapó con torpeza, sin saber bien como manejar aquella cosa. Tenía unos buenos veinticinco centímetros de largo y varios de grosor y parecía más amenazadora que apetecible. Si un intruso irrumpía en la habitación, podría usarla para dejarlo inconsciente.

—Y ésta es mi cena —concluyó Simon, torciendo la botella de whisky para llevársela a los labios y dando un buen trago al licor ámbar.

—Creo que ya has *cenado* bastante por hoy —comentó Catriona.

Como si quisiera darle la razón, Simon dio un paso decidido hacia la cama y luego empezó a tambalearse a la derecha.

Frunció el ceño.

—¿Soy yo o este camarote escora a estribor?

Arrojando la salchicha a un lado, Catriona se puso en pie como pudo y se apresuró a acudir a su lado. Le rodeó la espalda con el brazo y se metió debajo de su hombro para impedir que se cayera.

Apoyándose en ella, Simon enterró la cara en sus rizos sueltos e inspiró hondo.

—Sin duda eres el grumete más guapo que he visto en la vida.

—Bien, al menos no tengo bigote —replicó con sequedad, quitándole la botella de la mano y dejándola sobre la mesa antes de arrastrarle hacia la cama. Simon encontró su nuca con los labios y empezó a acariciarla con la boca impidiéndole concentrarse.

Para cuando pudo zafarse de él y echarlo sin ceremonias sobre la cama, Catriona también empezaba a sentirse un poco achispada.

Antes de que pudiera retroceder y situarse fuera de su alcance, él le cogió la mano con firmeza, tiró de ella y la hizo caer encima suyo, proporcionando a Catriona una visión clara de la bruma de vello dorado que había empezado a oscurecer su mandíbula.

—El barco da vueltas —dijo con solemnidad—. Ve a decir al capitán que nos hemos metido en un remolino.

—El barco no da vueltas, tu cabeza sí. Cierras los ojos y parará.

Obedeció.

—Mmm... tienes razón. Así está mucho mejor.

Catriona tenía razón en otra cosas. El tamaño de la cama no permitía que dos ocupantes yacieran uno al costado del otro. Pero tenía la medida perfecta para que ella se estirara encima de Simon. Con los muslos colocados a horcajadas sobre la cadera de él, la muchacha amoldó la blandura de sus senos a los contornos musculosos de su torso.

Podría haber protestado cuando Simon le rodeó la cintura con el brazo, pero por una vez no había atisbo de intención lasciva. Parecía muy satisfecho sólo con permanecer abrazados. Catriona vaciló por un momento, luego descansó la mejilla con cautela en su esternón, saboreando en secreto la novedad de que la abrazaran, en especial él.

—Cuando sólo era un chiquillo —murmuró él mientras le frotaba la espalda con perezosos círculos a la altura de la cintura—, mi madre solía decirme que mi cama era un barco grande y que la noche era el mar. Me prometía que, si cerraba los ojos, enseguida estaría navegando por todo tipo de aventuras magníficas.

Catriona levantó la cabeza, contemplando con atención su rostro. Una débil sonrisa curvaba los labios de Wescott, pese a mantener los ojos cerrados.

Sabía que no estaba bien aprovecharse de su estado embriagado, pero ¿qué daño podía haber en mantener una conversación que probablemente no recordara por la mañana?

—¿Cómo era? —preguntó bajito—. ¿Tu madre?

Él suspiró.

—Bondadosa y guapa, con ingenio malicioso y corazón generoso. Tenía varios amantes, por supuesto. Siempre habrá algún hombre que considere a las bailarinas de ópera poco más que fulanas. Por desgracia, mi padre era uno de ellos. Pero la subestimó. Podría ser hermosa, pero también era espabilada. Lo bastante espabilada como para llevar a un abogado una sortija de sello que mi padre le regaló en un momento de pasión, para que tras su muerte no le quedara otra opción que reconocerme como hijo suyo.

—¿Cómo murió?

Simon se encogió de hombros sin abrir los ojos.

—Una tos persistente. Una noche de tormenta. Sin dinero para ir al médico. Por trágico que suene, tenía todos los elementos de una farsa clásica.

—Tienes que haberla echado muchísimo de menos.

Simon hizo un gesto de asentimiento.

—Pese a sus muchos errores, era una buena madre. Por muchos hombres que se llevara a la cama, dejaba claro que yo era el amor de su vida. —Una sonrisa encantadora tiró de la comisura de sus labios—. Supongo que heredé de ella mi «pasión por la pasión».

Catriona consideró sus palabras durante un momento.

—¿Crees que buscaba la pasión en los brazos de todos esos hombres... o el amor?

Simon abrió los ojos, sin el menor indicio de mofa en su adormilada mirada verde.

—¿No son la misma cosa?

—Sólo si tienes mucha suerte —susurró Catriona, comprendiendo demasiado tarde que sus labios estaban a una mínima distancia de su boca.

Simon deslizó bajo sus rizos una gran mano cálida y le tomó la nuca con la palma. Ella pestañeó hasta cerrar los ojos mientras acercaba su boca, que él se entregó a explorar con sus propios labios. Jugueteó cuidadosamente con la lengua sobre los labios pegados de Catriona, antes de adentrase lo suficiente y acabar con todas las inhibiciones que ella pudiera mantener. Su beso sabía a whisky y a pecado, y a todos los deleites oscuros que un hombre y una mujer pudieran experimentar en las horas solitarias de la noche.

Recordándose que además se trataba de un encuentro que Simon habría olvidado por la mañana, le devolvió el beso con todo el anhelo contenido de su alma. En ese momento, poco le importaba si él buscaba pasión o amor o sólo una emoción pasajera, mientras lo buscara en sus brazos.

Catriona se acomodó encima de él con una liviandad poco elegante, a horcajadas no sólo sobre sus caderas sino también sobre la persistente protuberancia que estiraba el tejido suave como la mantequilla de sus pantalones. Simon, soltando un juramento en voz baja dentro de su boca, arqueó las caderas levantándolas de la cama, obligando a su desposada a cabalgar a un compás que imitaba el ritmo dulce y lento de la lengua deslizándose en su boca. El movimiento provocó una cascada de escalofríos de deleite en la profundidad de su matriz. El lino almidonado del camisón y la napa de los pantalones sólo servían para resaltar la deliciosa fricción entre ellos.

La cama era un barco alto, la noche era el mar, y él era la magnífica aventura que la arrastraba por el remolino de sensaciones del que no deseaba escapar.

Mientras esos temblores de placer se acumulaban, amenazando con desbordarse y enredarla en el éxtasis, Catriona oyó un quejido desgarrador que habría jurado que era suyo. Hasta que luego llegó un golpeteo rítmico que hizo temblar toda la pared pegada a la cama, y a continuación un alarido maullante que le puso los pelos de la nuca de punta.

Aún sentada a horcajadas sobre Simon, se incorporó sobre las rodillas. Su alarma apagó el deseo como un cubo de agua helada.

—Por todos los cielos, ¿qué ha sido eso? ¿Crees que están asesinando a alguien? ¿Deberíamos alertar al posadero?

—Sólo si incitar a *le petit mort* se considera un crimen. —Rodeándole las caderas con un brazo para que no se cayera, Simon se sentó y pegó el oído al muro—. Si no me equivoco, creo que se trata de nuestros ansiosos amiguitos de la fragua.

—¿Cómo lo sabes?

Torció la cabeza hacia la pared.

—Escucha.

Catriona ni siquiera tuvo que pegar la oreja para oír el gemido apasionado de «¡Oh, Bess!», seguido de un grito penetrante de «¡Oh, Jem!»

—Oh, diablos —soltó Simon—. ¿Cómo demonios se supone que vamos a dormir con ese jaleo durante toda la noche?

Resultó que lo de *toda la noche* era un cálculo optimista. Tan sólo unos segundos más tarde, Jem rugió como un toro mientras Bess alcanzaba una nota vibrante digna de un aria operística. A continuación se hizo un silencio de dicha. Por lo visto los recién casados habían perecido de forma simultanea.

Simon y Catriona acababan de soltar un suspiro conjunto de alivio cuando los golpes y gemidos se reanudaron, incluso con más vigor que antes.

Simon se cayó de espaldas con su propio quejido.

—¡Oh, quien tuviera veintidós años otra vez!

Catriona negó con la cabeza llena de consternación.

—No puedo creer que estas paredes sean tan finas. —Pero un pensamiento aún más terrible le vino a la cabeza—. De modo que si nosotros hubiéramos... ¿nos habrían...?

Simon asintió mientras la observaba desde detrás de las largas pestañas que descendían poco a poco.

—Cada gemido, cada suspiro, cada sílaba de mi nombre pronunciado a gritos, suplicándome que...

Catriona le tapó la boca con la mano.

—¿Qué te hace pensar que yo iba a ser quien suplicara?

Notó que él sonreía bajo la mano. Luego Simon se dio la vuelta e invirtió con habilidad las posiciones de tal manera que ella quedó aprisionada bajo su largo cuerpo musculoso. Enlazando sus dedos con los de Catriona, le sujetó las manos a ambos lados de la cabeza.

—Dame diez minutos de tu tiempo y te lo enseñaré.

Observándola con ojos relumbrantes como fragmentos de esmeralda, y con el peso duro y ansioso de sus caderas acomodado entre sus muslos, era un desafío casi imposible de resistir. Pero estaba muy borracho, se recordó Catriona. Cuando estuviera sobrio se levantaría de la cama sin echar una mirada atrás.

—Como bien te apresuraste a recordarme antes —dijo en voz baja— te contraté para que te casaras conmigo, no para que te acostaras conmigo.

La mirada de Simon se oscureció, advirtiéndole de que no estaba en posición de acosarle. Sólo tenía que sujetarla con una mano mientras abría la bragueta de sus pantalones y le levantaba el camisón para que no se interpusiera en su camino. A Catriona le picaba el orgullo saber que en algún rincón oscuro, perverso, de su corazón, casi deseaba que lo hiciera. Ni siquiera tendría que ser brusco con ella, unas pocas caricias ingeniosas con sus dedos diestros y estaría cantando un aria que haría sonar a la joven Bess en el cuarto de al lado como una verdulera pregonando sus mercancías en los muelles.

—Tienes toda la razón —dijo él finalmente, soltándole las manos y volviéndose de costado. Se apoyó en un hombro y le dirigió una mirada—. Y ya que parece que no voy a recibir compensación por ningún servicio, debería intentar buscar clientes donde me quieran.

Catriona se apartó de Simon para no dejarle ver cuánto le deseaba. Ya se estaba haciendo a la idea de pasar una noche miserable envuelta en su manta escocesa en una de las sillas de duro respaldo, escuchando a Jem y a Bess proclamándose uno a otro su amor imperecedero, pero antes de conseguir salir de la cama, Simon le rodeó la cintura con el brazo y la pegó a él, amoldando su pecho a la espalda de ella.

—Buenas noches, señora Wescott —susurró entre su pelo—, confío en que sueñe sólo conmigo.

Mientras Catriona sucumbía a la tentación y se instalaba en el cálido receptáculo de su cuerpo, descubrió que se había equivocado después de todo. Había sitio para dos personas en la estrecha cama, mientras permanecieran acurrucados como dos cucharas en el cajón de un armario. Aún podía sentir la erección de Simon apretada contra la blandura de su trasero, aún podía oír a Jem y a Bess montándose como el ganado en la habitación de al lado. Pero estar envuelta en los brazos de Simon pareció relajar la tensión de su cuerpo e hizo posible que se quedara dormida.

Y que soñara con él.

Simon se despertó a la mañana siguiente con los brazos vacíos y un fuerte dolor de cabeza. El dolor de cabeza no le era desconocido, y normalmente sentía alivio al encontrarse con los brazos y la cama vacía después de una noche de jolgorio alcohólico. Así se ahorraba los molestos besos de despedida y las peticiones, entre mohínes, de promesas bonitas que no tenía intención de hacer o cumplir. Pero en este momento sus brazos parecían más vacíos de lo habitual: como si le hubieran arrebatado algo precioso sin él tener culpa alguna.

Bajó las piernas para sentarse en el borde de la cama y se obligó a abrir los ojos, gimiendo en voz alta cuando la brillante llamarada de luz los alcanzó. Agarrándose las sienes palpitantes, cerró los ojos de golpe y esperó varios minutos antes de volver a intentarlo con cautela. Esta vez la luz del sol, que entraba por la ventana de la buhardilla bajo el alero este, le permitió atisbar la botella de whisky abierta, apoyada en la mesa. Sólo quedaba un dedal de licor en ella, lo cual explicaba sin duda el dolor de cabeza, también los brazos vacíos.

Bajó la mirada. Su ropa estaba en un estado terrible, pero aún llevaba puesta la camisa, los pantalones e incluso las botas. Examinó la cama, medio temiendo lo que pudiera encontrar. Las sábanas estaban arrugadas, pero no había ningún tipo de mancha cobriza ni el olor persistente a almizcle en el aire.

Dejó caer la cabeza entre las manos mientras las imágenes de la noche volvían a él como un torrente. Por regla general, el licor le embotaba la memoria, dejándola confusa, poco fiable, pero estas imágenes volvían a él como el eco distante de una canción predilecta: obsesivo e inolvidable. Catriona en sus brazos, a su lado, encima... debajo.

Recordó además un momento oscuro de tentación. Jamás había estado tan cerca de violar a una mujer en su sórdida carrera de libertino.

Y no cualquier mujer, sino su propia esposa.

Simon alzó la cabeza, parpadeando para protegerse del resplandor hasta que el humilde dormitorio quedó enfocado con más claridad. Sus brazos y cama no eran lo único que estaba vacío.

Catriona y todas sus pertenencias habían desaparecido.

Capítulo 11

*L*a astuta brujita le había traicionado.

Simon bajó las escaleras de la posada de dos en dos, anudando al mismo tiempo su fular de un tirón. Había estado tan ocupado planeando su propio engaño que no se le había ocurrido pensar que su esposa pudiera traicionarle. No era de extrañar que ella hubiera adivinado su plan, pues sólo era un eco amortiguado de su propio complot nefario.

Al menos él iba a tener la decencia de dejarla con su mitad de la dote. Ella por lo visto se había fugado con todo, abandonándole a la dudosa merced de sus acreedores. Sin dinero para huir al continente, sólo era cuestión de tiempo que dieran con él. Y, por supuesto, si el posadero no llamaba primero a la policía local y le enviaba a la cárcel por no pagarle la cuenta. Se preguntó si ella lloraría compungida en el pañuelo cuando se enterara de que le habían metido en la cárcel por deudor y que el mismo magistrado vengativo, a cuya hija había seducido, le había condenado a la horca.

Captó la ironía de su difícil situación. Lo habitual era que la novia fuera quien descubría con la dura luz de la mañana que el novio la había abandonado. Algunas ni siquiera conseguían llegar a Gretna Green, pues eran abandonadas por el camino después de que algún tunante, sin la menor intención de casarse, les robara el orgullo y la virtud.

Simon se sintió doblemente maltratado. Catriona ni siquiera se había tomado la molestia de arrebatarle la virtud, sólo su dinero y orgullo. Con duro pesar fue consciente de que había sido él quien había rechazado la oferta de consumar su unión. Al menos en tal caso, ella habría tenido algo que recordar, aunque sólo fuera un esmerado...

Al doblar el recodo, al pie de las escaleras, se topó con Jem.

Ajeno a su mal genio, el joven retrocedió tambaleante y le dedicó una amplia sonrisa que reveló su dentadura irregular.

—Buenos días, señor, confío en que usted y su preciosa novia hayan tenido una noche tan agradable como yo y mi Bess.

Simon cogió al muchacho por el cuello y le miró amenazante.

—Habría que estar sordo como una tapia para no saber la noche tan agradable que tú y tu preciosa Bess habéis pasado. Seguro que han oído en Edimburgo vuestros gemidos y gritos.

La sonrisa de Jem se agrandó.

—¿De verdad cree eso, señor?

Sacudiendo la cabeza asqueado, Simon lo soltó. Mientras continuaba a zancadas hacia la puerta, Jem siguió escaleras arriba, con un silbido desenfadado en los labios y paso un poco más ufano.

El encuentro no había servido exactamente para mejorar el humor de Simon. Le habían traicionado y abandonado, mientras Jem regresaba a la cama de su adoradora novia para otra ronda de danza ensordecedora entre las mantas.

¡Cómo se ha atrevido Catriona! A él no le abandonaban las mujeres. Las mujeres *nunca* le dejaban. Así de sencillo, nunca sucedía. Si alguien se marchaba, era él. Se suponía que era Catriona quien iba a pasar el resto de sus días suspirando por su contacto y anhelando la gran pasión de su vida. No obstante, ahí se encontraba él, tirado en una posada de mala muerte en algún pueblito mugriento de Escocia, mientras ella y aquel gato ridículamente obeso salían a toda mecha hacia las Highlands con la mitad de su dote.

Abrió de par en par la puerta de la posada, derribando casi a otro desventurado novio. Ella era una necia si pensaba que iba a huir de él con tal facilidad. ¡Qué caray, era capaz de robar un caballo y arriesgarse a acabar en la horca por ir tras ella si hacía falta! La encontraría y le haría devolver hasta el último penique de lo que le debía. La perseguiría hasta las mismísimas puertas del infierno y haría que lamentara haberse atrevido a traicionarle...

Simon se paró en seco, y el corazón le dio un vuelco en el pecho. Su esposa se hallaba en medio del patio junto a una desvencijada carreta. Como si ella adivinara su presencia, gracias a algún sentido milagroso aparte del oído o la vista, se volvió y le descubrió. Sujetándose el sombrero de ala ancha para que no volara con la fresca brisa que barría el patio, le dedicó una sonrisa tan radiante como la que Bess estaría dedicando con toda probabilidad a Jem en esos momentos.

El alivio y la ira le atravesaron por igual. No sabía si cogerla en sus brazos o estrangularla con el fular.

Ajena al tumulto de emociones desconocidos que oprimían el corazón de Simon y aturdían su cabeza, Catriona avanzó hacia él, con la muselina de la falda verde botella formando un ramillete espumoso en torno a sus tobillos estilizados.

Abrió la boca, pero antes de tener ocasión de saludarle, él le soltó:

—¿Dónde diantres has estado?

Ella pareció desconcertada, pero sólo por un breve instante.

—Oh, me reuní con el joven Jem en los establos para una cita —le informó con alegría—. Después de anoche, sentía curiosidad por ver a qué respondían todos esos chillidos.

Simon entrecerró los ojos, pues sus anteriores impulsos estaban siendo sustituidos por una necesidad todavía más inaceptable: cogerla en sus brazos y besarla hasta dejarla inconsciente.

Cruzó los brazos sobre el pecho para intentar resistir la tentación.

—¿Y has podido satisfacer tu curiosidad?

Ella se encogió de hombros con gesto etéreo.

—He visto cosas mejores.

—Todavía no —respondió él en voz baja—. Pero llegará el momento. —Continuó con el ceño fruncido, admirando en secreto el rubor encantador en sus mejillas—. No puedes culparme por haberme alarmado al darme media vuelta para decir buenos días a mi esposa y descubrir que se había esfumado sin dejar rastro.

Catriona dio un resoplido.

—Las buenas tardes querrás decir.

Simon miró al cielo azul cobalto, entrecerrando sus ojos adormilados, y descubrió que tenía razón. El sol empezaba a descender de su punto álgido y ya avanzaba poco a poco hacia el horizonte.

—Intenté levantarte antes, sin éxito —explicó ella—. Cuando comprendí que ibas a quedarte en la cama medio día, me tocó a mí organizar los preparativos de nuestra partida.

Simon echó un vistazo por el patio, pero el único vehículo a la vista era la carreta. Estaba tan cargada de objetos varios que la base astillada se veía curvada.

—Entonces, ¿dónde está nuestro carruaje?

La muchacha se llevó la mano a la cabeza cuando otra ráfaga de viento amenazó con dejarla sin sombrero y le dedicó una sonrisa nerviosa.

—De regreso a Londres, me temo.

—¿Disculpa? —preguntó con la esperanza de que las secuelas del licor le hubieran afectado al oído así como a la vista.

—Bien, cuando le conté a John que nos dirigiríamos hoy hacia las Highlands, insistió en que sólo tenía órdenes de traernos a Gretna Green. Dijo que mi tío no aprobaría una aventura de ese tipo y seguramente le despediría nada más regresar a Londres; eso si primero no le cortaba el cuello algún asaltante o salvaje escocés.

—¿Y has permitido que se vaya? —preguntó Simon con incredulidad, repensando su decisión de estrangularla.

—Casi no tenía opción. Pesa cincuenta kilos más que yo, como mínimo. —Le dedicó una sonrisa radiante—. Pero no tienes por qué preocuparte por nuestro viaje. Me he ocupado de todo.

—Eso es lo que me da miedo —murmuró.

Indicó la carreta con ademán majestuoso, como si se tratara de uno de los carruajes blasonados del rey enganchado a un tiro de saltarines sementales blancos—. Confiaba en poder adquirir un medio de transporte más cómodo, pero estoy bastante satisfecha de haber dado con este vehículo en tan poco rato.

Simon rodeó aquella monstruosidad, estudiándola con cierta dosis de cinismo. Un par de jamelgos tambaleantes habían sido enganchados a los ejes. A juzgar por su patético estado, un par de cabras habrían servido de igual manera, probablemente con más fortaleza.

—¿Añadieron los caballos gratis o pagaste por llevárte-los? Si el carro se rompe, al menos tendremos algo para comer.

Catriona dio una tierna palmadita sobre la cruz sarnosa de uno de los animales.

—El herrero me aseguró que eran más resistentes de lo que parecen.

—Eso espero, desde luego. Si no, no saldrán de este patio. —Se fue hasta la parte posterior de la carreta, donde sobresalían varios bultos y fardos bajo el hule impermeable—. ¿Y qué es todo esto? ¿Más sombreros?

Catriona se mordió el labio inferior, delatando un poco más de culpabilidad, lo cual hizo resonar una campana de alarma en su cerebro.

—Mientras dormías, me tomé la libertad de comprar unos cuantos regalos para mi hermano. —Cuando él alzó una ceja, ella entornó los ojos—: No tienes de qué preocuparte. He gastado mi dinero, no el tuyo.

Simon levantó una esquina del hule para echar un vistazo, pero ella se interpuso bloqueándole la vista.

—Todo está embalado de forma satisfactoria. Mejor que no toquetees nada.

Suspiró.

—Y exactamente, ¿dónde vamos a reunirnos con este querido y bendito hermano tuyo?

Catriona se volvió para meter otra vez la esquina del hule bajo las cuerdas que lo sujetaban, evitando su mirada.

—Cerca de Balquhidder. También he comprado un mapa y comida suficiente para casi una semana.

—Entonces, por lo que veo, lo único que precisamos es un cochero. ¿Se ha ocupado también de eso el herrero?

—No, me he ocupado yo. He pensado que tú podrías hacer los honores.

—¿Yo?

—Bien, puedes llevar un vehículo, ¿no? ¿No es una de las destrezas apreciadas por los libertinos, granujas y otros calaveras?

—Correr en Newmarket con un castrado premiado o manejar un faetón francés por Rotten Row una tarde de domingo para coquetear con las bellezas y sus mamás es un poco diferente a lograr que dos jamelgos destrozados suban por la empinada ladera de un precipicio y desciendan luego por la abrupta caída del otro lado.

—Estoy segura de que nos las apañaremos. —Agitó sus pestañas sedosas para mirarle—. Al fin y al cabo, contarás con amplia experiencia en emplear tus encantos para lograr que los jamelgos hagan lo que te plazca.

—Qué pena que mis encantos no funcionaran contigo. —Simon miró con aire desconsolado el pescante hundido del cochero, imaginando cómo iba a sentirse su trasero después de unas cuantas horas dando botes encima. La tercera parte del asiento ya estaba ocupada por una jaula construida con estrechas tablillas de madera.

—¿Y qué es ese artilugio?

—Una jaula para pollos.

Wescott se inclinó para escudriñar el interior. El ocupante de la jaula soltó un grave bramido.

—Detesto decepcionarte, pero eso no es un pollo.

—¡Por supuesto que no es un pollo! No podía permitir que *Robert the Bruce* deambulara libre como en el carruaje de tío Ross. Si decidiera perderse por el bosque tras el rastro de una marta o un urogallo, tal vez no volviéramos a encontrarlo.

Simon balbució algo en voz baja que le ganó una mirada de reproche de Catriona, y luego se enderezó.

—Supongo que sólo necesito saber una cosa más.

—¿Sí?

—¿Cuándo nos vamos?

Después de tres días interminables y extenuantes en la carretera, Simon empezaba a desear ser el tipo de villano que pudiera estrangular a una mujer con su fular, dejar su cuerpo pudriéndose en el bosque, y alejarse alegremente con todo su dinero. Las miradas que dedicaba a Catriona se volvían más asesinas a cada vuelta demoledora de las ruedas del carro sobre las carreteras pedregosas.

Para aumentar la tortura, las sacudidas e inclinaciones de la carreta parecían poner constantemente alguna parte de su cuerpo en contacto tentador con ella. Sus rodillas y muslos chocaban con cada bache, y cada golpe de las riendas hacía que su codo rozara la suavidad cautivadora de su pecho.

Como burlándose de su hosco ánimo, la conducta de Catriona se volvía más risueña y entusiasta a medida que avanzaban. La mayoría de mujeres que él conocía habrían estallado hacía rato en lágrimas o en una crisis nerviosa al verse obligadas a soportar unas condiciones de viaje tan primitivas. Pero Catriona no. Charlaba alegremente, sin parar, sobre cada ardilla, cada herrerillo con cresta y cada acederilla en floración temprana que encontraban. Cualquiera pensaría que Dios había creado todas estas criaturas puramente para su placer. Mientras los pastos ondulantes de las Lowlands daban paso a los picos escarpados y los páramos perturbadores de las Highlands, la encantadora cadencia escocesa que él recordaba del granero empezó a volver poco a poco a su habla.

—Es como si volviera a respirar de verdad por primera vez en diez años —dijo mientras la carreta ascendía a duras penas por el camino estrecho y sinuoso, más propio de ovejas que de seres humanos—. Creo que nunca me había percatado de cuánto hollín tengo pegado en los pulmones. —Cerró los ojos y respiró hondo el fresco aire de la montaña, y su expresión dichosa hizo a Simon desear ser la causa—. ¿No te hace sentir casi loco de gozo?

—No, pero esto sí —contestó de forma cortante, sacando de debajo del pescante una botella sin abrir de whisky escocés, que descorchó con los dientes.

La posada ruinosa donde habían pasado la noche anterior ofrecía muy pocas comodidades, pero este licor cobrizo que aún burbujeaba, casi lo compensaba. Si había algo que los escoceses sabían hacer, eso era el whisky. Simon había engatusado a Catriona para que comprara tres botellas de aquella sustancia, confiando en que hiciera el viaje y su compañía más tolerable.

Simon gruñó cuando el carro dio una sacudida al pasar sobre un bache especialmente feo.

—No puedo decidir que es lo que me duele más, si la cabeza o el culo.

Catriona dirigió una mirada de desaprobación a la botella.

—Tal vez te doliera menos la cabeza si no bebieras tanto.

—Tal vez me doliera menos si no hablaras tanto. —Mirándola con gesto desafiante, se llevó la botella a los labios y dio un trago largo y profundo al whisky.

La muchacha se rodeó los hombros con la tela escocesa y miró al frente, con un atisbo de puchero tentador en sus labios carnosos. Pero el destino de Simon no era disfrutar de la paz y tranquilidad del cráneo de Catriona. Mientras la carreta doblaba una curva y salía a una amplia repisa de roca que se asomaba al valle inferior, un grito agudo surgió de los labios de la escocesa.

Simon hizo detener los caballos, temeroso de toparse con una horda de merodeadores de las Highlands. Antes de que el carro parara del todo, Catriona ya había bajado al suelo y se había ido corriendo hasta el mismo límite del precipicio.

Su figura menuda quedó recortada contra la cordillera distante de picos cubiertos de nieve. El viento batía sus riscos majestuosos y soplaba nubes de nieve sobre el valle. Los rayos dorados y sesgados del sol lo iluminaban desde el oeste, haciendo brillar los fragmentos de hielo, que convertía en motas relumbrantes de oro. Danzaban en el viento, girando como amantes con la tensión de una sinfonía inaudible para los ojos humanos.

Incluso para la mirada hastiada de Simon, era una vista espectacular. Pero no más espectacular que la visión de Catriona ahí de pie al borde de este precipicio, con la cara vuelta hacia arriba para dar la bienvenida a la llegada de la nieve con expresión extasiada. Los dedos anhelantes del viento importunaban su moño, soltándole horquillas y haciendo volar relucientes mechones de pelo sobre su rostro y hombros. Pero el viento no podía alterar su porte noble o la postura orgullosa de sus hombros delgados. Era como si su despeinada princesita celta del granero por fin hubiera encontrado un reino digno de ella.

Apretándose la manta apolillada en torno a los hombros como si fuera una estola de armiño, se volvió a Simon con una expresión tan seria que resultaba desgarradora.

—Oh, Simon, ¿no es lo más glorioso que has visto en la vida?

La falta de entusiasmo de su marido no la desalentó. Riéndose en voz alta, se volvió de nuevo al precipicio y abrió los brazos como si quisiera abrazar todo el mundo y a todos los que estaban en él.

Excepto a él.

Pese al fresco aire de la montaña penetrando sus pulmones, Simon se quedó de pronto sin aliento. Temió que no fuera la altura vertiginosa de su posición lo que le mareaba, sino un profundo cambio en el equilibrio entre tierra, cielo y su corazón.

—Si ya tienes suficiente de admirar la vista, yo ya tengo suficiente de congelarme el culo —gritó con más aspereza incluso de la pretendida.

Tras una última mirada prolongada al cielo barrido por la nieve y el sol, Catriona se volvió hacia la carreta a su pesar. Trepó como pudo al asiento y miró a Simon con recelo al ver que no le ofrecía la mano. Mientras se acomodaba una vez más junto a él, irradiando calor con todo su delgado cuerpo, Simon miró al frente y agarró la botella de whisky por el cuello, aterrorizado de haber caído al final víctima de una sed tan poderosa que ni el mejor whisky podría saciar.

Al anochecer, la nieve primaveral había alcanzado cierto grosor y se había instalado en el cabello de Catriona como sedosas plumas blancas. Más helada por el inexplicable humor gélido de Simon que por el viento glacial, se echó sobre la cabeza la manta escocesa y se acurrucó en el extremo del asiento del conductor. Sin el calor del cuerpo de Simon o su encanto natural para calentarla, enseguida se vio dominada por unos escalofríos incontrolables.

Cada vez estaba más oscuro, pero no había rastro de ninguna posada o refugio, ni tan siquiera un granero donde buscar cobijo. Simon le dedicó una rápida mirada, luego soltó un juramento en voz baja y fustigó con las riendas los lomos de los caballos para salir de la carretera y adentrarse por un claro del bosque.

Sin romper el silencio incómodo, juntó varias astillas para encender un fuego crepitante. Mientras amarraba los jamelgos a un árbol próximo para que pastaran a través de la delgada costra de nieve, Catriona asó unas patatas con piel, y dio pedacitos de cecina de ternera a *Robert the Bruce*.

Estaban comiendo los humeantes y crujientes pedazos de patata con los dedos cuando Simon habló por fin:

—Cuéntame entonces alguna cosa de este bendito hermano tuyo.

Dividida entre el alivio de que le hablara por fin y la consternación por la elección del tema, Catriona se rió nerviosa.

—Oh, puedo asegurarte que Connor no es ningún santo, al menos no lo era de pequeño. Me llevaba cinco años y nunca desaprovechaba la oportunidad de tirarme de las trenzas, de cogerme las muñecas para practicar con el arco o meterme un ratón en la cama.

—Y tú le adorabas, claro.

—Con todo mi corazón —admitió con una sonrisa melancólica—. Tal vez me tomara el pelo sin piedad, pero si alguien me echaba una mirada deshonesta podía contar con un ojo morado o una nariz ensangrentada.

Simon estiró las piernas y se apoyó en un codo, con una mirada ilegible en sus ojos ensombrecidos.

—Tuvo que costarle separarse de ti.

—No creo que le quedara otra opción. Después de que nuestros padres... fueran asesinados por los casacas rojas, lloré y le supliqué que no me mandara. Pero me secó las lágrimas y me dijo que tenía que ser valiente, que los Kincaid no lloraban nunca si podían pelear. Prometió venir por mí en cuanto fuera seguro traerme de vuelta a casa.

Simon frunció el ceño.

—Pero en vez de ello te mandó llamar, en vez de venir él mismo a recogerte como había prometido.

De pronto Catriona mostró gran interés en extraer el último fragmento de patata de su piel chamuscada.

—Y así, ¿cómo era tu hermano? —Ahora le tocaba a ella preguntar.

Simon se encogió de hombros.

—Bastante insufrible. Aunque nuestro padre casi no soportara mi presencia, supongo que Richard seguía considerándome una especie de rival con quien competir por el afecto del viejo. Nunca desaprovechaba la oportunidad de recordarme que él era el verdadero heredero y que yo sólo era el bastardo. Richard tenía doce años cuando mi padre me acogió en su casa. Nada más llegar a la finca ducal, su juego favorito era llevarme a algún rincón remoto de la casa y dejarme allí, pues sabía que no sabría volver.

A Catrina se le encogió el corazón con la imagen de Simon de niño, deambulando por un laberinto apabullante de pasillos mientras su hermano se burlaba de él.

—Imagino que lo odiabas —dijo en voz baja.

—Casi tanto como lo idolatraba. —Simon empleó la punta del puñal para dar vueltas en el fuego a la piel de la patata—. Pero supongo que la última mala pasada la sufrió él, porque ahora está muerto y yo soy el único hijo de nuestro padre. —Sacó la botella medio vacía de debajo de su petate y la levantó para brindar—: Por todos los hermanos ausentes.

—Por los hermanos ausentes —repitió Catriona—. Donde sea que estén —añadió bajando la vista.

Simon estiró una pierna ante él y echó hacia atrás la cabeza para estudiar el cielo. Había dejado de nevar y la cortina de nubes se había despejado hasta revelar una dispersión de estrellas. El centelleo parecía tan intenso como para provocar dolor.

Ya se había pulido la primera botella de whisky y empezaba con la segunda, pero el conocido aturdimiento del alcohol no había logrado mitigar el nuevo ansia en su corazón. Su cuerpo estaba borracho, pero su mente seguía dolorosamente sobria.

Desplazó la mirada a Catriona. Se había retirado a su nido de mantas al otro lado del fuego y se había quedado dormida casi al instante. Tal vez no fuera demasiado tarde para convencerse de que lo que sentía por ella era simplemente lujuria: una broma cruel que su cuerpo le jugaba a su corazón para protestar por negársele lo que deseaba con tal desesperación.

Sacudió la cabeza. Debería haber sabido que no tenía que buscarse una esposa, aunque fuera fingida. Era mejor derrochar sus encantos con las esposas de los demás.

Catriona se puso de costado, echando un brazo sobre el baúl de viaje con brocados que guardaba con más empeño que su virtud o su corazón.

Dejando a un lado la botella abierta de whisky, se levantó con el mismo sigilo de un asesino y rodeó el fuego para situarse de pie sobre ella. Pese a las llamas crepitantes, Catriona todavía tenía la nariz sonrosada de frío. Nada le hubiera gustado más a Simon que quitarse la ropa, deslizarse bajo las mantas y calentarla con el calor de su cuerpo. Se moría de ganas de encenderla de pasión... de placer... de deseo. Casi podía notar el deslizamiento dulce y eterno mientras danzaban juntos bajo las mantas, piel con piel, corazón con corazón...

Se pasó una mano temblorosa por el mentón, se sentía febril pese a la gélida brisa.

Arrodillado a su lado, soltó poco a poco el baúl de viaje de sus manos. Vaciló un momento, luego se quitó la casaca y la echó sobre ella, añadiendo una capa más de calor a su nido.

Catriona respiró el embriagador aroma masculino a toffee caliente y brisa marina, luego suspiró de placer. Abrió los ojos y encontró a Simon en cuclillas al otro lado del fuego, en mangas de camisa y con el pelo reluciente como oro recién acuñado bajo la luz del fuego. Bajó la mirada y se encontró envuelta en su casaca de lana.

Una sonrisa adormilada curvó sus labios. Pese a que él lo negara con su último aliento perfumado a whisky, en algún lugar dentro de ese delgado y musculoso cuerpo de bribón latía el corazón noble de un caballero. Pestañeó semidormida mientras volvía a mirarle con adoración.

Un caballero que estaba arrodillado sobre su baúl abierto. Un caballero que estaba revolviendo su contenido con la eficiencia fría de un carterista de Convent Garden. Un caballero que alzaba una ceja lasciva mientras sostenía una de sus prendas íntimas a la luz del fuego. Un caballero que arrojaba esa delicada prenda a un lado, sin cuidado, para poder coger la más privada y preciada posesión de Catriona entre sus manos ávidas, tramposas y ladronas.

Capítulo 12

Catriona se incorporó de golpe y salió de su nido de mantas como si una chispa perdida las hubiera encendido en llamas.

—¡Alto! —gritó rompiendo el tranquilo silencio que se había hecho en el bosque.

Simon se quedó paralizado, con la mano alzada sobre la tapa de la delicada caja de palisandro. Sosteniendo con la otra mano la parte inferior de la caja, se levantó despacio, observándola con cautela.

—No —repitió ella, más bajo esta vez—. Por favor.

Simon la estudió con los ojos entrecerrados, lo bastante vidriosos como para informar a la joven de que aquella noche había ingerido más líquido que sólido para cenar.

—¿Qué es lo que ocultas, astuta gatita? ¿Un collar de zafiros más valioso que tu dote? ¿Cartas de un admirador? ¿De verdad es tu hermano quien te espera al final de esta carretera o hay alguien más? ¿Quizás un amante?

Catriona dio un paso hacia él, luego otro, se aproximó con la misma cautela que emplearía para acorralar a un animal en su guarida.

—Tú devuélvemela, por favor. Es mía. —Fue a coger la caja, pero él la levantó con facilidad para impedir que la alcanzara.

—Todavía no, por el momento parece que es mía.

Comprendiendo que no tenía ninguna opción de arrebatársela con su altura y fuerza física, se cruzó de brazos y le fulminó con la mirada.

—No tienes derecho.

—En eso te equivocas, querida. —Le dedicó una mueca torcida que podría haberle parecido encantadora si él no sostuviera en sus grandes manos ineptas su mismísimo corazón.

—Tengo todo el derecho. ¿Has olvidado que ahora estamos casados? Lo tuyo es mío.

Catriona observó con horror e indefensión cómo empezaba Simon a levantar la tapa de la caja, un agonizante centímetro tras otro, mientras observaba su reacción desde debajo de sus pestañas decadentemente largas.

Se percató demasiado tarde de que él sólo estaba tomándole el pelo. Para cuando cerró la tapa de golpe y le ofreció la caja, ella había arremetido de nuevo contra Simon. Alcanzó con un manotazo el borde de la caja, la volvió de lado y la envió al suelo con un estrépito. La tapa se abrió de golpe y su contenido se esparció por el suelo: nada de joyas, billetes ni cartas de amor, sino unos frágiles recortes de diario, gastados y amarillentos por el paso del tiempo.

Antes de que Catriona pudiera reaccionar, Simon se había puesto en cuclillas y había recogido el recorte más próximo. Lo desplegó, sin prestar demasiada atención a la forma cuidadosa en que ella había alisado el papel y lo había guardado con ternura.

Mientras él contemplaba la noticia gastada, Catriona inclinó la cabeza, pues ya sabía lo que iba a descubrir. Era un bosquejo realizado por un dibujante de mano segura y dotada. Un bosquejo de un joven, de pie en lo alto de la plancha de un poderoso buque de guerra, levantando una mano para saludar a la multitud de espectadores que habían venido a los muelles a recibir con adoración a su héroe conquistador. Tenía una sonrisa graciosa en los labios, sin rastro de burla o cinismo en su mirada clara.

Simon estudió durante varios segundos el dibujo y el artículo que lo acompañaba, luego alargó la mano hasta otro puñado de papeles caídos. Los ojeó uno a uno con mirada cada vez más insondable, cerrando la mandíbula con creciente fuerza.

No eran las gacetillas de escándalos sórdidos que detallaban su alegre entrega a una vida disipada. Se trataba de artículos respetables del *Times* y del *Morning Post*, cuya prosa se deshacía en elogios a sus acciones heroicas en la batalla de Trafalgar. Catriona podría haber citado los textos palabra por palabra.

Simon, dejando caer de sus dedos cada uno de ellos, se enderezó poco a poco. Catriona casi sentía el peso de su mirada acusadora.

—Me mentiste, ¿cierto? —dijo en voz baja, sin siquiera formular una pregunta—. Me dijiste que habías venido en mi busca porque era un bribón, un mercenario que no se negaría a obtener un beneficio generoso por una cantidad mínima de esfuerzo.

Ella alzó la barbilla, obligándose a encontrar su mirada:

—¿Acaso no es cierto? —replicó.

—Sí, lo es. Pero no es el motivo de que vinieras a la cárcel aquel día. Viniste porque buscabas a este hombre. —Señaló con el dedo el boceto de su propio rostro apuesto, ahora abandonado sobre la fría tierra—. Este... este... ¡impostor!

—¡No era un impostor! —gritó Catriona—. ¡Eras tú!

Simon negó con la cabeza.

—Oh, no. Nunca fui yo. No existe.

—Sí, existió una vez. —Tanto la voz como las manos de Catriona empezaron a temblar de pasión—. Era el hombre que arriesgó su vida y físico por defender a su país de los franceses. Embarcó en el *Belleisle* a sabiendas de que tal vez no regresaría con vida a las costas inglesas. Cuando se percató de que su capitán corría peligro de ser alcanzado por la bala del mosquete de un francotirador, se arrojó ante de él sin pensar en su fin. Estaba dispuesto a sacrificarse con tal de salvar a su...

—¡Tropecé!

El grito de Simon resonó en el claro como el disparo de una pistola. Cuando se desvaneció su eco, el único sonido fueron los crujidos y los chisporroteos del fuego del campamento.

—¿Qué? —susurró Catriona.

—Tropecé —repitió Simon, con un gesto despectivo en el labio superior—. No intentaba sacrificar mi vida noblemente por salvar la de mi capitán, intentaba quitarme de en medio antes de que volaran esta cabeza tan necia de un cañonazo. Fue pura mala suerte o tal vez una broma cruel del destino que fuera a ponerme a cubierto justo cuando un tirador disparaba a mi capitán desde la jarcia de un buque francés. —Se pasó los dedos por la cicatriz irregular en su frente como si todavía le doliera—. Si no hubiera dado un traspiés sobre un acollador tirado y no hubiera caído en la trayectoria de la bala de aquel mosquete, él estaría muerto ahora mismo y yo nunca habría sido aclamado como héroe.

—¿Tropezaste? —repitió Catriona como una estúpida.

—Eso mismo. No recuperé el conocimiento hasta una semana después de la batalla y para entonces ya había corrido la voz entre toda la flota sobre mi supuesto *sacrificio*. Cuando abrí los ojos, mi capitán estaba al pie de mi camastro con una radiante sonrisa. Dijo que si no llega a ser por mí, habría encontrado el mismo destino que Nelson en el *Victory*. Fue él quien me informó de que el propio rey estaría esperando en tierra para concederme el título de *sir* por valentía en el minuto en que pusiera pie en suelo inglés.

—Yo estaba allí —susurró Catriona, más para sí misma que para él—. Estaba allí aquel día en los muelles. Rogué a tío Ross que nos llevara a toda la familia a ver la llegada a puerto del *Belleisle*. Georgina estuvo durmiendo todo el rato y Alice no hizo otra cosa que protestar porque detestaba estar apretujada en el carruaje con todos los demás. Me acusó de mancharle el dobladillo de la enagua con mis grandes y torpes pies. Pero tanto daba.

Simon la observaba como si aquella confesión le doliera más que la suya propia.

Una sombra de una sonrisa curvó los labios de Catriona.

—Nunca olvidaré lo guapo que estabas con tu uniforme en el momento en que descendiste marchando por esa plancha: como un joven príncipe que acaba de salvar a su reino de un terrible villano. La multitud gritaba tu nombre y todas las jovencitas bonitas arrojaban rosas a tu camino.

»Tío Ross intentó detenerme, pero bajé como pude del carruaje y cogí una rosa de la tarima de la ribera del río. Cuando pasaste junto a mí, te la tendí y la cogiste. Me sonreíste, pero sabía que no me habías visto, en realidad no. Yo no era más que otro rostro entre la multitud.

—Otra tonta, querrás decir —respondió con aspereza—. Hubo cientos de héroes en esa batalla, la mayoría de ellos auténticos. ¿Por qué diantres teníais que escogerme a mí?

—¡No lo sé! Estabas tan guapo y noble con tu uniforme

aquel día en el granero, especialmente cuando me defendiste delante de Alice. Supongo que me convencí de que si hubiera contado con la ayuda de un paladín como tú cinco años antes cuando... —Su voz se apagó, incapaz de expresar su convicción más secreta.

—¿Qué? —soltó él sin un gramo de compasión—. ¿Tus padres no habrían sido asesinados? ¿Tu hermano no habría tenido que mandarte con tu tío? ¿Crees que habría luchado contra los casacas rojas por ti? ¿Que habría irrumpido montado sobre un corcel blanco y te habría llevado a un lugar donde nadie pudiera hacerte daño o menospreciarte o romperte el corazón? —Apoyó el hombro en un árbol, con un aspecto más hermoso y cruel que nunca—. ¿No te das cuenta, querida? No soy el héroe noble de un ridículo cuento de hadas escocés, y nunca lo seré. No soy *Robert the Bruce* ni Bonnie Prince Charlie. Soy el peor de los cobardes, y ahora que lo sabes, puedes dejar de dormir con esa tonta caja de recortes bajo la almohada cuando lo que en realidad necesitas en tu cama es un hombre.

Incapaz de soportar el destello cínico en sus ojos, Catriona se echó de rodillas y empezó a recoger el resto de artículos caídos, manejando con movimientos demasiado cuidadosos los frágiles recortes.

Simon cubrió en dos pasos la distancia que les separaba, la cogió por los hombros y la puso en pie con facilidad. Su mirada ya no era burlona sino que ardía de pasión.

—¡Qué diablos, Catriona! No importa lo que digan esos tontos recortes de periódico. ¡No soy ningún héroe! —Invirtiendo sus posiciones, Simon la colocó contra el árbol, atrapándola ahí con la altura implacable de su cuerpo. Desprendía el aroma del peligro por todos los poros, más fuerte aún que el whisky de su aliento.

—¿Qué vas a hacer, Simon? —susurró encontrando su mirada desafiante—. ¿Violar a tu propia mujer tan sólo para demostrar que eres un villano?

Catriona sólo fue capaz de mirar las fieras profundidades de sus ojos el intervalo de un aliento entrecortado, un latido estremecido, antes de que él bajara la boca sobre sus labios. Simon Wescott, el legendario amante, el seductor de mujeres de labia lisonjera, se había desvanecido, dejando tan sólo a un salvaje, más propio de este páramo que de un salón de Londres.

Si su intención era espantarla con un beso, estaba condenado a la decepción. Ella ya no era la niña de ojos soñadores que había guardado con ternura aquellos recortes en la caja. En vez de rechazarle con un chillido femenino de horror, enredó sus manos entre los mechones sedosos de pelo de su nuca y acogió la embestida hambrienta de su lengua con beneplácito, incluso más en profundidad todavía. Contrarrestó con ternura el fiero asalto contra sus sentidos, ofreciendo su boca, su corazón y su mismísima alma. Ahí estaban.

Simon respondió a su invitación con un quejido entrecortado. La volvió a besar, una y otra vez, bebiendo del cáliz de su boca como si fuera Percival y ella el santo grial. Sin dejar ni un instante el beso, deslizó un brazo por sus caderas y la levantó, colocándola de tal manera que pudo situarse entre sus piernas y presionar con su ardor rígido el núcleo tierno de la muchacha.

Catriona soltó un jadeo contra su boca. Esa presión exigente —tan extraña y aun así incitante— le advirtió de que él quería algo más que un simple beso. Mucho más. Siempre había sabido que Simon era más fuerte que ella, pero no se había percatado de que era lo bastante fuerte como para sostenerla en equilibrio con una mano mientras le levantaba la falda con la otra para introducirla debajo. El calor abrasador de sus dedos se deslizó sobre el frío satén de su muslo, pero no se quedó ahí. Esta noche, Simon no buscaba el placer de Catriona sino el suyo propio. No estaban en una alcoba elegante en casa de su tío, ni siquiera en el camastro de la posada de Gretna Green. No había venido a dar sino a tomar.

Cuando los dedos llegaron a su destino, Catriona ya estaba inflamada, abierta del todo, y húmeda de deseo por él. La tentación era demasiado grande. Sin rastro de la gracia o finura que le había ganado su reputación, Simon le metió dos dedos con brusquedad. Cuando él oyó el grito entrecortado y notó la carne sedosa convulsa en torno a ellos, se quedó tan impresionado como ella.

Contuvo un juramento y la soltó con tal brusquedad que Catriona tuvo que agarrarse al tronco del árbol a su espalda para no caer.

Simon retrocedió un paso con el pecho agitado, como si fuera ella quien había pretendido engatusarlo con un tentador cuenco de miel.

—¿Qué tengo que hacer, Catriona? ¿Hasta dónde tengo que llegar para demostrarte que no puedes hacerme un hombre mejor sólo con creerlo?

Tras decir eso, se agachó para recoger un buen puñado de recortes caídos y los arrojó al fuego.

—¡No! —Catriona se adelantó con un grito roto.

Pero era demasiado tarde. Los recortes y bosquejos ya habían empezado a arder y a rizarse por los bordes.

Catriona permaneció ahí largo rato observando todos sus sueños de la infancia elevarse en forma de humo. Cuando levantó por fin la cabeza para mirarle, lo hizo a través de una neblina de lágrimas hirientes.

—Tienes razón Simon. Eres el peor de los cobardes. Pero no sé a qué tienes más miedo, si a ti mismo... o a mí.

Conteniendo un sollozo atragantado, se dio media vuelta y salió huyendo hacia el bosque.

Simon permaneció de pie con los puños cerrados mientras se desvanecían los sonidos estrepitosos de Catriona a través de la maleza. Sabía que tenía que ir tras ella, eso sería lo que haría cualquier hombre decente.

Se hundió junto al fuego y se llevó la botella medio vacía de whisky a los labios. Con suficiente alcohol y un poco de suerte, tal vez no pudiera recordar los sucesos malditos de esta noche. Tal vez consiguiera olvidar la mirada afligida en los ojos de Catriona y las lágrimas surcando sus mejillas mientras le observaba destruir sus tesoros sentimentales.

Pero no creía que hubiera cantidad suficiente de alcohol para ahogar el eco del grito entrecortado de su esposa estremeciéndose expectante bajo el contacto de sus dedos: ese momento puro y luminoso de gracia, que a él sólo le hacía merecer la condena y el desprecio.

Llevó la mano al fuego y sacó un resto chamuscado de noticia quemándose los dedos, pero eso no importaba. Era otro bosquejo de ese apuesto y joven oficial llegando a los muelles de Londres, con la venda adornando su frente como la corona de laurel de un guerrero conquistador.

Catriona no era la única mujer que esperaba para saludarle aquel día en los muelles. Nunca había confesado a nadie que había visto otro fantasma de su pasado. Tal vez hubiera reconocido a Catriona de no haber estado ya aturdido por la impresión, con aquella sonrisa graciosa congelada en los labios.

Por mucho que Simon estudiara aquel rostro, por mucha atención que le pusiera, el hombre del recorte de prensa seguía siendo un desconocido. Finalmente arrugó el papel y lo arrojó otra vez al fuego. Dio otro trago abrasador al licor mientras lo veía convertirse en cenizas.

No había sido del todo sincero con Catriona. Él quería creer las mentiras impresas en el diario casi tanto como ella. Quería creer que podía ser un hombre de honor. La clase de hombre que entregaría su vida por proteger al oficial al mando. La clase de hombre que podría hacer que su padre se sintiera orgulloso. El tipo de hombre que merecía que jóvenes bonitas tiraran rosas a su paso, jóvenes que soñaban con príncipes nobles y héroes conquistadores.

Nada más regresar a Londres había intentado convencerse incluso de que tal vez la memoria le fallaba. Que tal vez en algún lugar sobre las cubiertas oscilantes de aquel barco, con el hedor asfixiante de la pólvora quemando los orificios de su nariz y el estruendo de los cañones tronando en su oídos, en una fracción de segundo había decidido entre su vida y la de su capitán. Pero cuando intentó estar a la altura de esa leyenda, descubrió que la única persona a quien no podía engañar era él mismo.

No era ningún héroe. Era un bastardo y un cobarde que nunca merecería un solo pétalo de una mujer como Catriona.

Volvió a tumbarse, otra vez apoyado en el codo, decidido a beber hasta no poder ver, hasta no ser capaz de pensar ni recordar lo que quería olvidar con la bebida.

Catriona no podía correr lo bastante lejos o rápido como para escapar de su propia locura. Un sollozo sofocado se atragantó en su garganta. Ni siquiera le importaba a dónde se dirigía, mientras fuera lejos de él.

Había malgastado cinco años de su vida amando al fantasma de un hombre que ni siquiera había existido. Se había enamorado de un chico guapo con uniforme almidonado, y al final había descubierto que el chico no era más que una ilusión, y aquel uniforme tal vez sólo colgara del maniquí de un sastre. La había deslumbrado tanto la chispa guasona de sus ojos como el galón brillante en el hombro, y ahora no quedaba nada que la cegara, aparte de sus lágrimas.

Era demasiado mortificante recordar las numerosas fantasías que había alimentado y que tenían que ver con pasarle un paño fresco por la frente herida y meterle cucharadas de caldo entre los labios mientras se recuperaba de la herida y caía dormido, irremediablemente enamorado de ella. ¿Y todas esas horas que había malgastado besándose la mano, fingiendo que eran sus labios, y practicando su caligrafía copiando en las páginas de su diario *Catriona Wescott y Sra. De Simon Wescott*?

Bien podría haberle perdonado por no salvar a su capitán de la bala de mosquete. Pero pensaba que nunca podría perdonarle por intentar romperle el corazón de forma intencionada. Por negar la verdad que ella saboreaba en los labios de Simon cada vez que le besaba.

Unas ramitas sueltas azotaron dolorosamente sus mejillas mientras continuaba corriendo por el bosque, machacando con sus botas cortas la corteza de nieve. Esquivó las zarpas estriadas de un almendro y se lanzó por la ladera larga y pedregosa de una colina cubierta de musgo y liquen manchado. Podría haber seguido corriendo hasta el pico más alto de las Highlands si no se hubiera visto obligada a detenerse para recuperar el aliento.

Agarrándose al tronco liso de un álamo, sus pulmones famélicos tomaron bocanadas glaciales de aire. En algún lugar distante alcanzaba a oír un arroyo corriendo sobre las rocas de un lecho. Después de tan sólo unos segundos de inactividad, empezó a temblar de agotamiento y de frío. Era demasiado fácil desear estar envuelta en la casaca de Simon. Y todavía más fácil desear estar rodeada por sus brazos fuertes y cálidos.

Empezó a correr de nuevo, ascendiendo a duras penas por una empinada ladera, clavando las uñas en las raíces que sobresalían del suelo rocoso.

Irrumpió en lo alto de la colina, y una vez allí se descubrió tambaleante al borde de un precipicio vertiginoso. Sus brazos hicieron ruedas con desesperación, buscando en el aire alguna rama de árbol que alcanzar. Un grito agudo escapó de su garganta cuando su propio impulso la hizo caer al otro lado del despeñadero, hasta las aguas heladas del arroyo que corría debajo.

El frío clavó en ella sus garras afiladísimas con fuerza brutal. Por un instante aterrador no fue capaz de gritar, ni de respirar, ni de pensar.

Tal vez el arroyo acabara reducido a un perezoso hilo durante el verano, pero en aquel momento sus orillas eran tragadas por las nieves fundidas vertidas desde las montañas. Para cuando logró volver a la superficie, farfullando y tosiendo, buscando aliento, había corrido unos cuantos metros corriente abajo.

Meneándose como un corcho en mar abierto, inclinó la cabeza hacia atrás y gritó:

—¡Simon!

Tal vez él no quisiera ser un héroe, pero era lo único que tenía. ¿Y no la había abrazado cuando se sentía sola? ¿No la había tapado cuando tenía frío? ¿No la había defendido ante su tío, e incluso ante Alice y Eddingham?

Abrió la boca para gritar una vez más, pero sólo fue capaz de tomar una desesperada bocanada de aire antes de que el peso de sus faldas la arrastrara bajo el agua, en los brazos despiadados de la corriente.

Capítulo 13

*S*imon! *¡Ayúdame, Simon! ¡Por favor!*

Simon se incorporó de golpe, su corazón latiendo estruendoso como un cañón mientras ese grito suplicante seguía resonando en sus oídos. Inclinó la cabeza para escuchar mejor, pero lo único que oyó fue el alegre parloteo de una ardilla roja y la escofina áspera de su respiración. Se pasó una mano temblorosa por la barbilla, obsesionado por ese eco hueco.

Debía de estar soñando.

Dios sabía que había tenido sueños bastante vívidos. Se encontraba rondando por el laberinto apabullante de la casa de su padre: de repente era un crío pequeño y al instante siguiente un hombre. Atisbaba una falda ondeante al fondo del pasillo ensombrecido y oía el eco fantasmagórico de la risa de su madre. Pero cuando intentaba seguirla, sus piernas se volvían más cortas a cada paso y no tardaba en encontrase solo del todo otra vez.

En algún momento de la madrugada, finalmente había doblado el recodo, sólo para encontrarse cara a cara con una aparición gélida de Catriona tendiéndole las manos suplicante, con pétalos de rosas brotando como sangre de sus pálidos dedos.

Encogiendo los hombros para contener un estremecimiento, se puso en pie poco a poco, tenía las extremidades tan rígidas de frío que le sorprendió no crujir al hacerlo. En algún momento durante la noche, el fuego se había consumido, y su boca sabía a ceniza. La botella vacía de whisky estaba tirada en el suelo a escasos metros, como si la hubiera arrojado en un momento de despecho. Mientras el débil sol le daba de lleno en la cara, sus latidos eran suplantados por el dolor de cabeza.

Hundiendo la cabeza en las manos, soltó un gemido.

Le respondió un maullido quejumbroso.

Alzó la vista y encontró la jaula de pollos de *Robert the Bruce* ubicada junto a un nido vacío de mantas. Un escalofrío recorrió su columna vertebral. Catriona podría haberle abandonado a él sin mirar atrás, pero nunca a ese maldito gato suyo. Si anoche hubiera estado en sus cabales, nunca habría permitido que saliera corriendo por el bosque ella sola.

Se dio media vuelta, inspeccionando la maleza con ojos adormilados.

—¡Catriona! —llamó—. ¿Dónde estás, cielo?

El viento susurró a través de las ramas oscilantes de los pinos, pero no era capaz de entender sus secretos. Empezó a andar por donde recordaba vagamente que había desaparecido, pero un compungido «mrriuu» detuvo sus pasos.

Soltó una maldición, pero se volvió de todos modos, pues sabía que Catriona hubiera querido que así lo hiciera. No tardó en tener a *Robert the Bruce* atado a un árbol con la generosa correa ideada para permitirle un poco de libertad durante los viajes. También era lo bastante larga como para permitirle trepar a un árbol si se acercaba un depredador. El gato le fulminó con una mirada acusadora por encima de un bocado de carne en salazón.

—Deja de mirarme así —ordenó Simon, devolviéndole la mirada—. Encontraré pronto a tu señora, y podrá mimarte otra vez como el gordo gato malcriado que eres.

Tras dejar al animal con su desayuno, Simon se introdujo en el bosque. Aunque sentía el cráneo a punto de resquebrajarse por la mitad cada vez que gritaba, se detenía cada pocos pasos a llamar a Catriona por su nombre. Probablemente ella no respondía sólo por mortificarlo, y, la verdad, se lo merecía. Para ser un hombre que siempre se había enorgullecido de tratar al sexo débil con la mayor ternura y consideración, estaba claro que la noche anterior se había comportado como un hijo de perra.

Como para compensar el coqueteo con el invierno de la jornada anterior, la mañana traía una promesa tentadora de primavera.

Una brisa cálida soplaba desde el oeste y acariciaba los capullos prietos de las ramas desnudas mientras a él le levantaba el pelo. Vaciló en lo alto de una colina empinada, sintiendo un picor en la nuca. Angustiado por la sensación de ser observado por unos ojos aún más ancianos que los elevados árboles de hoja perenne, echó un vistazo atrás. Pese a la sensación de que le seguían, nunca se había sentido más solo en la vida.

Empezaba a pensar que la pesadilla nocturna le había asediado hasta la mañana. Medio esperaba avistar la falda ondeante en la distancia u oír el eco obsesivo de la risa de una mujer. Temiendo que este camino le estuviera alejando cada vez más de Catriona, se dio media vuelta para regresar al campamento. Pero el débil murmullo del agua chapaleando contra una roca le atrajo hasta un espacioso claro ocupado por una charca profunda y oscura. Sus aguas serenas eran alimentadas por un salto de agua que burbujeaba sobre una repisa irregular de roca en el extremo más alejado de la poza.

Simon, tambaleante, se arrodilló junto a la orilla, con la promesa de quedarse sólo el tiempo suficiente para lavarse la boca y librarse de la bruma que persistía en su cabeza con una buena rociada de agua.

Se echó agua sobre el rostro con la mano, agradeciendo el gélido estímulo. El hombre que le devolvía la mirada, con la mandíbula sin afeitar, las mejillas demacradas y los ojos desesperados inyectados en sangre, de pronto le pareció más desconocido que el joven y apuesto oficial de los recortes de Catriona.

Sumergió del todo la cabeza bajo el agua, borrando ese reflejo, y la sacudió al sacarla, apartándose de los ojos el pelo calado. Sólo entonces reparó en la gran roca plana agazapada entre las sombras moteadas por el sol al otro lado de la charca.

Y los mechones de pelo oro rojizo que flotaban perezosos en la superficie del agua.

Y su corazón se detuvo, así de claro. Y durante un momento de agonía, no tuvo la seguridad de que fuera a volver a latir.

Pero entonces vio la pequeña mano pálida doblada en torno al extremo de la roca y se percató de que los mechones de pelo en realidad caían como una cascada desde el borde de roca hasta el agua.

—Santa Madre de Dios —dijo en voz baja, y sus palabras sonaron más como un rezo que como un juramento.

Sin pensar en su ropa o en su seguridad, se echó al agua y avanzó salpicando hasta la roca. Se subió a la piedra, y allí encontró a Catriona estirada de espaldas, con los ojos cerrados, tan quieta y pálida que por un terrible momento temió que haría falta algo más que el beso encantado de un príncipe para despertarla.

Pero el corpiño empapado del vestido se pegaba a un pecho que ascendía y descendía suavemente con cada respiración superficial. Simon la cogió en sus brazos, estremecido al pensar lo que podría haber sucedido si ella no hubiera encontrado fuerzas para salir de esas aguas gélidas. Notó su carne húmeda y pegajosa, pero percibió el calor precioso que irradiaba el núcleo de su cuerpo.

Estudió su rostro y echó a faltar con desesperación las rosas que adornaban por lo habitual sus mejillas.

—¿Catriona? ¿Cielo? ¿Puedes oírme?

—Por supuesto que puedo oírte —murmuró con voz débil pero audible—. No estoy tan sorda como otros. —Abrió los ojos poco a poco y le fulminó con la mirada, parecía incluso más contrariada que *Robert the Bruce*—. Llevo horas llamándote. ¿Por qué has tardado tanto en rescatarme? *¿Tropezaste?*

Una risotada salvaje escapó de Simon mientras la abrazaba aún con más fuerza y enterraba el rostro en las greñas húmedas, recibiendo una lección de humildad.

—Eso mismo, ángel. He tropezado. Y creo que nunca había caído con tal dureza ni tan lejos.

Tenía que estar muerta. Era la única explicación a lo que vio cuando por fin consiguió librarse del estupor de su agotamiento y pudo abrir los ojos.

Suspiró, notando una vaga punzada de decepción. Había luchado muchísimo por sobrevivir, tras vueltas y más vueltas en ese arroyo. Había escupido y gargajeado, se había esforzado por agarrarse a cualquier rama que pasara, sin soñar en ningún momento que su salvación llegaría al ser arrastrada por el salto de agua. Cuando las aguas quietas y frías de la charca intentaron retenerla con abrazo seductor, logró salir de ahí y caer rendida sobre la roca. Pero por lo visto todos sus esfuerzos habían sido en vano.

Porque, si no estaba muerta, ¿cómo era posible entonces que el fantasma de todas las pasiones de su infancia estuviera arrodillado a pocos metros, vertiendo todo el contenido de una botella de whisky sobre el suelo de roca?

Con las mejillas y el mentón recién afeitados, y el pelo leonado recogido pulcramente en la nuca con un cordel de cuero, tenía un bello perfil clásico, como para acuñarlo en una moneda romana. Todavía llevaba puestas las reluciente botas negras con borlas y la camisa blanca de deslumbrantes mangas. Lo único que le faltaba era la casaca de gala azul oscuro y los pantalones blancos de oficial de la Armada Real para estar a tan sólo una sonrisa maliciosa de seducir a su prima y robarle el corazón.

La luz del sol hizo titilar la botella mientras la sostenía para sacudir las últimas gotas. Catriona frunció el ceño, cada vez más perpleja. Si no estaba muerta, era obvio que la fiebre la hacía delirar, porque el Simon Wescott que conocía jamás malgastaría un buen whisky escocés de ese modo. El único lugar donde lo vertería sería su propia garganta.

Tras arrojar la botella, Simon dirigió una mirada en su dirección, y sus ojos se encontraron. Fue entonces cuando ella se fijó en la cicatriz irregular que seccionaba su ceja izquierda, dotando a la pureza juvenil de su semblante de un toque convincente de masculinidad.

Su noción de la realidad se trastocó todavía más cuando *Robert the Bruce* restregó su cabeza peluda contra el muslo de Simon, con un ronroneo de adoración audible desde el claro.

—Traidor —musitó, tras lo cual apartó la vista y cerró otra vez los ojos.

Cuando los volvió a abrir, Simon se hallaba de pie sobre ella con la cabellera dorada envuelta en el halo creado por el sol.

—Si eres un ángel —dijo, enojada—, Dios tiene un sentido del humor de lo más perverso.

—Oh, no soy ningún ángel, tesoro. —Se arrodilló a su lado, y su sonrisa de diablejo quedó bien enfocada—. Soy el teniente Simon Wescott, a su servicio, señorita.

Catriona se apretó la frente con el dorso de la mano en un esfuerzo de ser valiente, pero los resultados fueron lamentables.

—¡Lo sabía! Entonces, ¿me estoy muriendo? Tengo que estar delirando de fiebre.

Simon le rodeó la mano con los dedos y la obligó a mirarle.

—Por el contrario, no hay rastro de fiebre, ni tiritones, ni congestión en los pulmones. Has dormido como un cadáver toda la mañana, pero creo que sobrevivirás. —La chispa juguetona en sus ojos se desvaneció para dejar un relumbre más serio—. Tengo que confesar que en el momento en que te descubrí sobre esa roca, pensé...

—Que ibas a necesitar otro empleo. Y otra esposa —concluyó en voz baja, y al pronunciar esa palabra notó en su columna un leve escalofrío, placentero hasta lo absurdo—. Ah, pero el lado bueno era que toda mi dote pasaría a ser tuya. —Cuando *Robert the Bruce* intentó abrirse paso entre ambos, restregándose contra Simon y dedicando a Catriona una mirada de resentimiento, su ama le reprendió—: Así como los afectos volubles de mi gato.

Simon dio un suave empujón al gato, pero *Robert the Bruce* no cedió un ápice y ronroneó aún con más fuerza.

—Puedo prometerte que no he hecho nada turbio para ganarme los favores de este granuja. Me ha seguido como una sombra desde que asé un pescado que pesqué en la poza, para que tuvieras algo que comer al despertar.

Ella suspiró.

—Si fuera Roberta the Bruce, podría entender su deserción.

Cuando Catriona intentó sentarse con esfuerzo, Simon la rodeó por los hombros. Ella no quería otra cosa que hundirse en su abrazo, pero se obligó a escurrirse y procurar aguantar sola su peso. Sólo entonces se percató de que el vestido y la camisola que llevaba la noche anterior estaban colgados de una rama cercana. Bajó la vista, medio temerosa de lo que iba a encontrar, pero estaba envuelta en una de las camisas limpias y secas de Simon.

Mientras tiraba hacia abajo del dobladillo para tapar una extensión preocupante de muslo, Simon levantó una mano como para adelantarse a la reprimenda.

—Sé lo que estás pensando, y no puedo decir que te culpe, pero prometo que he sido...

—Un perfecto caballero —acabó por él—. Eso me temía. —Le estudió pensativa—. ¿Ha dicho que estaba a mi servicios o he oído mal, teniente? ¿Y qué servicios son los que ofrece?

Simon abrió la boca, luego volvió a cerrarla.

—Lo siento, es un viejo hábito. —Su sonrisa avergonzada se desvaneció—. Me contrataste para cuidar de ti, pero me temo que he sido de lo más negligente en mis deberes, qué deplorable.

Catriona se encogió de hombros.

—No me empujaste al arroyo.

—Pero tampoco te saqué del agua. Si no hubiera estado

tan borracho, podría haber oído tus gritos de socorro mucho antes.

—¿Y venir a toda prisa a mi rescate, justo como el héroe de mis sueños? —preguntó ella burlándose de sí misma tanto como de él.

Simon torció una ceja.

—Al menos podría haberte tirado una cuerda mientras me pulía el resto del whisky.

Catriona miró al otro lado del claro donde yacía la botella vacía, relumbrante bajo el sol.

—Si no me equivoco, acabas de pulirte el resto del whisky. —Frunció el ceño con perplejidad—. ¿Por qué lo has tirado? ¿Le pasaba algo o estaba malo?

Simon apoyó el codo en su rodilla doblada, perdiendo la vista en la distancia como si pudiera ver algo que ella nunca captaría.

—No. Pero me dio por ahí.

Al advertir por primera vez que sus manos no estaban del todo firmes, Catriona no pudo resistirse a coger una entre sus dedos.

—No te has portado tan mal. Sólo has sido un poquito travieso en alguna ocasión y una pizca malicioso en otras.

Simon llevó la mano a la mejilla de Catriona. Le cogió la barbilla con delicadeza entre los dedos mientras acariciaba con el pulgar sus labios, logrando que se abrieran como si tuvieran vida propia. Mientras ella contemplaba las insondables profundidades verdes de sus ojos, un dulce estremecimiento se propagó en cascada por ella. Se había equivocado: sí tenía fiebre. Una fiebre que se precipitaba por sus venas y quemaba todo rastro de sentido común, dejando sólo su anhelo insoportable por este hombre.

Cerró los ojos, adelantándose ya a la caricia sugerente de

los labios de Simon pegados a su boca, aunque se sintió bastante ridícula cuando no se produjo el contacto. Abrió los ojos y le encontró de pie a pocos metros, con las manos en jarras y de espaldas a ella. Algo en su postura hizo que también ella se pusiera en pie.

—Me contrataste para que te acompañara a encontrar a tu hermano —dijo— no para seducirte.

—¿Y qué es esto? ¿Un ataque repentino de escrúpulos? Seguro que se te pasa si te echas un ratito y te pones un trapo frío en la cabeza.

Entonces Simon se volvió para mirarla con expresión adusta.

—Mi falta de escrúpulos casi te cuesta la vida anoche. Entre otras cosas —añadió de forma significativa.

—Sí, por eso casi me arrojo a ese arroyo —replicó con alegría—. Estaba haciendo de Ofelia porque no podía soportar la vergüenza de estar a punto de ser violada por mi marido.

Simon la señaló con el dedo.

—¡No hables de mí en esos términos!

—¿Cómo debería llamarte? —Dio un paso hacia él, luego otro, con el regocijo de sentir sus largas piernas libres de medias, enaguas y voluminosas faldas—. ¿Cariño? ¿Tesoro? ¿Mi amo y señor?

Él retrocedió un paso.

—Eres la mujer más exasperante que conozco. Ni siquiera sé quién soy a estas alturas. ¡Haces que me sienta como un desconocido para mí mismo!

—Oh, yo sé con exactitud quién eres. Eres Simon Wescott, el conocido mujeriego.

—¡Tienes toda la razón! Tal vez no sea un caballero, pero no pierdo los nervios, no me vuelvo mezquino cuando bebo, y seduzco a las mujeres, no las violo. —Negó con la cabeza, indefenso, mientras su voz se volvía más suave y profunda—. Nunca había tocado a ninguna mujer de la manera que te toqué anoche.

Ella se acercó un paso más.

—¿Como si hubieras esperado toda la vida a saborear ese beso? ¿Cómo si fueras a morir si no pudieras tenerla?

—En caso de que lo hayas olvidado, fuiste tú quien casi se muere.

—Sólo porque olvidé lo que mi hermano me dijo hace tantos años, que los Kincaid nunca lloran si pueden pelear. No debería haber salido corriendo anoche, debería haberme quedado y pelear por lo que quería.

—¿Y qué era eso?

—Tú. No Simon Wescott el héroe legendario, sino Simon Wescott el hombre.

Durante un largo momento él contuvo la respiración y, cuando finalmente exhaló, fue un aliento tan feroz como su expresión.

—Si de verdad supieras qué clase de hombre soy, sabrías también que soy perfectamente capaz de hacerte el amor sin quererte.

Otro paso y ella estaría lo bastante cerca como para tocarle.

—No estoy pidiendo que me quieras.

Fue él quien recorrió la distancia que les separaba, estrechándola en sus brazos y rozando con la calidez suave y firme de sus labios la boca de Catriona, una y otra vez, como si quisiera saborear su dulce plenitud antes de ahondar con la lengua más a fondo.

Si el beso de la noche anterior pretendía tomar, éste sólo pretendía dar. Dar placer, dar dicha, dar una muestra sugerente de los *servicios* que él era capaz de ofrecer. Mientras su lengua bailaba sobre la de ella a un ritmo incitante, Catriona sintió que se ahogaba otra vez. Sólo que esta vez no estaba segura de sobrevivir sin la dulzura vivificadora del aliento de Simon en su boca.

Una vida que casi concluye cuando una flecha pasó silbando junto a ellos, clavándose con ruido seco en el tronco de un haya próxima.

Con un grito de alarma, Catriona rodeó con sus brazos el cuello de Simon.

—¿Qué ha sido eso?

El oficial la estrechó por la cintura, pegándola a la protección de su cuerpo.

—Si aún recuerdo correctamente mi escora de la Armada, creo que eso ha sido un disparo de advertencia contra nuestra proa.

Las palabras de Simon resultaron ser proféticas porque, un instante después, más de una docena de figuras con atuendo gris y verde fueron saliendo del bosque para juntarse en el claro con sus arcos preparados.

Simon intentó protegerla colocándola tras él, tarea nada fácil ya que estaban rodeados por todos lados. Mientras se volvía con cautela en círculo, Catriona bailaba de puntillas esforzándose por ver por encima de su hombro.

Los rostros de sus atacantes estaban rodeados de grasientas trenzas de pelo oscuro, y llevaban las mejillas pintadas con alguna clase de barro seco, que hacía que sus ojos entrecerrados quedaran resaltados en contraste.

Ojos grises, de largas pestañas, del color de la bruma matinal suspendida sobre los páramos.

Catriona se asomó desde detrás de la espalda de Simon, con una sorprendente sonrisa dibujada en el rostro.

—¡Vaya, yo sé quiénes sois! ¡Tenéis que ser la banda de alegres combatientes de mi hermano!

Simon la volvió a pegar a él, rodeando su cintura con firmeza.

—Detesto tener que ser yo quien destaque esto, encanto —murmuró observando las puntas mortíferas de las flechas, apuntadas directamente al corazón de Catriona—, pero no parecen especialmente alegres en este momento.

Capítulo *14*

Catriona se imaginaba la imagen que debía de dar, con tan sólo la camisa de Simon encima, enseñando sus largas piernas y con el pelo caído en greñas enredadas en torno a su rostro. De cualquier modo, no iba a encogerse mortificada ante estos hombres. Mantuvo bien alta la cabeza mientras inspeccionaba sus rostros severos, con el brazo de Simon aún aferrado a ella como una barra de hierro en torno a su cintura.

—Sois la banda de hombres dirigidos por el proscrito que se hace llamar Kincaid, ¿verdad que sí? —preguntó con audacia. Incapaz de ocultar su entusiasmo, estudió cada uno de aquellos rostros—. ¿Está aquí? ¿Se encuentra entre vosotros?

Los hombres intercambiaron miradas de incertidumbre. El más alto de ellos —pues sacaba una cabeza a los demás— dio un paso al frente, sin aflojar la posición mortífera del arco. Tenía un rostro huesudo que podría haber sido apuesto si no careciera de todo rastro de humor y esperanza.

—¿Por qué no discutimos eso cuando nos hayas dado todo tu dinero y las joyas, muchacha?

Catriona intentó ahogar una risa sin conseguirlo del todo.

—No seáis ridículos. No os hace falta robarnos. ¡Caray, si os he traído regalos a todos!

Uno de los otros hombres soltó un resoplido.

—¿Has oído eso, Kieran? La chiquilla nos ha traído regalos. ¿Qué se cree, que es la mañana de Navidad?

—Siempre he querido una peonza y una colección de soldaditos de plomo —soltó bromeando uno de sus compañeros, lo que provocó una carcajada general.

—¡Silencio! —soltó Kieran, ahogando una medio sonrisa—. No hay por qué burlarse. No es más que una pobre tontita, eso es todo.

—Correcto, caballeros —añadió Simon sin alterarse—. Desde luego es una pobre tonta, por eso nos daréis permiso para marcharnos, y yo prometo trasladarla de nuevo a Bedlam, donde le corresponde estar.

Catriona le pisó con firmeza la punta del pie, provocando un quejido de dolor.

—No me voy a ningún lado hasta que encuentre lo que he venido a buscar, al hombre que se hace llamar Kincaid. Pero tal vez le conozcáis como Connor Kincaid, mi hermano.

Una vez más, las miradas incómodas. Un nudo empezó a formarse en el vientre de Catriona.

—Connor nunca mencionó hermana alguna —dijo en voz alta uno de los hombres.

La joven se encogió de hombros para ocultar cómo la herían aquellas palabras.

—No me sorprende. Después de enviarme a Londres para salvarme de los casacas rojas, lo más probable es que pensara que estaría más segura si todo el mundo se olvidaba de mi existencia.

El tal Kieran, quien parecía ser su líder, bajó el arco y se adelantó, sacudiendo la cabeza en dirección a Simon.

—Si tú eres la hermana de Connor, ¿quién es él entonces?

Ella y Simon hablaron al mismo tiempo.

—Es mi esposo.

—Soy su guardaespaldas.

Catriona notó que Simon se ponía tenso mientras Kieran la estudiaba de arriba abajo con mirada lasciva, desde la cabellera enredada a las rosadas puntas de los pies.

—Esposo o guardaespaldas, parece que ha estado haciendo su trabajo con gran entusiasmo.

De repente, Catriona dejó de estar entre los brazos de Simon y el insolente escocés ocupó aquel puesto. El hombre soltó un sonido sofocado mientras su arco caía al suelo y Simon apretaba el cañón de una pistola pequeña pero mortífera contra su barbilla.

Catriona no pudo hacer otra cosa que mirarle boquiabierta, mareada por la rapidez y gracia de sus movimientos. Ni siquiera sabía que tuviera una pistola, mucho menos que la llevara encima.

Empleando a su prisionero como escudo, Simon se dio media vuelta, describiendo un pequeño círculo para asegurarse de que todos los hombres del claro veían el arma apretada contra la nuez agitada de su líder.

—La pistola tiene una sola bala, pero os aseguro que no necesito más. Ahora arrojad los arcos al suelo o tendréis un hombre menos. —La nota enérgica de su voz advertía que no iba a tolerar ninguna desobediencia—. O mejor dicho una cabeza menos.

Tras una ronda de protestas refunfuñadas, los hombres de las Highlands acataron la orden a su pesar con miradas hoscas.

—También los puñales —exigió mientras observaba con grave satisfacción la gran cantidad de cuchillos que surgían de las mangas mugrientas y bolsillos secretos para sumarse a la ruidosa pila de armas que iba creciendo en el suelo.

—Bien hecho. Ahora, si alguno de vosotros es Connor Kincaid, sugiero que dé un paso al frente y pida disculpas a su hermana por permitir que estos rufianes sin modales la insulten.

Los hombres arrastraron los pies un minuto o dos antes de que un tipo bajito de ojos saltones, al que le faltaban dos dientes, dio por fin un paso al frente. Simon frunció el ceño. Desde luego no veía el parecido familiar.

El hombre dejó unas marcas en el suelo con su pie envuelto en harapos antes de hablar. Su rostro ancho y feo parecía aún más compungido con las mejillas manchadas de barro.

—Connor ya no está con nosotros.

El rostro de Catriona se quedó pálido, tan blanco como una máscara de alabastro. Al ver que se tambaleaba, Simon soltó un juramento en voz baja, preguntándose si iba a tener que soltar a Kieran para poder sujetarla.

Pero ella se mordió el labio inferior y recuperó la compostura antes de preguntar en voz baja:

—¿Desde cuándo?

Antes de que el hombre pudiera responder, Kieran escupió:

—El hijo de perra nos dejó tirados antes de las nieves del invierno. Dijo que estaba harto de que pasáramos todo el tiempo bebiendo, robando y con fulanas. Y dijo también que podíamos acabar colgados de la soga si queríamos, pero que él se había hartado de esta vida, y que maldecía a los Kincaid.

Catriona no dijo palabra. Se limitó a volverse, anduvo hasta la carreta y se quedó allí de espaldas a todos ellos.

Kieran se soltó del asimiento de Simon con un movimiento violento. Percibiendo que el hombre ya no era una amenaza, el inglés le dio un empujón que lo dejó de rodillas. Luego se metió la pistola en la cintura de los pantalones.

Se fue hacia la carreta. Catriona tenía los hombros hundidos y las delgadas manos blancas agarradas a la estructura de la carreta como si fuera el costado de un bote hundiéndose a toda velocidad.

Simon apoyó una mano en sus hombros y murmuró:

—Cuánto lo lamento, cielo.

Ella se volvió a mirarle, pero lo que iluminaba su rostro era una dicha desbordante, no pena.

—¿Por qué lo lamentas? ¿No lo ves? ¡Mi hermano sigue vivo!

Simon la observó, a la espera de que sus palabras cobraran algún sentido. Cuando por fin sucedió, casi lo lamenta.

—¿Quieres decir que me arrastraste hasta estos páramos dejados de la mano de Dios sin siquiera saber si este hermano tuyo estaba vivo o muerto?

—Tío Ross intentó convencerme de que estaba muerto. No he recibido ni tan sólo una nota en los últimos diez años. Cuando Eddingham vino a casa, nos dijo que el proscrito llamado Kincaid se había desvanecido hacía ya varios meses. Como es natural, temí lo peor.

—¿Eddingham? ¿Qué tiene que ver Eddingham en todo esto?

Catriona suspiró.

—Me temo que el marqués acaba de comprar estas parcelas de tierras a la Corona. Planea traer soldados ingleses aquí para sacar hasta el último de los Kincaid y así poder usar la tierra como pasto para ovejas Cheviot.

Simon empezó a notar un curioso calor en las orejas.

—¿Y exactamente cuándo pensabas contarme todo esto? ¿Antes o después de que los casacas rojas me atravesaran con una bayoneta?

—Temía que te retiraras sin cumplir nuestro trato; sé que no te interesan... —inclinó la cabeza, pues un primer esbozo de culpabilidad aparecía en sus rasgos delicados— las complicaciones.

—Oh, mi vida se ha vuelto de lo más complicada desde el momento desgraciado en que entraste en mi celda. —Se apartó unos pasos de ella. Luego regresó, pasándose una mano por el pelo—. ¿Y cuándo tiene pensado Eddingham llevar a cabo ese plan suyo?

Catriona tragó saliva.

—En cuanto se fundan las nieves del invierno.

Simon bajó la vista. Se hallaban de pie sobre un charco de barro. El brillante sol primaveral y la brisa del oeste habían fundido todo resto de nieve caído la noche anterior.

Cogiendo a Catriona de la mano, tiró de ella hacia la parte delantera de la carreta.

—¿Qué estás haciendo? —gritó, dando un traspiés tras él.

—Llevarte de regreso a casa de tu tío en Londres. Ese Kieran tiene razón. Eres una pobre tontita que debería estar encerrada.

Catriona plantó los pies en el barro, pero no encontró nada a que agarrarse para contrarrestar aquel impulso de decisión de Simon.

—¡Ahora no podemos irnos! ¡Mira a estas desgraciadas criaturas! —Señaló con un amplio gesto al variopinto grupo de bandidos que estaban recogiendo las armas, rezongando entre ellos y dirigiéndoles miradas asesinas—. Son lo que quedan de los Kincaid. Hasta Connor les ha abandonado. ¡Me necesitan ahora más que nunca!

—Si te hallaras en la dirección del viento, sabrías que lo que necesitan es un buen baño caliente. Preferiblemente en la celda de una prisión.

Tras clavar sus afiladas uñas en la palma de Simon, Catriona se apartó de él. Cogió su maltrecho tartán escocés de la pila de mantas y se lo echó sobre los hombros antes de dirigirse con resolución hacia el grupo de ladrones.

—Mi hermano tiene razón —gritó. Los hombres le prestaron atención de mala gana—. Estáis malditos. Sé que todos habéis oído alguna vez las palabras pronunciadas por mi bisabuelo tras caer en ese campo de batalla de Culloden, mientras se desangraba sobre el polvo, después de ser traicionado por su propio hijo por treinta monedas de plata y un condado. «Los Kincaid están condenados a vagar por la tierra hasta que vuelvan a reunirse bajo el estandarte del único y verdadero jefe de su clan.» —Se irguió por completo con sus ojos grises brillantes como ópalos pulidos—. Os guste o no, en ausencia de mi hermano, el jefe soy yo. Yo soy la Kincaid.

Kieran sacudió la cabeza y se rió en voz alta.

—Ay, muchacha, tú estás como una cabra.

Sin dejar de sacudir la cabeza, dio una palmada en la espalda a uno de los hombres que se sonreía y se pusieron a andar hacia el bosque.

Mientras los hombres empezaban a desaparecer entre los árboles, Catriona notó una llamarada de pánico. Había esperado diez años a que llegara este momento. Diez años soportando las bromas y pellizcos de Alice, diez años sintiéndose una desconocida poco grata en casa de su tío, diez años anhelando un hogar que apenas podía recordar.

—¡Esperad! —gritó—. ¡No podéis iros! Os he traído regalos, ¿recordáis?

Los hombres se quedaron inmóviles, luego regresaron en grupo, incapaces de ocultar el relumbre codicioso en sus ojos. Catriona marchó con arrojo hasta Kieran, le sacó la daga del cinturón y regresó a zancadas hasta la carreta.

Simon la observó con ojos entrecerrados mientras cortaba las cuerdas que sujetaban el hule. Le llevó varios minutos de esfuerzo, pero finalmente el material cayó a un lado, permitiendo a Catriona echarlo hacia atrás con ademán teatral.

Los hombres se acercaron poco a poco, su curiosidad superaba a su cautela. La joven les llamó con un gesto, ansiosa por revelar sus tesoros.

—Sé que los ingleses han declarado ilegales la mayoría de estas cosas, con el propósito de arrebataros vuestro patrimonio y orgullo. Podrían habernos ahorcado por traéroslas ilegalmente, pero pensé que bien merecía el riesgo.

—Qué noble por tu parte —dijo Simon con sequedad, cruzando los brazos sobre el pecho—. Me alegra saber que ha merecido la pena arriesgar mi cuello también.

Catriona le fulminó con la mirada para hacerle callar. Tras meter la mano dentro de la carreta, sacó un pesado rollo de tela a cuadros verdes y negros.

—No es que sea precisamente el diseño del tartán Kincaid, pero es lo que más se parece. Compré dos docenas de rollos de esta tela de lana. Podéis usarla para haceros faldas y paños, vestidos para vuestras mujeres, y mantas para vuestros caballos.

—¿Qué caballos? —preguntó el tipo feo que se había adelantado antes, rascando una de sus enormes orejas.

—¿Qué mujeres? —preguntó otro hombre, escupiendo un taco de tabaco al suelo.

—Bien... —dijo Catriona, sin saber de pronto qué decir. Levantó con torpeza el rollo de tejido para meterlo otra vez en la carreta, luego se sacudió el polvo de las manos—. Estoy segura de que apreciaréis mi siguiente compra. Os he traído varios tomos de poesía de vuestro estimado paisano Robert Burns. No podía creer tanta buena suerte cuando di con ellos en una pequeña librería de Gretna Green. —Sacó uno de los volúmenes con lomo de tela y hojeó las páginas gastadas, con bordes dorados—. Se ven un poco maltrechos, pero eso no es impedimento para leerlos junto al fuego en las frías noches de invierno.

—Eso si supiéramos leer —dijo Kieran con un sarcasmo tan sutil que incluso Simon hizo una mueca.

—Oh. —Con rostro y ánimo decaídos, Catriona metió el libro una vez más en la carreta. No pudo evitar alegrarse al ver su siguiente tesoro—. Supongo que eso nos lleva a la joya de la corona de nuestra pequeña colección. — Tras alargar la mano una vez más para meterla en la carreta, sacó una gaita hecha un lío—. Sí, justo lo que esperabais... ¡una gaita de verdad!

Acarició el instrumento, notando las lágrimas que le saltaban a los ojos.

—Están prohibidas en las Highlands desde que el viejo Ewan Kincaid murió en Culloden. Los ingleses pensaban que arrebatando a alguien su música, también hundirían su ánimo. Según ellos, sin el son triunfal de este instrumento exquisito para llamarle a la batalla, Ewan estaría demasiado abatido como para luchar. —Se echó la gaita sobre el hombro y, uno a uno, dedicó una mirada luminosa al grupo de miembros del clan a su alrededor—. Pero no tuvieron en cuenta la canción que todavía reverbera en el corazón de todos los habitantes de las Highlands, el ritmo conmovedor de los tambores exigiendo libertad, libertad de la opresión, libertad de la tiranía, libertad de...

—¿Tienes algo de whisky ahí dentro? —interrumpió Kieran con impaciencia, mirando por detrás de Catriona—. ¿Algo de licor o de comer?

La joven le miró pestañeando, llena de decepción.

—Tenemos algunas patatas de más y una barra de pan.

—¿No tienes unas botas para que nuestros pies no se agrieten ni sangren durante los largos meses de invierno? ¿O armas para pelear contra los ingleses que han pasado los últimos cincuenta años intentando echarnos de nuestras tierras? —Le quitó la gaita de las manos y la sostuvo en alto—. ¿Qué esperas hacer con esto, muchacha? ¿Matarlos al son de la música?

Sus hombres respondieron con una fea carcajada. Catriona notó que algo se arrugaba en lo más profundo de ella.

Kieran tiró la gaita con despreocupación a la parte posterior de la carreta y sacó uno de los libros.

—Y si no, les leemos un poema de uno de esos bonitos libros tuyos. Si tenemos suerte, podrían quedarse dormidos antes de encontrar una cuerda con que colgarnos del árbol más próximo.

—No he... —tartamudeó Catriona, sintiendo vergüenza por su patética ingenuidad—. Nunca fue mi intención...

Dio un respingo cuando Kieran empleó sus manos nervudas para romper el lomo del libro y partirlo limpiamente en dos.

—Puedes llevarte tus libros de vuelta. No necesitamos tu condenada caridad y estamos convencidos de que no te necesitamos. Nos ha ido bien sin jefe todos estos años. Somos hombres libres y preferimos seguir así: ¡libres de los ingleses y libres de gente como tú!

Arrojando el libro a los pies de Catriona, Kieran se dio

media vuelta y se fue andando a zancadas hacia el bosque, con el resto de hombres siguiendo sus pasos.

Catriona se quedó ahí de pie, muy parecida a cuando Simon la vio por primera vez: descalza, envuelta en su querida tela escocesa, con el pelo bañado por el sol, caído en torno a su rostro, y sus delgados hombros tan dolorosamente rígidos. Pero en aquella ocasión, su orgullo relucía como un manto y ahora estaba hecho añicos a sus pies.

Simon apartó la vista del rostro afligido de la joven deseando poderle volver la espalda igual que sus paisanos.

—Si yo fuera tú, no me daría tanta prisa en rechazar a la muchacha —gritó a Kieran, consiguiendo que sus palabras resonantes detuvieran los pasos de los hombres.

El escocés se volvió poco a poco y le observó con cautela. Agarraba con tensión el arco, pero no hizo ningún movimiento para levantarlo.

—Puedes creer que tienes algún derecho otorgado por Dios sobre esta tierra, pero hay un hombre llamado marqués de Eddingham que tiene otra idea diferente.

—Continúa —instó Kieran a su pesar.

—Se os acaba el tiempo —dijo Simon—. Eddingham viene a por ti y tus hombres y trae un batallón de soldados ingleses con él. Catriona ha arriesgado su vida y reputación por venir hasta aquí a advertiros. De modo que, si yo fuera tú, prestaría más atención a sus palabras y menos a tu ridículo orgullo.

Kieran le estudió mientras sus labios se estrechaban hasta formar una línea tensa, con sus ojos grises tan duros como el sílex pulido.

—Podemos ofrecerte a ti y a tu mujer cobijo para pasar la noche, pero poca cosa más —dijo por fin—. Y mejor que traigáis esas patatas vuestras si queréis algo con que llenaros la barriga.

Mientras los hombres volvían a desaparecer por el bosque, Simon empezó a recoger sus pertenencias sin decir palabra.

Podía notar a Catriona inmóvil tras él, pero consiguió no hacerle caso hasta que advirtió que ella le rozaba la manga con la mano.

—Simon, yo...

Se dio media vuelta para mirarla de frente, con algo en los ojos que hizo que ella diera un paso atrás.

—Soy tu pistolero a sueldo, señorita Kincaid, nada más. Cuando acabe el trabajo a tu entera satisfacción, espero recibir mi dinero. Podría estar dispuesto a dejarme atravesar por una bayoneta como parte de mis obligaciones, pero si quieres que desempeñe otros *servicios* para ti, te costará una cantidad adicional.

Levantó a *Robert the Bruce* y dejó el gato en brazos de Catriona, luego le dio la espalda y se alejó, pisando de lleno el tomo roto de poemas de amor.

Capítulo 15

Catriona estaba sentada en el punto más elevado de la ruina desmoronada que en otro tiempo había sido hogar y orgullo del clan Kincaid. Mientras el cielo, poco a poco, teñía de púrpura su tonalidad lavanda y luego de añil, la luna se elevó sobre la cresta irregular de las montañas. La muchacha se apoyó en el morlón de piedra que tenía tras ella para contemplarla, rodeando con el brazo su rodilla doblada.

Hacía más de sesenta años que el resto de las torres que coronaban el castillo en otro tiempo habían sido reducidas a escombros por los cañones ingleses, dejando sólo este único monumento al anterior esplendor del clan. Su abuelo huyó de estas paredes destruidas sin volver la vista atrás, pues su mirada ambiciosa estaba puesta ya en un condado y una buena propiedad en Londres.

Oyó pisadas en el parapeto situado a su espalda.

—Si has venido a tirarme de la torre de un empujón antes de que pueda dar más discursos ridículos sobre el triunfo del espíritu de las Highlands y el fin de la tiranía —dijo sin volverse— lo más probable es que tengas que hacer cola.

—Estoy dispuesto a esperar mi turno —respondió Simon, apoyando un pie en el parapeto al lado de ella y alzando la vista a la franja láctea de estrellas que decoraban el cielo del norte.

—Mi padre solía traernos aquí de niños, Connor cogido de su mano y yo a caballo sobre los hombros. El lugar ya estaba en ruinas entonces, por supuesto, pero lo único que papá veía era el palacio que había sido en otro tiempo. —Una sonrisa caprichosa tocó sus labios—. Podía pasarse horas contándonos historias emocionantes sobre señores y damas bailando en un gran salón, la salvaje resonancia de las gaitas llamando a los guerreros a la batalla, el estandarte de los Kincaid ondeando con orgullo en las murallas del castillo. Solía describirlo con tal claridad que casi podíamos oír las sacudidas del estandarte al viento, proclamando la magnificencia de días pasados y la gloria de días venideros.

—Era un soñador —dijo Simon en voz baja.

—Era un necio —soltó ella más rotunda—. Igual que yo. —Le dirigió una breve mirada. Simon llevaba el pelo suelto, mecido por el viento como espigas de maíz—. Me habrás encontrado aún más ridícula de lo que ellos me ven.

Simon se rió.

—Nunca he cometido la audacia de creerme nada. ¿Por qué iba a burlarme de tu fe, por equivocada que sea?

—No era fe. Era locura. Kieran tiene razón. Les traje gaitas y libros cuando lo que necesitan es comida y calzado.

—Intentaste darles algo más valioso y duradero que una empanada de pichón recién hecha o un par de botas nuevas. Su orgullo.

—El orgullo no va a llenar sus estómagos ni darles las armas y recursos necesarios para enfrentarse a Eddingham. —Se volvió a mirarle, a sabiendas de que Simon no habría buscado su compañía si no tuviera algo que comunicarle—. Van a largarse, ¿verdad?

Él hizo un gesto de asentimiento.

—Creen que no tienen opción y no puedo evitar estar de acuerdo con ellos. Si se dispersan antes de que llegue Eddingham, al menos salvarán sus vidas.

Catriona alzó la mirada al reluciente ópalo de la luna.

—Pensaba que volvía a casa. Después de tantos años viviendo de la caridad de tío Ross, aguantando el acoso de Alice y sabiendo que nunca pertenecería a su mundo, pensé que encontraría una familia aquí entre mi propia gente. —Apoyó la mejilla en su rodilla, con un dolor en el corazón que amenazaba con llenar de lágrimas sus ojos—. Ahora me siento como si en este mundo no hubiera un sitio para mí.

Antes Simon podría haberle acariciado el pelo o hacerle una broma amable para consolarla, pero se limitó a decir:

—Tal vez algún día aprendas a no depositar tu fe en causas imposibles.

Con una simple inclinación, se volvió para alejarse y sus pisadas diligentes reverberaron durante todo el descenso por la escalera de piedra.

El viento nocturno parecía soplar con varios grados menos. Cuando Catriona oyó pisadas tras ella, se levantó de su posición para mirar las escaleras.

—Oh, Simon, yo...

Pero no fue Simon quien apareció. Era Kieran. Se había lavado el barro de las mejillas, revelando un rostro todo planos, huecos y ángulos marcados. Sin la máscara mugrienta que oscurecía sus rasgos, se percató de que era mucho más joven de lo que creía, probablemente un año o dos más joven que Connor.

El escocés se adelantó hacia ella con la gracia cautelosa de un gato salvaje y expresión tan decidida que Catriona dio un paso atrás. Por lo que ella sabía, podía haber venido a arrojarla de verdad desde el parapeto.

—Recuerdo quién eras —dijo deteniéndose cuando estaba ya a menos de un metro de ella.

—¿Ah sí?

—Sí. Eras una pequeñaja, toda cintas y trenzas y grandes ojos grises. Solías seguir a Connor a todas partes, tropezando tras él como un pequeño gato fastidioso. Mis padres vivían en el pueblo, cerca de vuestra casa. Éramos amigos ya entonces, Connor y yo.

Catriona sonrió, sus propios recuerdos despertaban con la confesión de Kieran:

—Connor hacía prometer a mamá que no me dejara seguirle. Pero en el minuto en que ella se daba la vuelta para poner una bandeja de bollos glaseados en el horno, yo ya me había escabullido de casa y volvía a pisarle los talones.

Kieran asintió con la cabeza.

—Sé que he dicho unas cosas duras antes, pero quería que supieras que Connor era un hermano para mí.

—Para mí también fue un hermano, en otro momento. —Catriona se tragó el nudo en la garganta para poder hacerle una pregunta que la obsesionaba desde que Kieran había revelado el destino de su hermano—. Si quería dejar este lugar, abandonaros y renunciar al sueño de nuestro padre de reunir al clan, ¿por qué no acudió a mí? ¿Por qué no vino a buscarme?

Kieran negó con la cabeza.

—No era el mismo chaval que tú recuerdas. Los efectos de esta vida dura se hacen notar en un hombre, mocita. Demasiados días sabiendo que la única comida que vas a meterte en la barriga será la que puedas robar. Demasiadas noches sabiendo que los únicos placeres serán los que puedas pagarte de tu bolsillo, porque ninguna muchacha decente te mirará dos veces a la cara. Es lógico que no haya mujeres entre nosotros, ni críos, sólo un puñado de viejos. —Se tocó el cuello la mano—. A veces te despiertas asfixiado en plena noche porque notas la cuerda de la horca apretándote ya el cuello.

»Tu hermano ha visto cosas... ha hecho cosas, sólo para sobrevivir, que ningún hombre debería hacer. Si yo tuviera una hermana, le escupiría en la cara antes de permitir que la vieran en la calle conmigo.

—Entonces serías tan imbécil como mi hermano, ¿o no?

Desconcertado por su audacia, se aclaró la garganta, luego metió la mano en el bolsillo de su raída túnica y sacó un libro.

—Algunos de los muchachos se preguntaban si tendrías la amabilidad de leernos un poema de uno de tus bonitos libros. No les interesan demasiado los besuqueos y demás, más bien algo de espadas y derramamiento de sangre en este caso. A ser posible sangre inglesa, por supuesto —añadió con un destello de ferocidad en los ojos, que se intensificó con una sonrisa tímida.

Conteniendo su propia sonrisa, Catriona le cogió el libro de la mano.

—Creo que sé qué poema queréis.

Cuando Simon regresó a las ruinas del castillo de Kincaid después de caminar por las colinas de los alrededores durante más de una hora, lo último que esperaba era encontrarse a Catriona rodeada de admiradores en lo que en otro tiempo había sido el gran salón.

Puesto que hacía ya décadas que los ingleses habían hecho saltar por los aires las vigas y los techos, dejándolo abierto a la extensión majestuosa del cielo, ahora el salón era más bien un patio que una corte. La naturaleza no había perdido el tiempo y había reclamado lo que el hombre llamó suyo durante un breve tiempo. Voluminosos grupos de hierbas surgían de las grietas, entre las losas del suelo. El musgo crecía exuberante y verde en los muros orientados al norte, mientras los chotacabras entraban y salían revoloteando de las heridas abiertas en las ventanas. Una fogata alegre ardía entre los ladrillos desmoronados donde antes había una chimenea.

Catriona estaba leyendo en voz alta junto a la luz del fuego, con los escoceses reunidos a su alrededor como un grupo de niños mugrientos y grandullones. Estaba sentada con las piernas cruzadas sobre una amplia piedra, con el tartán de los Kincaid cubriendo sus hombros y *Robert the Bruce* acomodado en su regazo como una manta peluda y gruesa. Acariciaba distraída su pelaje mientras leía, con lo cual se ganaba el pestañeo de adoración de los adormilados ojos dorados del animal.

—Gato veleidoso —murmuró Simon, permaneciendo entre las sombras de una viga caída, justo fuera del círculo de luz.

A juzgar por el cautivador deje ronco en la voz de la joven, «La Batalla de Sherramuir» no era el primer poema que les leía. Había recuperado el canturreo de las Highlands, fundiendo los tonos más escuetos del acento adquirido durante sus años en Londres, con lo cual cada una de sus palabras sonaba a música.

Simon sacudió la cabeza con incredulidad. El variopinto grupo de ladrones y criminales se embelesaba con cada una de sus sílabas, igual que él.

Mientras observaba la luz del fuego danzando en sus rizos relucientes y rasgos delicados, se esforzó por avivar las brasas de la furia que una hora antes le habían mandado a andar por esas colinas. No tenía que haber considerado siquiera poner su corazón en manos de Catriona. No era la primera mujer que le traicionaba en la vida. Ni la primera mujer dispuesta a sacrificarle por otro hombre. Pero estaba decidido a que ella fuera la última.

Catriona bajó la voz cuando llegó a la estrofa final del poema.

> *Tantos bravos caballeros caídos,*
> *Entre los clanes de las Highlands, ¡ay!*
> *Ahora tendréis que cantar este doble destino*
> *Algunos rendidos al bien, otros al mal*
> *Pero muchos ya han dicho al mundo el adiós final.*

Concluyó con un suspiro melancólico y cerró el tomo con delicadeza. Un viejo escocés de pelo entrecano sacó un pañuelo pringoso de su bolsillo y se secó los ojos.

Este momento tierno se vio estropeado por un brusco quejido. Todo el mundo, incluido Simon, pegó un respingo y se dio media vuelta para fulminar con la mirada al culpable.

Un muchacho larguirucho de unos quince años estaba sentado sobre una roca próxima. Sonreía avergonzado, indicando con la cabeza la gaita que tenía en los brazos.

—Pensé que igual os gustaría disfrutar de un poco de música para la sobremesa.

Kieran se burló:

—Uy, Callum, pensaba que estabas degollando un cordero.

—Pues yo pensaba que había comido demasiado *haggis*

—replicó uno de los hombres en referencia al conocido manjar escocés que normalmente se hierve y sirve en las tripas de una oveja.

El muchacho hizo otro esfuerzo valiente para sacar algo parecido a música del instrumento. Su rostro se ponía púrpura por segundos mientras tomaba aire, soplaba, apretaba y jadeaba, todo en vano.

El hombre sentado junto a Kieran se sacó una brizna de hierba de entre los dientes y suspiró.

—Me trae a la memoria una mocita que conocí una vez en Glasgow. Caray, era capaz de levantar...

Kieran le dio un codazo en las costillas con tal fuerza que hizo que se doblara . Señaló a Catriona con la cabeza.

—Cuida esa lengua, Donel. Tenemos una dama entre nosotros.

Cuando un chirrido especialmente torturado hizo que *Robert the Bruce* saliera como una flecha para perderse en la noche, el viejo canoso que había llorado al final del poema se fue hasta el muchacho y le arrebató la gaita.

—Dame eso, chico. ¡Deberías avergonzarte de ti mismo! ¡Vaya desgracia para el apellido Kincaid!

Mientras se alejaba entre la oscuridad y salvaba la gaita y los oídos de los presentes de más agravios, los hombres alzaron las jarras de cerveza para brindar al tiempo que proferían una aclamación colectiva.

Catriona se rió y levantó su propia jarra, uniéndose a ellos con un entusiasta hurra. Mientras bajaba su jarra, Simon salió de las sombras y sus miradas se encontraron.

—¡Únete a nosotros, Wescott! —llamó Kieran—. Tu mujercita nos ha estado leyendo un poco de poesía escrita por uno de los mejores escoceses de todos los tiempos: Robbie Burns.

—Robbie Burns —repitieron los miembros del clan con veneración.

—Oh, estoy familiarizado con su trabajo. —Mirando aún a Catriona a los ojos, Simon recitó en voz baja con impecable pronunciación escocesa:

Eres tan hermosa, mi preciosa niña,
Como mi amor es profundo;
Y seguiré adorándote, querida mía
Hasta que queden secos los mares del mundo.

Por un momento eterno, Catriona siguió contemplando a Simon con ojos empañados de anhelo y labios separados, listos para el beso. Luego agachó la cabeza con una risa incómoda:

—Mi señor Wescott se crió en el teatro. Consigue que suene convincente cualquier tontería ridícula, ¿eh que sí?

La mirada fría y calculadora de Kieran estudió primero a uno y luego a la otra.

—Diantres, si tiene la misma lengua de plata en la cama, igual yo también me casaría con él.

Los hombres se retorcieron de la risa hasta que les interrumpió una nota dulce y pura que parecía surgir de la mismísima garganta del cielo. Cuando la nota inició una melodía auténtica, a Simon se le erizó cada vello de la nuca.

Los hombres del clan Kincaid intercambiaron miradas maravilladas. Ni siquiera Kieran podía ocultar el asombro en sus ojos. Catriona se puso en pie y, uno a uno, todos los hombres la imitaron, dirigiéndose en silencio hacia el único arco que quedaba en el muro norte, donde encontraron la silueta del viejo escocés recortada contra el cielo iluminado por la luna. Se hallaba de pie sobre el extremo de un precipicio empinado que daba al valle inferior, con la gaita acunada contra su hombro.

El son majestuoso pendía del aire como el fantasma gimiente de días pasados, cantando batallas ganadas y amores perdidos, esperanzas realizadas y penas lloradas, sueños abandonados pero nunca olvidados. Simon notó esas nobles notas perforándole el alma, arrastrándole a una batalla que no era propia, un hogar que nunca había conocido. La melodía parecía transportar el eco reverberante de pífanos y tambores, y un millar de voces alzadas al unísono.

Todos los hombres reunidos en esa ladera se irguieron un poco más, incluido él, y sin saber cómo, se encontró cogiendo a Catriona por los hombros con fuertes manos.

Cuando el hombre lanzó la última nota de su melodía volando por todo el valle para que encontrara su lugar de descanso en brazos de las montañas, las mejillas de Catriona no eran las únicas humedecidas por las lágrimas.

Kieran fue el primero en recuperarse.

—Puedes guardar los puñeteros cantos fúnebres para mi funeral, viejo —dijo a viva voz—. ¿No sabes alguna buena melodía para que echemos un baile?

El viejo le fulminó con la mirada.

—No quería malgastar mi aliento, ya que el único sitio donde tú vas a bailar seguramente será en la horca, pobre imbécil. —Dicho eso, se llevó la gaita a los labios y se entregó a un alegre baile tradicional escocés.

Con ojos centelleantes de picardía, Kieran se volvió e hizo una reverencia sorprendentemente distinguida ante Simon y Catriona.

—Si me permite, señor, creo que la dama me prometió el primer baile.

Antes de que pudiera protestar, Kieran había cogido a

Catriona de la mano y se la había quitado de los brazos. Ella dedicó a Simon una mirada indefensa por encima del hombro mientras el escocés la arrastraba al centro, guiándola entre una doble fila formada por los hombres del clan, que no paraban de dar palmas y vitorear.

Simon la observó mientras pasaba de mano en mano, de hombre en hombre, con las mejillas cada vez más sonrosadas y la sonrisa más radiante, sin dejar de reír mientras echaba la cabeza hacia atrás y levantaba los talones, con las faldas formando un remolino a su alrededor. Simon había danzado con innumerables mujeres en montones de salones de baile, sabiendo casi siempre que acabaría la noche en la cama con una de ellas. Pero nunca se había sentido tan excitado o ansioso como en aquel momento.

O tan peligroso.

Deseaba a Catriona. Tanto que estaba dispuesto a arriesgar lo que fuera necesario por tenerla en su cama: su orgullo, su corazón, incluso la vida. Lamentando el hecho de no poder aturdir sus ideas o su anhelo con whisky, se dio media vuelta y se alejó sin decir palabra a través de la oscuridad, sin llegar a ver cómo se desvanecía la sonrisa del rostro de Catriona mientras le observaba marchar.

Capítulo 16

Simon se despertó a la mañana siguiente como si el peso del mundo le oprimiera el pecho. Pero al abrir un ojo con cautela, descubrió que sólo era *Robert the Bruce*. Con mirada insolente, el gato volvió a inclinarse hacia atrás y empezó a lamerse entre las patas posteriores que mantenía bien separadas.

Simon alzó una ceja.

—Si los hombres pudiéramos hacer eso —comentó con un gruñido— no nos harían falta mujeres.

—Oh, no sé, no sé. Sin una mujer, o al menos un asistente competente, seguiríais sin encontrar las medias o haceros bien el nudo del fular.

Al oír aquel comentario sardónico, Simon se incorporó con brusquedad y desalojó de su pecho al gato. El animal le dedicó una mirada malévola mientras se alejaba a paso lento, sacudiendo la cola con indignación.

Catriona estaba encaramada sobre una roca caída, que en otro tiempo había formado parte de un arco elevado dentro de la gruta artificial cubierta de musgo que Simon había declarado su dormitorio. Se quedó sorprendido al ver las mantas de ella extendidas a menos de treinta centímetros de las suyas. Con toda probabilidad era preferible no haberse enterado de que la tenía al alcance de la mano durante las largas y solitarias horas de la noche.

Llevaba puesto un vestido color fresas frescas y se había recogido los rizos en un moño informal en lo alto de la cabeza, dejando varios de los mechones más rebeldes caídos y libres sobre sus mejillas y nuca.

La muchacha le miraba con cautela, como si no estuviera segura de ser bienvenida.

—Me parece detestable tener que hacer que *Robert* te despierte, pero pensaba que ibas a dormir otra vez hasta el mediodía. Nos han convocado a una reunión.

—¿Quién? —Simon bostezó y se apartó de los ojos su pelo revuelto—. ¿El rey?

—No, el clan. Parece que Kieran ha convocado al Consejo.

—¿Es como el Parlamento? ¿Tendremos que ponernos largas túnicas negras y pelucas empolvadas, y oír los más insoportables debates pretenciosos acerca de la altísima inflación y si el rey es o no demasiado bonachón como para mandar?

—El Consejo es una antigua tradición del clan, sólo se convoca cuando tiene que decidirse o anunciarse un asunto importante. —Se inclinó hacia delante con ojos centelleantes de excitación—. Según Callum y Donel, nadie del clan Kincaid ha convocado un Consejo desde el cuarenta y cinco.

Simon suspiró y apartó las mantas.

—Entonces, sin ninguna duda, permíteme que busque mi túnica y mi peluca.

Un poco más tarde, Simon y Catriona entraban en las ruinas del gran salón, y allí encontraron a los miembros del clan ya reunidos. Los hombres utilizaban las vigas caídas como bancos para sentarse mientras Kieran permanecía de pie en el centro con un pie apoyado en la misma piedra amplia que Catriona había ocupado la noche anterior. La alegría despreocupada de la noche pasada parecía haberse desvanecido, dejando los rostros curtidos por el sol, solemnes e insondables. El ánimo de la concurrencia no parecía corresponderse con las confortantes nubes en forma de voluta que vagaban por la deslumbrante franja azul del cielo superior.

Kieran no perdió el tiempo en formalidades ni divagaciones. En cuanto Simon y Catriona se sumaron al centro sagrado, miró a la muchacha directamente a los ojos y dijo:

—Queremos que os quedéis.

—Oh, ése es nuestro plan —le tranquilizó ella—. Es un gran honor que nos invites a participar en vuestro Consejo.

—No —dijo Kieran—. Me refiero a que queremos que os quedéis aquí. En el castillo de Kincaid. Con nosotros.

Catriona sacudió la cabeza con expresión intrigada, casi sin atreverse a creer que alguien contara con ella por una vez, que finalmente hubiera encontrado el hogar y la familia con que había soñado durante tanto tiempo.

—Pero Simon me ha dicho que queríais marcharos. Que ibais a dispersaros y esconderos para que Eddingham no dé con vosotros.

—La mayoría de nosotros llevamos huyendo y ocultándonos desde que nacimos. Connor solía decir que a veces un hombre tiene que descubrir cuál es su sitio, aunque resulte ser el último. —La mirada de Kieran recorrió las ruinas del gran salón—. Bien, a mí éste me parece un sitio tan bueno como cualquier otro.

Sus hombres asintieron para mostrar su conformidad.

—No llores si puedes pelear —murmuró Catriona para sí misma, con la voz de Connor resonando aún en su cabeza.

—Sólo tenemos una condición —dijo Kieran.

—Lo que sea —contestó Catriona, con una sonrisa dichosa dibujándose en su rostro—. Cualquier cosa.

El escocés hizo un gesto con la cabeza en dirección a Simon.

—Queremos que él sea nuestro jefe.

La sonrisa de Catriona se desvaneció.

—¿Simon? Tienes que estar de broma. ¡No puede ser nuestro jefe! Vaya, si ni siquiera es un Kincaid.

—Ni tú tampoco, ahora que te has casado con él —le recordó Kieran. Dio un suspiro—. Puede que seas descendiente del mismísimo Ewan Kincaid, pero no podemos tener a una mozuela liderando nuestro clan. Necesitamos a un hombre. —Cruzó sus brazos fibrosos sobre el pecho y dirigió una mirada de burla a Simon—. Y éste ya ha demostrado ser habilidoso con la pistola.

Hasta que Simon dio un paso atrás, levantando los brazos como si quisiera parar un golpe, Catriona no se dio cuenta de que él estaba casi tan horrorizado como ella.

—¡Oh, no, de eso nada! Si creéis que voy a liderar este variopinto grupo de ladrones y rateros en una ofensiva contra un batallón de soldados ingleses sólo para que podáis reivindicar esta pila de rocas desmoronadas, entonces es que sois unos condenados imbéciles.

—Tiene razón, no le necesitáis. ¡Me necesitáis a mí! —gritó Catriona—. ¡He pasado toda mi vida preparándome para este momento! Conozco la historia del clan, he dedicado horas a estudiar batallas famosas libradas en estas mismas montañas. Necesitáis ingenio y astucia tanto como fanfarronería y músculo.

Kieran negó con la cabeza, el pesar en sus ojos era más crítico incluso que su decisión.

—Lo que necesitamos, muchacha, es un hombre. Si el tuyo accede a hacer de jefe nuestro, entonces aguantaremos y lucharemos. Si no, recogeremos los bártulos y nos largaremos al anochecer, y ese tal Eddingham puede quedarse con esta pila de rocas desmoronadas.

El rostro del guerrero podría estar tallado en roca de estas ruinas. Catriona se percató de súbito, con desesperación, de que no iba a cambiar de idea.

Invadida por una impotencia que iba en aumento, se volvió hacia Simon.

—¿Podemos hablar un momento, por favor? —Al advertir cómo recaían en ellos las miradas curiosas de los hombres del clan, añadió—: En privado.

Cogiéndole del brazo, le instó a pasar por el arco del extremo norte de la gran estancia donde la noche anterior se habían reunido para maravillarse juntos con el son majestuoso de las gaitas.

En cuanto tuvo la certeza de que se encontraban lo bastante alejados como para que no les oyeran, se volvió de espaldas a Simon y contempló el soleado valle. En este momento no podía aguantar su mirada, no quería que viera cuán hondo le había herido el rechazo de Kirian. El viento racheado se enredó en sus faldas y agitó unos mechones lacerantes de su pelo contra las mejillas.

—Ya has oído a Kieran —dijo—. No me quieren a mí, pero sí te aceptarán a ti.

—Me temo que mis servicios militares ya no están disponibles. Me han descendido a niñera de mujeres que han perdido la cabeza por completo.

Catriona se giró en redondo.

—Si no accedes a ser su jefe, van a dispersarse por todas partes. El nombre Kincaid se perderá para siempre, igual que el clan.

—¿Y desde cuándo ése es mi problema?

Catriona dio un paso adelante y apoyó las manos abiertas en el pecho de su marido. El ritmo fuerte y constante de ese corazón bajo sus manos parecía una esperanza.

—¿No te das cuenta, Simon? Podría ser tu oportunidad. No es demasiado tarde para ser un héroe.

Para ser mi héroe.

Catriona no tenía valor para pronunciar en voz alta estas palabras, pero estaban ahí, en la manera suplicante en que le miraba, en el temblor casi imperceptible del labio inferior. Le estaba ofreciendo algo más que la oportunidad de liderar a su clan. Le estaba ofreciendo su corazón.

Simon bajó la vista para observarla durante un largo instante. Luego le cogió las muñecas y apartó con delicadeza sus manos de su pecho.

—Mi oportunidad de convertirme en un héroe apareció y se esfumó hace mucho tiempo, querida. Y nunca he sido tan necio ni tan soñador como para pedir una segunda.

Tras soltar sus muñecas, se volvió y empezó a abrirse camino sobre las rocas para descender con cuidado por la colina, dejando atrás el castillo así como a Catriona.

Simon no regresó al castillo hasta que anocheció del todo, con la luna ya instalada en mitad del cielo. No se oía ningún gozoso son de gaitas reclamándole en casa, ni voces entonando fragmentos embriagados de canciones, ni alegres cascadas de risa femenina despertando su corazón y su entrepierna.

El castillo seguía agazapado en el extremo de la colina,

un montón de piedras desmoronadas, apto tan sólo para que las ratas corretearan por sus pasillos sin techo y sus mazmorras derrumbadas. Notó una peculiar opresión en el corazón al alzar la mirada al parapeto de la solitaria torre que quedaba en pie.

Cruzó tan silencioso como un fantasma el arco y entró en las ruinas del gran salón donde encontró a Catriona sentada sobre la amplia roca que le había servido de escenario veinticuatro horas antes. Tenía la barbilla apoyada en la mano, estudiando el cielo como si las estrellas centelleantes tuvieran la respuesta para preguntas que nunca se había atrevido a formular. Mientras se acercaba, Simon pudo ver sus mejillas surcadas de lágrimas derramadas ya hacía rato, pero ahora sus ojos estaban secos.

—Se han ido —dijo él.

Pese a no ser una pregunta, Catriona asintió.

—Lo lamento —añadió Simon, y las palabras sonaron más sentidas lo que ella hubiera soñado.

—Sí, claro —replicó con frialdad ella. Alzó la cara para mirarle y Simon casi deseó que no lo hubiera hecho. Sus ojos eran casi tan despiadados como los de Kieran horas antes—. No mereces llamarte mi esposo y aún menos llamarte un hombre.

Su padre le había dicho cosas peores en muchas ocasiones, y él las había rechazado con tan sólo un encogimiento de hombros y una risa burlona, pero el desprecio de Catriona penetró como una hoja oxidada en sus tripas.

—¿Qué querías que hiciera, Catriona? ¿Liderarles a ellos y a ti a una destrucción casi segura? ¿Aceptar veros morir a todos bajo una lluvia de balas o colgados del extremo del lazo de la horca, todo por un sueño ridículo al que deberíais haber renunciado hace ya décadas?

—¡Era mi sueño! —gritó ella, con las lágrimas regresando a sus ojos—. ¡Y tú no tienes derecho a destruirlo sólo porque te dé miedo estar a la altura de las expectativas de alguien hacia ti por una vez en la vida!

—¡Tal vez no sea cuestión de estar a la altura de esas expectativas sino de morir por ellas!

—Oh, tienes razón. Olvidaba que eres un cobarde autoproclamado sin una pizca de honor en el corazón. ¿Para ti hay algo por lo que merezca la pena luchar? ¿Algo lo bastante noble o querido que justifique arriesgar tu precioso cuello?

Tú.

La palabra resonó desde algún lugar en lo profundo de su corazón, pero no salió de sus labios.

—No —dijo ella al no oír respuesta—. Eso pensaba. Bien, en tal caso, me temo que voy a tener que despedirte.

—¿Perdón? —preguntó Simon en voz baja, notando que algo en su fuero interno se crispaba de forma peligrosa.

—Has oído bien. Estás despedido. Ya no preciso tus servicios. Encontraré yo sola la forma de regresar a Londres, muchas gracias, aunque tenga que hacerlo a pie.

Simon notó que algo en él se quedaba mortalmente frío y mortalmente caliente al mismo tiempo.

—Tenemos una deuda pendiente —dijo.

Catriona, sacudiendo la cabeza como si le costara creer su audacia, se fue andando hasta donde se hallaba la jaula de *Robert the Bruce*. Fue una suerte que el gato no se encontrara allí en ese momento porque puso el cajón del revés con un gruñido de frustración y tiró de la parte inferior hasta que se soltó y reveló un compartimiento secreto.

De su interior sacó unos gruesos fajos de billetes de una libra y se los arrojó a Simon hasta que parecieron una lluvia de confeti.

—¡Llévatelo! ¡Llévatelo todo! Tu mitad de la dote. Mi mitad de la dote. Ya no me importa. Puedes gastártelo en tu licor, tu juego y tus fulanas. ¡Confío en que lo despilfarres todo y mueras de sífilis en algún fumadero de opio!

Arrojando la jaula de nuevo al suelo, se dio la vuelta y se dirigió a buen paso hacia el arco.

Simon, andando a zancadas sobre aquella verdadera fortuna, como si fuera basura bajo los tacones de sus botas, la alcanzó cuando aún estaba a medio camino bajo el arco, la agarró por la parte superior del brazo y tiró de ella para que le mirara a la cara.

Mirando fijamente los ojos asombrados de Catriona, dijo:

—No estaba hablando de dinero.

Capítulo 17

Catriona alzó la vista para estudiar los ojos entrecerrados de Simon. Nunca los había visto tan verdes. O tan despiadados. La forma en que la agarraba del brazo era igual de implacable, sin posibilidad de acuerdo ni esperanza de escapatoria.

Se humedeció los labios, de pronto secos.

—Te he pagado lo que prometí. Con creces. ¿Qué más puedes querer de mí?

—Me debes una noche de bodas, ¿te acuerdas? Era parte de nuestro endemoniado trato y no puedes hacer un pacto con el diablo sin esperar que venga a cobrárselo un día. —La nota ronca en su voz se hizo más profunda—. Una noche.

A Catriona se le cortó la respiración.

—Sin duda no te refieres a...

—¿Y por qué no? ¿No acabas de tomarte la molestia terrible de recordarme que soy un hombre sin honor? ¿Sin escrúpulos? Por desgracia, no puedes decir lo mismo de ti. Motivo por el cual no te queda otra opción que hacer honor a la promesa que me diste.

Catriona notó que las mandíbulas férreas de sus pretensiones de superioridad moral chasqueaban sonoras en torno a su corazón. A sabiendas de que la respuesta de Simon bien podía acabar con lo que le quedara de pundonor, preguntó en voz baja:

—Y si me niego, ¿tomarás lo que te debo a la fuerza?

Simon estudió su rostro como si considerara en serio la pregunta, pero finalmente negó con la cabeza.

—No, no lo haré. —Se inclinó y rozó con los labios su oreja, dejando ahí un hormigueo mientras susurraba—: Pero sabré que eres aún más cobarde que yo.

Le soltó el brazo y se alejó, dándole la oportunidad de salir corriendo.

Catriona permaneció ahí quieta, fulminándole con una mirada desafiante.

—¿Puedo disponer de un poco de tiempo para prepararme?

—Por supuesto —contestó, caballero y bribón hasta el final—. Tómate todo el tiempo que necesites.

Cuando Catriona por fin cobró valor para acercarse a la gruta iluminada por la luna en la que habían dormido la noche anterior, la encontró transformada. Simon había combinado las mantas de ambos para extenderlas sobre un lecho espeso de musgo, creando así un acogedor templete. Había conseguido encontrar varias velas gruesas de sebo que Kieran y sus hombres habían dejado atrás y las había plantado sobre las piedras caídas. Su dorada luz vacilante se mezclaba con la luz plateada de la luna.

Al oír que ella se acercaba, se volvió, incapaz de ocultar la sorpresa en sus ojos. Pese a los preparativos, Catriona sabía que en realidad no creía que ella fuera a venir.

Se acercó poco a poco a él, alisándose con gesto nervioso la sencilla falda de lino de su camisón. Aún tenía la piel un poco húmeda después de bañarse en una fuente próxima, y la tela se le pegaba en lugares inesperados. Dado el casto tono blanco de la prenda, esperaba que Simon soltara alguna ocurrencia sobre Juana de Arco de camino a la hoguera. Pero se limitó a observarla, con su mirada ensombrecida por esas espesas pestañas de puntas doradas que ella siempre había adorado y a la vez envidiado.

Él llevaba unos pantalones de gamuza y una camisa de batista marfil abierta hasta la cintura. Llevaba descalzos sus largos y estrechos pies y el pelo leonado caía suelto alrededor de su rostro. Pese a las cicatrices y las sombras que la vida había tallado en su rostro, no había disminuido la belleza masculina que tanto la había cautivado cuando todavía era una joven inocente. Catriona temió que si le ofrecía una mínima migaja de ternura, su corazón hambriento se lo perdonaría todo, no se resistiría a nada.

Muy consciente de la mirada de Simon siguiendo cada uno de sus movimientos, le rozó al pasar y descendió para acomodarse en la cama que él había preparado. Intentó no recordar todas las fantasías románticas alimentadas en otro tiempo sobre el momento de acudir a la cama de su marido por primera vez. Sobre todo porque en la mayoría de esas fantasías, Simon era ese marido.

Se reclinó boca arriba, y fijó la mirada en una estrella situada justo bajo la curva graciosa de la luna.

—Si no te importa, preferiría que acabaras con esto lo más rápido posible. Ya sé que eres una especie de maestro en el arte del amor, pero si te da igual, prescindamos de las... cortesías.

—¿Cortesías? Suena como si fuera a invitarte a tomar el té, y luego dejarte mi tarjeta de presentación.

—Sabes a qué me refiero. Preferiría que te limitaras a quedarte satisfecho y acabar pronto.

Catriona casi oyó el ceño fruncido en su voz.

—¿Sin pensar en absoluto en ti?

—¿No es eso lo que prefieren los hombres?

—Este hombre, no. —Simon descendió, merodeando encima de ella como una especie de gran gato montés dorado, reemplazando a la luna con su rostro en su visión—. Entonces lo que me estás pidiendo que haga es que me limite a levantar la falda de tu camisón, darme placer y luego volver a taparte cuando haya... acabado —dijo, repitiendo esas palabras ingenuas que ella le había dicho en casa de su tío.

—Sí, por favor —respondió con furia—. Es precisamente lo que te pido que hagas.

Simon la estudió pensativo antes de hacer un gesto de asentimiento:

—Muy bien. Dios sabe que no querría decepcionarte otra vez.

Con un suspiro entrecortado, Catriona volvió la cara y cerró los ojos. Espiar a los gatos y sementales de su tío tal vez le enseñara la mecánica de lo que él estaba a punto de hacerle, pero su peligroso poder seguía siendo un misterio para ella.

Hizo todo lo posible para no estremecerse cuando notó el calor de sus nudillos rozándole las pantorrillas. Simon cogió el dobladillo de su camisón y lo replegó poco a poco, dejándola desnuda de cintura para abajo.

Catriona le oyó inspirar con brusquedad y notó el calor que emanaba su cuerpo. Un gemido indefenso escapó de los labios de la muchacha cuando él deslizó las manos hasta la parte interior de las rodillas para levantarlas con cuidado y separarlas hasta dejarla totalmente abierta de piernas.

Mientras la fresca brisa nocturna la acariciaba como un amante, Catriona comprendió que había cometido un terrible error de cálculo. Ahora se hallaba más vulnerable incluso que si se encontrara desnuda en sus brazos. No podía hacer nada para impedir que se la comiera con la mirada bajo la luz de la luna.

—Cristo, Catriona —dijo Simon en voz baja—. No pensaba que pudieras ser más guapa de lo que ya eres.

Ella mantenía los ojos cerrados con fuerza y se mordía el labio inferior, temiendo y anticipando lo que estaba a punto de suceder, pero no había previsto aquel estremecimiento de puro deleite cuando él encontró con sus labios el punto de sensibilidad exquisita en la parte interior de su rodilla.

Soltó un jadeo mientras el calor húmedo de la boca de Simon florecía contra su carne, siguiendo una ruta de cosquilleo ascendente por su muslo tembloroso. Le rodeó los tobillos como si sus manos fueran unas manillas forradas de terciopelo, y sus piernas se separaron aún más, quedando todavía más vulnerables a la seducción tentadora de esos besos. Besó cada muslo cremoso por turnos hasta que la respiración de Catriona se transformó en un suspiro tras otro, mientras los muslos se separaban con voluntad propia.

Catriona estaba tan encandilada que no se dio cuenta de que sus manos ya habían dejado sus tobillos hasta que notó una de ellas rozando el nido húmedo de rizos situado entre los muslos. Soltó un jadeo mientras Simon ahondaba un poco más, abriendo los tiernos pétalos rosados que encontró ahí para poder hundir un dedo en el néctar que brotaba entre ellos.

—¡Oh! —Abrió los ojos por fin mientras un sollozo de puro placer estremecía todo su cuerpo. Intentó sentarse, pero él parecía tenerla clavada a la tierra sin nada más que el peso de ese dedo—. ¿Qué me estás haciendo?

Simon alzó la cabeza para encontrar su mirada, con los hermosos planos de su rostro duros y ansioso al mismo tiempo.

—Exactamente lo que me has pedido que haga. Me estoy dando placer.

Tras eso, bajó la cabeza y pegó su boca a Catriona. Ella soltó un profundo gemido gutural y se arqueó apartándose de la manta, pero no había ningún lugar donde escapar del gozo que él se proponía darle. Después de tan sólo unas pocas caricias con su diestra lengua, la muchacha se arqueaba para adherirse a la boca de Simon en vez de apartarse de ella. Clavó las uñas en las mantas y movió la cabeza a un lado y a otro, totalmente ciega e incoherente a causa de la necesidad, mientras él se apropiaba de ella con la boca, empleando la lengua para tomar plena posesión.

Simon no se limitaba a darse placer. También se apoderaba de la voluntad de Catriona y la hacía suya. Le arrebataba el corazón y destrozaba cada pared levantada en torno a él. Se llevaba su alma y le daba a probar un paraíso que la obsesionaría hasta el final de sus días.

El dulce movimiento rápido de su lengua sobre la yema hinchada en el centro de sus rizos era una llama viva que desataba una fiebre de deseo. Cuando intentó retorcerse y apartarse, Simon rodeó con sus manos grandes y cálidas su trasero y la mantuvo quieta, provocando llamaradas todavía mayores. En el momento exacto en que amenazaban con consumirla, él pegó su boca a la tierna yema y sorbió con dulzura, provocando un arrebato indescriptible que se precipitó en cascada por cada terminación nerviosa de su cuerpo.

Parecía rodar sin parar, igual que su gemido roto de rendición.

Sintiéndose elevada a los cielos, alcanzando las estrellas, luego inició un suave descenso, y mientras flotaba de regreso a la tierra abrió los ojos.

Simon la observaba con un inequívoco destello triunfal en la mirada.

Catriona puso una mano en su mejilla, incapaz de resistirse a tocarle. Y observándole con solemnidad, dijo:

—No me equivocaba respecto a ti. Eres un villano sin escrúpulos y sin una pizca de honor en el corazón.

—Puede que sea verdad, cielo —susurró tomando su rostro entre las manos—. Pero esta noche además soy tu esposo.

Cuando él bajó los labios a su boca, nutriéndola del sabor embriagador de su propio placer, Catriona enredó las manos en la seda trigueña de su cabello y le devolvió el beso, arrancando un quejido de la profundidad de su garganta.

Tomando aquello por la invitación que en efecto era, la muchacha le retiró la camisa de los hombros, permitiéndose el deleite del contacto que siempre había soñado. Era una maravilla masculina de tendón anudado sobre músculo, cálido y liso, flexible y fuerte. Desesperada por saborear lo que tocaba, apartó la boca del beso y llevó los labios al corazón de Simon. Sabía salado e insoportablemente dulce al mismo tiempo. Su lengua ansiosa no se hartaba de él.

Simon, tras librarse de la camisa con un gesto impaciente de sus hombros, llevó a Catriona a una posición medio sentada y le sacó el camisón por encima de la cabeza.

Contempló las copas pálidas de sus pechos con una combinación extrañamente cautivadora de veneración y deseo.

—Creo que ni siquiera tu querido Robbie Burns compuso alguna vez poesía merecedora de esta visión. —Levantó la vista a su rostro, con una mueca desvergonzada curvando la comisura de sus labios—. Pero tal vez permitas que mi propia lengua se dedique a esa labor.

· Mientras se inclinaba y rodeaba un colorado pezón con la punta de la lengua, Catriona descubrió que carecía de voluntad y deseo para rechazarle. Su cabeza cayó hacia atrás totalmente rendida mientras él demostraba de nuevo lo elocuente que esa lengua podía ser. Sin malgastar una sola palabra, no escatimó atenciones a cada uno de los senos, empleando un movimiento ágil de lengua, el calor húmedo de sus labios y el roce delicado de los dientes, para componer un soneto a la gloria de sus encantos femeninos. Ella sólo pudo agarrarle del pelo y juntar los muslos cuando Simon se introdujo uno de los pezones en la boca y lo chupó a fondo, con fuerza, traspasando la frontera entre placer y dolor, mientras los ecos del goce anterior se propagaban por su vagina.

Simon se libró de los pantalones con manos igual de diestras. Antes de que ella tuviera tiempo de atisbar lo que él revelaba, la cogió con ternura entre sus brazos y la echó de nuevo sobre la cama de mantas y musgo, apretando su cuerpo desnudo contra ella y bebiendo un beso tras otro de sus labios.

Había algo atemporal en el hecho de encontrarse bajo la luz de la luna en este lugar. En brazos de este hombre. Con el aliento de ambos fundiéndose en suspiros sin palabras, y sus miembros desnudos entrelazados. Podrían ser cualquier señor y cualquier dama de la historia, embriagados por los placeres carnales del amor y todas sus posibilidades venenosas.

Cuando se apartó de Catriona, ella se aferró a los lisos músculos de su espalda como gesto de protesta.

—Tranquila —murmuró dándole un beso en la sien. Alargó el brazo para retirar una pequeña caja lacada de un estante creado con una piedra caída. Levantó la tapa y apareció un delicado frasco de vidrio alojado en el fondo de seda. Mientras le quitaba el tapón, un intenso y exótico olor a mirra perfumó el aire, mezclándose con el almizcle embriagador de su propio deseo.

—Me temo que no puedo disminuir mi tamaño para ti, ya que produces el efecto contrario desde el momento en que apareciste en la celda de la prisión. Pero puedo facilitar las cosas —explicó mientras pasaba el tapón fresco y duro entre la blandura exaltada de los pechos de Catriona, dejando un rastro reluciente de aceite ahí.

Cuando asimiló el significado de eso, ella se sonrojó y luego puso mala cara.

—Supongo que llevas eso en tu baúl de viaje por si te topas con alguna virgen a la que te apetezca seducir. —Fascinada por completo, observó el más débil indicio de sonrojo ascendiendo por sus pómulos—. Vaya, señor Wescott, ¿se sonroja?

Simon soltó un suspiro y se pasó una mano por el pelo.

—Voy a compartir un secreto profundo y oscuro contigo, que podría arruinar mi reputación si saliera a la luz. —Inclinándose para hablarle al oído, susurró—: Nunca antes he estado con una virgen.

Ella abrió los ojos con incredulidad.

—¿De verdad?

Él asintió con solemnidad.

—Eres la primera.

Catriona sonrió, complacida hasta lo ridículo con aquella revelación.

—Supongo que eso te convierte a ti también en alguna clase de virgen. —Tras darle una palmadita en el pecho, continuó —: No te preocupes, me esforzaré en ser amable contigo.

—Por favor, no lo hagas —masculló él mientras atrapaba su labio inferior entre los dientes y le daba un incitante tirón.

Catriona pensaba que él iba a esparcir un poco de aceite entre sus dedos, pero se sorprendió al verle inclinar la botella y verter una buena cantidad sobre su propio vientre y muslos.

—¡Oh! —exclamó cuando el aceite empezó a gotear por su cuerpo.

Simon inició un recorrido con los pulgares, a los que siguieron sus manos deslizantes sobre los huecos increíblemente sensibles situados justo encima de los huesos de la cadera, acariciándolos hasta que separó las piernas. El aceite pareció calentarse bajo la fricción hipnótica de su contacto, y la sensación de sus manos sobre ella hizo que Catriona se sintiera deliciosamente hedonista, como una mimada chica de algún harén o la reina Esther mientras la preparaban para el placer del rey.

El enloquecedor masaje circundante continuó hasta que todo el mundo quedó concentrado en aquel sedoso triangulito entre sus piernas. El único lugar que él no estaba tocando.

Simon le había dicho en una ocasión que si le daba diez minutos, le haría suplicar. Pero le había llevado menos de cinco.

—Por favor, Simon —gimió, muriéndose por su contacto—. Oh, por favor... —Volvió el rostro intentando ocultarlo en su propio pelo, pero no había lugar donde encubrir este terrible anhelo.

Fue misericordioso y, ante sus súplicas entrecortadas, empleó ambos pulgares en apartar esos rizos sedosos y seguir la vía deslizante, hasta el destino final.

Empleó la base del pulgar para impregnarla de aceite en torno a la entrada de la frágil abertura. Catriona podía sentirse abriéndose igual que una flor bajo el beso del sol, ansiosa por tomar cualquier cosa que quisiera darle.

Contuvo un sollozo de placer.

—¿Es una de esas perversiones creativas por las que eres conocido?

—No, pero ésta sí —susurró deslizando ese pulgar hacia dentro de ella.

Soltó un gemido grave, como si le arrancaran el alma a cambio de algún placer indescriptible. Con la ayuda del aceite y las lágrimas de alegría que derramaba el cuerpo de Catriona, él deslizó el pulgar dentro y fuera de ella, poseyéndola con ternura pero por completo en una audaz imitación de lo que iba a venir a continuación.

Aún no había acabado con ella. Justo cuando Catriona pensaba que iba a derretirse con el poder primario de todo aquello, Simon rozó levemente con el dedo índice la yema hinchada que antes había lamido. Fue lo único necesario para que su cuerpo estallara en un rotundo acceso de éxtasis.

Los temblores de deleite todavía la recorrían cuando él retiró el pulgar, dejando un crudo vacío que ansiaba ser ocupado. Cuando sintió el peso sólido de su masculinidad contra el muslo, Catriona supo que su intención era precisamente hacerlo.

De pronto no importaba con cuantas mujeres se hubiera acostado en el pasado. Esta noche él le pertenecía. Era sólo suyo. Todo para ella.

Aquel pensamiento la hizo sentirse audaz y salvaje.

—Espera —ordenó.

La mirada sorprendida de Simon se centró en ella. Con voz ronca, casi irreconocible como suya, respondió:

—Si has decidido no cumplir el trato, mejor me lo dices ahora.

Catriona buscó con la mano el frasco de aceite, vertió una cantidad generosa sobre sus palmas y luego alargó el brazo hacia él. Simon echó la cabeza atrás y contuvo un jadeo ansioso cuando las pequeñas manos intentaron rodear su miembro. Empleando ambas manos, extendió el aceite sobre su rígida verga, tan asombrada por la longitud y anchura de su erección como cautivada por las chispas de embelesamiento que danzaban en el rostro de Simon bajo la luz de la luna. Tenía los ojos cerrados y los labios separados de los dientes, con una expresión que era a la vez animal y hermosa.

Estaba aplicando el aceite con atrevimiento sobre cada centímetro de su miembro cuando Simon le agarró ambas muñecas con fuerza.

—¿No te gusta? —preguntó ella incapaz de ocultar su desazón.

—Ése es el problema, ángel —murmuró Simon mientras la tumbaba de espaldas para cubrirla con su sombra—. Me gusta demasiado. Y si sigues haciendo eso, no voy a poder hacer... esto.

Catriona soltó un jadeo consternado cuando él se hundió por completo con una penetración magistral. Notó un dolor punzante, como si le hubiera hincado una cuchilla auténtica. Pese a los esfuerzos en los preparativos, el cuerpo menudo y virgen apenas podía contenerle.

Simon le besó la frente empapada de sudor, respirando como si hubiera corrido durante largo rato.

—Lo siento, cielo. Te juro que sólo quería darte placer, no dolor.

Ella soltó un leve resoplido contrariado:

—Creo que me gustaba más tu pulgar.

Él tomó su rostro entre las manos y la contempló con ojos tan brillantes de ternura que le conmovió el corazón.

—Prometo hacer todo lo que esté en mi mano para que cambies de idea.

Consciente de que era una promesa que iba a cumplir con deleite, Simon aguantó su peso sobre ambas manos y empezó a moverse en su interior. Era de una ternura exquisita. Su calidez también era exquisita. Exquisitamente suya. Y no porque fuera su primera vez con una virgen, sino porque era la primera mujer que poseía, la única mujer que había querido.

La penetró con movimientos largos, profundos y lentos, deslizándose dentro y fuera como si tuviera toda la noche para entregarse a aquel acto. Aunque nada le hubiera gustado más que cerrar los ojos y rendirse a la sensación, no podía resistirse a observar el rostro de la muchacha cuando el dolor empezó a fundirse y transformarse en esbozos de deleite.

No tardó mucho en separar los labios con un suspiro mudo, las mejillas sonrosadas y los ojos vidriosos de placer. Cuando empezó a alzar las caderas en respuesta a cada una de sus embestidas, Simon tuvo que cerrar los ojos y apretar los dientes para contener un gemido entrecortado, por miedo a perder el legendario dominio de sus propias necesidades.

Catriona le pasó las manos por el pecho brillante de sudor, maravillándose de estar unida a un varón tan bello. La palpitación entre sus piernas había quedado rebajada a un dolor sordo que sólo servía para dejarla más sensible a la fricción exquisita entre sus cuerpos.

Tanto tía Margaret como su prima Georgina le habían hecho creer que los besos, caricias y expresiones de afecto tenían que ser deseados, pero el acto del matrimonio en sí era algo que había que soportar con estoicismo, el precio que una mujer tenía que pagar para ganar el afecto de un hombre.

Pero por lo visto alguien no le había explicado eso a Simon, ya que los placeres que ahora le daba eran más poderosos y profundos que la dicha que le había proporcionado con sus manos y su boca. Se sintió arrastrada. Poseída. Como si tal vez nunca volviera a ser ella misma. Como si fuera a hacer cualquier cosa por él, y permitir que él le hiciera cualquier cosa, por escandaloso o prohibido que fuera. Si era un maestro en el arte del amor, entonces esta noche ella era su alumna entusiasta y voluntariosa.

Tomó el rostro de Simon entre sus manos, obligándole a mirarla, a verla de verdad.

—Me has dado todo lo que quería, Simon. ¿Qué quieres tú?

—A ti —respondió con voz ronca—. Sólo a ti.

Entonces ya no hubo más tiempo para palabras, ni para pensar. Sólo existió aquel ritmo propulsor con el que se unían los cuerpos.

Simon apretaba los dientes mientras se hundía en Catriona con desenfreno osado. Era como si su contacto hubiera desatado en él un empuje que había controlado a duras penas durante toda su vida. Por una vez, en lugar de buscar el placer de su amante, buscaba el suyo propio.

Aquello hacía aún más extraordinario oír a Catriona gritando su nombre, y notar los pliegues tirantes y aterciopelados convulsionándose en torno a él en el paroxismo del éxtasis. El arrebato avanzó como un trueno a través de Simon, desplazando toda cordura anterior, hasta que sólo pudo desmoronarse encima de ella, estremecido y agotado.

Permanecieron así tumbados durante largo rato, abrazados, con los pechos agitados, la respiración jadeante. La voz de Catriona seguía sobrecogida cuando finalmente consiguió decir casi sin aliento:

—Ahora sé por qué gritaban Jem y Bess.

—Y ahora recuerdo lo que es tener veintidós años —masculló contra su cabello.

Catriona abrió los ojos al sentir que la erección se renovaba en su interior.

—¡Caray, señor Wescott, tiene que estar de broma!

Él alzó la cabeza con un destello desenfadado en los ojos.

—¡Caray, señora Wescott, nunca me lo había tomado tan en serio en mi vida!

Capítulo 18

Catriona se despertó con la sensación deliciosa de tener a Simon a su espalda acariciándole los pechos. Apretó el trasero contra su entrepierna y se acurrucó un poco más en su cuerpo cálido antes de murmurar:

—La verdad, es bastante censurable por tu parte que me sobes sólo porque crees que estoy dormida y no puedo defender mi virtud.

Simon deslizó la otra mano entre las piernas de la muchacha y empezó a acariciar también ahí.

—Tienes toda la razón. Debería avergonzarme de mí mismo. ¿Y qué piensas hacer al respecto?

Ella soltó un jadeo de deleite mientras él le introducía su dedo más largo.

—Mmm... no sé. ¿Fingir que sigo dormida?

Cerró los ojos, pero era imposible fingir demasiado rato. No pudo encubrir sus suspiros y gemidos de placer cuando él tiró con delicadeza de su pezón, ni pudo evitar arquearse contra la palma de su mano cuando empezó a masajearlo con malicia.

—La primera vez que nos vimos —murmuró Simon, besando su nuca con una ternura posesiva que provocó un estremecimiento en ella— creo que intentaste darme instrucciones sobre el arte de hacer el amor, ¿no? ¿Que fue lo que dijiste? ¿Qué el macho se limita a morder a la hembra por la nuca para mantenerla quieta mientras la monta desde atrás?

Catriona se estremeció otra vez cuando Simon le mordisqueó la nuca en el preciso momento en que se introducía en ella desde atrás.

—Nunca me explicaste qué sucede a continuación —le susurró al oído, penetrándola por completo pero sin mover un solo músculo.

—Esto —dijo sin aliento, meciéndose contra él con un ritmo más antiguo que el tiempo—. Sólo esto.

Un poco más tarde, Catriona permanecía acunada contra la parte interior del codo de Simon, deliciosamente adormilada, pero sin querer malgastar durmiendo ni un precioso momento de la noche. Él jugueteaba con la mano en su pelo, enlazando primero un rizo, luego otro, alrededor del dedo. Como ahora hacía más frío, una centelleante capa de escarcha se había formado sobre cada hoja caída y cada hierba. Simon había echado las mantas sobre ellos para crear un nido acogedor.

—Pensaba que mi tierno corazón juvenil iba a romperse cuando me sonreíste en los muelles el día que regresaste de Trafalgar —confesó ella—. Tenía dieciséis años y estaba convencida en cierto modo de que ibas a cogerme en tus brazos justo delante de Alice y de todo el mundo para proclamar tu devoción eterna.

—Me temo que me distrajeron un poco. —Alzó la vista a la reluciente extensión de estrellas, y su perfil quedó inescrutable—. No eras el único fantasma del pasado en medio de la multitud de aquel día. Mi madre también estaba allí.

Catriona frunció el ceño, pensando que tenía que haberle oído mal.

—¿Tu madre? No comprendo. Me dijiste que había muerto.

—Le conté a todo el mundo que había muerto, pero lo cierto es que al final encontró un amante rico que no estaba casado. Oh, juró que iba a dejarme con mi padre por mi propio bien, porque yo ya tenía una edad en la que necesitaba la influencia de un hombre en mi vida, y que él me proporcionaría un hogar y un futuro que ella jamás podía esperar ofrecerme. —Se le escapó un risa corta y amarga—. Cuando me dejó en la oficina del abogado, me abrazó como si nunca fuera a soltarme y dejó ir las lágrimas más conmovedoras que pudieras ver. Pero olvidaba que yo la había visto derramar las mismas lágrimas en docenas de papeles diferentes a lo largo de los años.

—¿Y si hubieran sido auténticas? —preguntó bajito Catriona—. ¿Y si de verdad hubiera creído que estaba haciendo lo mejor para ti, aunque le rompiera el corazón?

—Entonces era una puñetera necia —contestó de forma rotunda—. Habría sido mejor vivir en las calles, robando carteras y vendiendo mi cuerpo a extraños para buscarme la vida que vivir de la caridad de mi padre. Lo único que él ha despreciado en este mundo más que a mi madre ha sido a mí.

Catriona le acarició el pecho con cariño, pero no podía hacer nada para aliviar el dolor en su corazón.

—¿Qué hiciste cuando la viste en los muelles aquel día?

—Lo mismo que hubiera hecho con cualquier mujer guapa. Le guiñé un ojo y continué caminando. Para cuando volví la vista, ya había desaparecido. Me enteré más tarde de que se había casado con su amante y que llevaba una vida respetable en Northumberland. —Le dirigió una mirada compungida—. Nunca le he contado a nadie que está viva, ni siquiera a mi padre.

—Con éste ya son dos secretos que tengo que guardar —respondió con solemnidad—. Que tu madre está viva y que no eres dado a seducir vírgenes.

Simon se volvió para colocarse encima de ella, entrelazando sus dedos con los de Catriona y aprisionando sus manos a ambos lados de su cabeza. La mirada feroz en sus ojos la dejó sin aliento.

—Pero sí soy dado a seducirte a ti.

—Después de esta noche —susurró la muchacha, separando las piernas para él—, eso ya no es un secreto.

Simon se hallaba en un extremo del precipicio, observando el amanecer que se expandía por el valle inferior. El viento agitaba su cabello y tiraba de los extremos de su camisa abierta. Unas nubecitas hinchadas y teñidas de rosa pasaban errantes ante el sol cada vez más brillante, tan cerca que parecía posible alargar el brazo y tocarlas. Pero sabía que si lo intentaba, se fundirían entre sus dedos como vapor.

Había dejado a Catriona durmiendo en su nido de mantas, con una medio sonrisa marcando el hoyuelo en su mejilla izquierda. Tenía una amplia experiencia en salir a hurtadillas de camas de mujeres antes de que despertaran. Lo habitual era escabullirse en silencio de sus dormitorios, con las botas en las mano, sin permitirse nunca padecer ni una pizca de culpabilidad. ¿Y por qué iba a hacerlo? Siempre les había dado justo lo que querían de él, y las dejaba con un beso en la frente, una sonrisa en los labios y un tierno recuerdo que abrigar cuando los fríos vientos del invierno soplaran y sus camas estuvieran vacías.

Pero ninguna de ellas era su esposa.

No había tratado a Catriona con la consideración delicada que se merece una esposa. La había tratado como a una cortesana experimentada, utilizada tan sólo para dar placer; la había tratado como su padre probablemente trataba a su madre.

Ahora podía añadir, entre su largo catálogo de pecados, el haber desvirgado a una inocente. Ni siquiera podía achacarlo al whisky esta vez. Aunque hubiera sido la noche más embriagadora de su vida, no había bebido ni gota de alcohol cuando se la llevó a la cama.

Apenas calmaba su conciencia saber que ella tenía razón. Habría sido mucho más considerado tomarla con rapidez y sin miramientos, satisfacer sus necesidades y dejar que ella le despreciara. En vez de eso había empleado cada destreza seductora de que disponía para proporcionarle una noche de placer que siempre recordaría.

Y que él nunca olvidaría.

Catriona salió andando de las ruinas del gran vestíbulo, tan sólo con su camisón arrugado y una sonrisa adormilada. Alzó la vista al azul turquesa del cielo, impresionada al ver lo alto que ya estaba el sol. Con una deliciosa sensación hedonista, bostezó y se estiró con la misma gracia perezosa que *Robert the Bruce*. Tenía agujetas y notaba doloridos algunos músculos que nunca antes había usado, pero eso la hacía sentirse una novia bien amada por su maridito.

Un silbido desafinado llegó a sus oídos. Inclinó la cabeza a un lado y su sonrisa se agrandó al reconocer la canción escocesa, subida de tono, que el achispado Simon había cantado en la posada su noche de bodas.

Siguió aquel sonido alegre hasta el prado espacioso que había sido en otro tiempo el patio del castillo y allí encontró a Simon guiando el tiro de jamelgos hacia la carreta.

—Buenos días, tesoro —dijo dedicándole una sonrisa de gallito—. Pensaba que ibas a languidecer en la cama todo el día. Me estaba preparando para espolearte un poco a ver si te despertabas.

Ella le devolvió una sonrisa con el hoyuelo dibujado en su mejilla.

—Por lo que recuerdo, ya lo has hecho esta noche, varias veces.

Para sorpresa de Catriona, él no respondió a su broma maliciosa con una agudeza propia. Se limitó a conducir los jamelgos hasta la parte delantera de la carreta y empezó a hacerles retroceder hasta la vara.

Ella frunció el ceño:

—¿Qué estás haciendo?

—Enganchando el tiro. Me gustaría poder largarnos de este lugar antes de que llegue Eddingham y su batallón de soldados de juguete. Tenemos un largo trayecto por delante si quiero devolverte a casa de tu tío a finales de semana.

Catriona pestañeó.

—¿Me llevas de regreso a mi casa?

—Naturalmente. —Dedicó toda su atención a deslizar el arnés de cuero sobre el cuello de uno de los caballos—. ¿A dónde más iba a llevarte ahora que he finalizado mi trabajo y todas nuestras deudas están saldadas?

Catriona tomó aliento como si inhalara vidrio molido.

Si de verdad sabes la clase de hombre que soy, también sabes que soy perfectamente capaz de hacerte el amor sin quererte.

Simon había intentado advertírselo, pero, como la necia romántica que era, no había sabido escuchar.

Una vergüenza hiriente vapuleó su corazón. Era como el resto de mujeres que él había seducido. Había caído en el hechizo de su contacto ingenioso y lengua melosa igual que ellas, entregando de buena gana su inocencia y orgullo por una noche de placer carnal en sus brazos. Durante un instante de agonía, no supo a quién detestaba más, si a él o a sí misma.

Pero eso sucedió antes de que advirtiera el músculo que temblaba en el mentón de Simon. Un músculo que convertía en burla su sonrisa fácil y en mentira cada palabra que salía de su boca hermosa y traicionera.

—Sé lo que intentas hacer —dijo cruzando los brazos sobre el pecho.

—Intento enganchar estos caballos, por llamarlos algo, para que podamos ponernos en marcha antes de que el sol vuelva a ponerse.

—Intentas fingir que lo de anoche no fue nada para ti. Que yo no te importo.

Tras apretar un poco más las cinchas, Simon se enderezó para mirarla de frente, soltando un suspiro de resignación.

—Confiaba en ahorrarnos esta situación incómoda. Debería haber sabido que éste era uno de los peligros de hacer el amor con una virgen. Tienden a ponerse sentimentales a la menor atención masculina.

—¿Eso es lo que me dedicaste anoche, *la menor atención masculina*? Porque habría jurado que era más que eso. Mucho más.

Él levantó las manos como para parar un golpe.

—Por favor, dime que no vas a declarar otra vez tu amor imperecedero por mí. Me halaga, pero empieza a cansarme un poco.

—¡Basta! —soltó ella—. No te crees ni una sola palabra de lo que dices.

Simon la miró inclinando una ceja rubia.

—Por supuesto que sí. Puede que haya pasado mis años de formación entre bambalinas en el teatro, pero no soy un actor tan consumado. Si lo fuera, estaría compitiendo con algún tenor por el primer papel en *Don Giovanni* en vez de mantener esta discusión aquí contigo.

Catriona ya no pudo contener las lágrimas ni ocultar el tono suplicante de su voz.

—¿Por qué estás haciendo esto?

Simon fue hasta ella y le puso la mano en la mejilla con la misma ternura que aquel día en el granero. Ahora más que nunca, este contacto provocó un estremecimiento de anhelo irresistible en ella.

—Eres una muchacha hermosa, Cat. ¿Qué hombre en su sano juicio no querría hacerte el amor? Vi la oportunidad y la aproveché. Tal vez no haya sido lo más escrupuloso que he hecho en la vida, pero en realidad no hay necesidad de lágrimas o recriminaciones. Al final, ambos hemos conseguido lo que queríamos.

—¿Tú sí? —susurró, saboreando la sal cuando una lágrima corrió hasta la comisura de sus labios. Los labios que él había besado con tal pasión desenfrenada en medio de esa noche interminable—. ¿Es esto lo que quieres? ¿O es lo que tu padre te hizo creer que mereces? ¿Qué te da miedo, Simon? ¿Te da miedo que me vaya y te deje, igual que hizo tu madre? ¿Por eso me has permitido entrar en tu cama, como a todas esas otras mujeres, pero no en tu corazón? ¿Para que puedas ser tú siempre quien se largue?

Simon dio una última caricia prolongada a su mejilla y luego se dio media vuelta para hacer justo eso, dejarla sin otra opción que permitir que se marchara.

Capítulo 19

*S*imon sintió una inesperada punzada de pena cuando Catriona surgió de las ruinas del castillo de Kincaid con el mismo aspecto digno y reservado que el día que había entrado con decisión en su celda de la cárcel. Llevaba un traje de paseo gris perla de resistente lana merino. Sus rizos rubios rosados ya no caían sueltos en torno a sus hombros sino que iban sujetos bajo un formal sombrerito con ala que proyectaba una sombra sobre sus ojos. Podía haber sido cualquier dama de Londres, paseándose por Royal Street de compras un sábado al mediodía.

No había rastro de la chica que había extendido los brazos junto al precipicio batido por la nieve para abrazar el mundo, ni rastro de la mujer que se había quitado los tacones para bailar una danza de las Highlands siguiendo el alegre son de las gaitas, ni rastro de la niña salvaje que había calentado su cama y su corazón durante la larga y dulce noche.

Catriona le tendió el baúl de viaje sin mediar palabra. Antes de que él tuviera tiempo de meterlo en la parte posterior de la carreta y ofrecerle la mano, ya se había levantado el dobladillo de la falda, revelando un tentador atisbo de media ribeteada de encaje, y había trepado al pescante de la carreta sin necesidad de ayuda.

Miró al frente.

—¿Va a costarme esto una cantidad adicional?

—¿Perdón? —contestó él, consciente de la inflexión cortada que había vuelto a su manera de hablar.

—Puesto que el regreso a casa de mi tío no formaba parte del trato, me gustaría saber con antelación si voy a tener que desempeñar algún *servicio* adicional como pago.

Simon intentó aclararse la garganta, pero acabó tosiendo sin control mientras su imaginación licenciosa recuperaba imágenes dolorosamente vívidas de varios *servicios* que le encantaría que ella desempeñara.

—No será necesario —respondió cuando pudo volver a hablar—. Aún dispones de un amplio crédito conmigo.

Catriona recogió sus manos enguantadas sobre su regazo.

—He dejado a *Robert the Bruce* en la jaula. ¿Te importaría traerlo?

Ansioso por escapar del frío gélido del perfil de Catriona, Simon regresó a las ruinas del gran salón. *Robert the Bruce* estaba acurrucado tras las tablillas de la jaula de pollos, con aspecto absolutamente desgraciado por verse privado de su libertad.

Simon se agachó delante de la jaula y le miró a los ojos.

—Lo siento, grandullón. He estado en Newgate y sé con exactitud cómo te sientes.

Estaba a punto de levantar la jaula cuando reparó en algo familiar por el rabillo del ojo. Era el apreciado tartán de Catriona, arrojado con descuido entre dos montones de piedras que en otro tiempo habían sido una esquina del edificio.

Simon rescató la prenda y se la echó sobre el hombro antes de volver a llevar a *Robert the Bruce* a la carreta. Tras ubicar la jaula en el asiento contiguo a Catriona, le tendió la tela.

—Te has dejado esto.

La muchacha continuó con la mirada al frente, sin hacer caso de su ofrecimiento. Había guardado como un tesoro el sentimental trozo de tela, con toda la devoción de su corazón de niña. Pero ya no era esa niña. Simon al final había logrado hacerla una mujer: no al llevársela a la cama, sino al echarla de ahí.

—Ya sé que me lo he dejado —contestó con decisión—. Es viejo y está gastado. ¿Por qué iba a ir por ahí envuelta en harapos si mi tío puede comprarme cuantos chales necesite?

Simon frunció el ceño.

—Pero pensaba que era lo único que te quedaba de tu familia. De tu hermano.

Catriona se volvió sobre el asiento, permitiendo a Simon ver bien su cara por primera vez. Aunque todavía tenía los ojos un poco hinchados, había limpiado todo rastro de lágrimas de las mejillas. Estaba pálida, pero mostraba firmeza, con cada una de sus pecas bien resaltadas.

—Mi familia se ha ido, igual que mi hermano. Déjalo, por favor. *No lo quiero.*

Simon retiró la mano poco a poco, luego regresó a la parte posterior de la carreta. Pasó el dedo sobre los pliegues de la suave lana, incapaz de tirar la tela con el resto de la basura. Catriona había perdido mucho en este lugar. Su sueño de reunir el clan. El último fragmento de fe en él. Su inocencia.

Tras comprobar que estaba distraída con el gato, plegó el tartán con cuidado y lo metió bajo uno de los rollos de tela escocesa en el fondo de la carreta.

Subió al pescante del conductor y se percató de que ella había vuelto a reubicar la jaula para dejarla entre ambos, suprimiendo cualquier posibilidad de que sus muslos chocaran o de que él rozara accidentalmente con el codo la blandura de su seno.

Sacudió las riendas sobre las grupas de los caballos para instalres a ponerse en marcha. Mientras la carreta empezaba a avanzar dando bandazos sobre el sendero rocoso que llevaba al camino, fue Simon quien dirigió una mirada hacia atrás por encima del hombro a la torre solitaria que hacía de centinela sobre la pila de escombros. Catriona siguió mirando al frente sin volver la vista una sola vez mientras dejaba a sus espaldas las ruinas del castillo de Kincaid y todos sus sueños.

Después de padecer tres días de silencio tenso y dos noches compartiendo una fogata con Catriona, pero no las mantas del campamento, Simon habría dado cualquier cosa por oírla parlotear sin parar sobre alguna ardilla roja especialmente atractiva o algún álamo temblón. Aquel talante gélido era un tormento insoportable ahora que sabía lo cálida que podía llegar a ser.

Cuando al tercer día entraron rodando en Edimburgo, el ruido bullicioso de los carruajes sobre los adoquines, los conductores de carros grandes maldiciendo sus enormes vehículos y los vendedores ambulantes anunciando sus mercancías fueron música para sus oídos: un bienvenido aplazamiento del silencio sepulcral de Catriona.

Anticipando ya lo celestial que iba a ser dormir en una cama de verdad, la dejó sentada en la carreta mientras entraba en la posada Cock of the Walk para organizar el alojamiento de esa noche.

Cuando salió, ya se temía la reacción negativa de Catriona a sus noticias.

—Tenemos un pequeño problema. Me temo que sólo tienen una habitación libre para esta noche.

—¿Y por qué va a ser un problema? Todavía somos marido y mujer, bien lo sabes. Al menos hasta que el obispo declare lo contrario. —Cuando Catriona le ofreció su mano enguantada para que le ayudara a descender, se percató de que era la primera vez que permitía que la tocara desde que habían salido del castillo.

Las esperanzas de Simon de disfrutar de una cama no se materializaron. Catriona y *Robert the Bruce* reclamaron el precioso lecho de cuatro postes en el minuto en que entraron pavoneándose por la puerta. A diferencia del modesto catre de Gretna Green, esta cama era suficientemente amplia para todos ellos, si Catriona se hubiera sentido generosa. Como no fue el caso, Simon no tuvo otro remedio que extender una manta de lana sobre la alfombra un poco mohosa situada ante la chimenea.

Mientras Catriona y el gato se acurrucaban bajo el cubrecama acolchado, Simon se echó de espaldas en el suelo con las manos detrás de la cabeza, escuchando el crepitar acogedor del fuego e intentando no pensar en cómo ansiaba deslizase dentro del colchón de plumas y dentro de su esposa. Supuso que tendría que estar agradecido de no haber acabado durmiendo en los establos con los jamelgos.

El sonido de Catriona agitándose sobre el colchón y el rumor de las sábanas, con el posterior suspiro de satisfacción, sólo sirvió para aumentar su tormento.

Casi se había quedado dormido cuando uno de esos suspiros vino seguido de las siguientes palabras:

—He estado pensando en este acuerdo nuestro, señor Wescott, y supongo que debería estarle agradecida.

—¿Ah sí? —contestó Simon, abriendo los ojos del todo.

—Sin lugar a dudas, así es. Al fin y al cabo, ¿cuántas mujeres pueden afirmar que han sido instruidas en el arte del amor por uno de los más legendarios amantes de toda Inglaterra?

—No hace falta que me adules —contestó él con fingido tono serio—. Todo Londres lo puede decir. He oído que hay un tipo en Bath capaz de hacer un nudo en el tallo de un cerezo con la lengua y con las manos atadas tras la espalda.

—Mmm —siguió ella tras una pausa reflexiva—. Tal vez pueda convencer a tío Ross de que vayamos allá a veranear.

Con el ceño fruncido, Simon se apoyó en un codo.

—Estoy segura de que mi próximo marido apreciará todas las destrezas que he aprendido de ti, sobre todo ese ingenioso truquito que me enseñaste a hacer con la lengua.

Habría jurado que no era un hombre celoso, pero la idea de Catriona pegando esa boca a otro hombre hizo que Simon quisiera expulsar esa figura fantasmal del futuro de la joven y matarlo allí donde se encontrara.

—O tal vez no vuelva a casarme —añadió con alegría—. Después de haber pasado un rato contigo, comprendo con claridad lo liberador que tiene que ser tener una sucesión de amantes sin sufrir ninguna de las debilidades ridículas del amor. Sólo placer y nada de dolor, como debe ser.

Si eso fuera cierto, pensó Simon, ¿por qué tenía la impresión de que tanto su cabeza como su corazón estaban a punto de explotar?

Se sentó. Podría llevar más de quince días alejado de las mesas de juego, pero no había olvidado cómo se ponía en evidencia un farol.

—Tal vez todavía estés a tiempo de aprovecharte de mí —sugirió al tiempo que se ponía de pie.

Catriona estaba reclinada contra los almohadones, con *Robert the Bruce* hecho un ovillo a sus pies. Mientras se acercaba sin hacer ruido a la cama, ella se encogió contra el cabezal, con ojos cautelosos relucientes bajo la luz del fuego. Había intentado recogerse los rizos en unas pulcras trenzas, pero se le habían escapado varios mechones que caían rebeldes en torno a su cara.

—¿A qué te refieres? —preguntó mientras la sombra caía sobre ella.

—Te estoy ofreciendo la posibilidad de aprovecharte plenamente de mi conocimiento. Con los años he descubierto que son muy pocas las destrezas en el campo del arte del amor que no pueden mejorarse mediante la práctica diligente. —Tocó con la punta del dedo el perfecto arco de cupido en lo alto de sus labios, siguiendo a continuación sobre la almohadilla plena de su labio inferior—. Entre éstas se incluye esta bonita boca tuya.

Ella cerró un momento los ojos y tomó aliento con esfuerzo, mientras un rubor encantador cubría sus mejillas.

—¿No eras tú quien me decía que el entusiasmo contaba más que la habilidad?

—Desde luego que sí —respondió bajando la voz hasta dejarla en un susurro ronco—. Pero piensa sólo en lo irresistible que estarás si puedes poner las dos cosas sobre el tapete.

Simon volvió a rozar sus labios antes de poder confesarle que ya estaba irresistible para él. Si no, no estaría bebiendo otra vez de la dulzura meliflua de su boca, no estaría sufriendo la tensión en la parte delantera de sus pantalones —hasta el punto de casi oír las costuras rasgándose—, ni estaría a punto de cometer el segundo error más grande su vida. Mientras descendía hacia los brazos abiertos de Catriona, ella estiró la pierna y sacó a *Robert the Bruce* de la cama de un puntapié.

Catriona se despertó boca abajo con un brazo colgando sobre el pie de la cama. Alzó la cabeza y se sacudió de la cara el pelo enredado. La luz del sol atravesaba la ventana, calentando las curvas de su cuerpo desnudo. *Robert the Bruce* la contemplaba con aire malévolo desde su manta, delante de la chimenea.

—Lo lamento, viejo —susurró—. Ya sabes que siempre te he querido a ti más que a nadie.

El animal le hizo un desplante levantando una pata para darse un lametazo con actitud distante, no más convencido que ella con aquella mentira.

La muchacha se tumbó de espaldas con un suspiro entrecortado y entonces encontró a su lado a su esposo despatarrado de un lado a otro del colchón de plumas, roncando levemente.

Se apoyó en un codo y una sonrisa de impotencia se dibujó en sus labios. El sol de la mañana doraba cada centímetro de aquel cuerpo delgado y musculoso: desde la barba incipiente que empezaba a oscurecer el mentón hasta los planos largos y estrechos de los pies.

Supuso que se merecía un descanso. Se había ocupado en serio de que ninguno de los dos durmiera durante las largas y exquisitas horas nocturnas. Era como si estuviera decidido a exprimir la última gota de placer de ella, hasta dejarla inerte, saciada y subyugada.

En un momento de la noche, la había dejado apoltronada en la cama —medio adormilada tras su reciente coito— mientras se metía los pantalones e iba al piso inferior a rogar al posadero que le diera unas fresas frescas y un plato de nata. Ella pensó que todo aquello era una locura, hasta que descubrió lo que tenía pensado hacer con los alimentos.

Una sonrisa torcida se dibujó en sus labios. Nunca hubiera soñado que el amor pudiera ser tan pegajoso y tan dulce, todo al mismo tiempo.

Durante la noche le había enseñado unas cuantas lecciones en el arte del amor, la más decadente de todas incluía los postes de la cama y un par de medias de seda. El solo recuerdo provocó un oscuro estremecimiento de deleite en todo su cuerpo, sobre todo al rememorar la forma en que ella se vengó cuando él acabó y la liberó de las ligaduras.

Catriona le había tentado de forma deliberada la noche anterior, pero acabó cayendo temerariamente en su propia trampa. Había pensado en hacerle probar con exactitud lo que iba a perderse el resto de su vida, sin percatarse, hasta que fue demasiado tarde, que era ella la que no iba a poder resistirse a gozar de él una última vez.

Le alisó un mechón de pelo de la frente mientras su sonrisa se desvanecía. Aunque deseara con desesperación creer otra cosa, él era el mismo muchacho del que se había enamorado tantos años atrás. Era bello. Era tierno. Era tremendamente despiadado cuando se disponía a conseguir lo que quería. Y siempre preferiría el placer de hacer el amor a los peligros de enamorarse.

Se inclinó hacia delante y tocó con sus labios la cicatriz de su frente, lamentando al instante no poder parecerse más a él.

Cuando Simon se despertó casi al mediodía y descubrió que Catriona y su gato se habían ido, se negó a entrar en pánico como ya había hecho la mañana posterior a su boda. Tras lavarse los dientes, se tomó su tiempo para asearse y vestirse. Luego se pasó los dedos por el pelo para darle ese esmerado aspecto despeinado que la mayoría de las mujeres parecían preferir. Se anudó el fular con cuidado deliberado e hizo una pausa para admirar su reflejo en el espejo situado encima del lavabo.

Tenía la confianza de que cuando bajara al piso inferior, Catriona estaría ahí esperándole, dando golpes de impaciencia con su piececito enfundado en la bota, mientras le reprendía por perder la mitad del día durmiendo.

Pero lo que descubrió en su lugar fue al posadero colorado sosteniendo un pedazo doblado de papel de vitela sellado con una gota de cera barata.

—Su dama me pidió que le entregara esto en cuanto bajara.

Simon tomó la misiva y se alejó, sin tiempo para ver el gesto de lástima en los ojos del hombre. Salió a la acera, ignorando por completo la muchedumbre que le empujaba o el traqueteo de los vehículos sobre los adoquines a tan sólo unos metros, mientras desplegaba la nota de Catriona, escrita con pulcritud, y leía:

Mi querido señor Wescott:
    Sus servicios (si bien tan absolutamente impresionantes como había oído) ya no son requeridos. Robert the Bruce y yo hemos decidido tomar la diligencia de regreso a Londres. Podremos viajar el doble de distancia en la mitad de tiempo. Mi tío se pondrá en contacto con usted en cuanto los preparativos de la disolución de nuestro matrimonio estén concluidos. Hasta entonces, se despide...
Catriona Kincaid Wescott

Simon dobló con cuidado la carta y se la metió dentro del chaleco, cerca de su corazón, diciéndose que era lo mejor para todos. Catriona les había ahorrado a ambos esos momentos incómodos de la separación, que podrían haberse dado en Londres. No iba a ser necesario disculparse por no hacer promesas que nunca esperaba cumplir, ni murmurar palabras cariñosas que susurraría al oído de otra mujer antes de que acabara la semana, ni tampoco pegar sus labios a los de ella en un beso que ambos sabían que sería el último.

Tenía que estarle agradecido por comportarse con tal madurez y sofisticación.

Pero, entonces, ¿por qué se sentía exactamente igual que el día en que su madre lo dejó en el umbral de la puerta del despacho de su abogado?

Fue el chillido espeluznante de su hija mayor lo primero que alertó a Roscommon Kincaid de la llegada del coche correo. Aunque llevaba oyendo aquel tremendo sonido desde que Alice iba en pañales, y era consciente que cualquiera que estuviera en las proximidades le daría lo que quisiera con tal de que callara, continuaba obligándole a apretar los dientes y a taparse las orejas con las manos.

Provocando un feo borrón de tinta en el libro de contabilidad que estaba revisando, se levantó de un brinco y salió disparado de su estudio, moviéndose con destacable presteza para un hombre de su volumen.

Supuso que debería estar agradecido de cualquier alteración en la monotonía, por muy desconcertante que fuera. Desde que Catriona se había fugado con aquel sinvergüenza, su propiedad se había sumido en un estado de aburrimiento mortal. Había conseguido escaparse a los establos durante un par de horas para presenciar el nacimiento de un nuevo potrillo, pero la mayor parte del tiempo la pasaba encerrado en casa escuchando a su esposa parlotear sin parar sobre su última labor de punto, mientras Alice no paraba de soñar con un guapo jovenzuelo que había conocido la semana pasada en el baile de lady Enderley.

No se había percatado de cuánto disfrutaba de los enfrentamientos verbales con su ingeniosa sobrina hasta que ella se fue. Ahora no tenía a nadie que quisiera discutir sobre los derechos de los escoceses con él o argumentar que Bonnie Prince Charlie podría haber conservado el trono escocés si no hubiera hecho caso omiso de los consejos de su mejor comandante ni hubiera decidido pelear en terreno pantanoso y abierto. Ni siquiera había jugado una partida de ajedrez decente desde que Catriona se había marchado.

Al llegar al vestíbulo, un lacayo se apresuró a adelantarse para abrirle la puerta de la entrada, temiendo que fuera a atravesarla del impulso que traía.

Su esposa estaba de pie sobre los escalones del soleado pórtico con el pañuelo pegado a los labios. Alice se hallaba en el escalón inferior, señalando la calzada particular bordeada de árboles.

A esta distancia, sus alaridos eran un poco más coherentes, aunque no más agradables al oído.

—¡Es ella, papá! ¡Es ella, te lo digo! ¡Esa horrible bestia ha regresado a arruinarnos a todos la vida, igual que hizo la otra vez!

Ross miró pestañeante el polvoriento vehículo que acababa de aparcar en su calzada, preguntándose si se había quedado dormido en el escritorio y de algún modo había viajado al pasado. Una muchacha delgada se apeaba de la parte posterior del carruaje con el sombrero un poco aplastado, el vestido arrugado lleno de manchas del viaje, un lamparón de barro en la mejilla y un gato de aspecto contrariado en los brazos.

Descendió los escalones y se fue en su dirección, sin acabar de creer lo que veía.

—¿Catriona? Hija, ¿eres tú?

La joven alzó la barbilla para dedicarle una tímida sonrisa.

—Hola, tío Ross, he venido a casa.

Antes de que su tío tuviera tiempo de asimilar esa información tan asombrosa, la sobrina estalló en lágrimas y se arrojó en sus brazos.

Capítulo 20

Dicen que tiene una verga como un ariete, ya sabes.

—Oh, ¿sí? Vaya, qué pena que no se ha casado con una mujer que sepa cómo usarla. He oído que puede hacer saltar los cordones del corsé de una mujer sólo con mirarla, a ver si me entiendes.

—¡Ja! Mi Billy lleva buscando los cordones de mi corsé más de tres años y todavía no los ha encontrado. ¡Tengo que tirar yo misma si quiero que se suelten!

—También dicen que no le basta con una sola mujer. Que en una ocasión se lo hizo con dos a la vez para satisfacer sus apetitos feroces.

—Eso no sería problema, ¿por qué iba a serlo? ¡Si una fueras tú y la otra yo!

Mientras las jóvenes doncellas estallaban en carcajadas saludables, Catriona se aclaró la garganta con brusquedad y entró en el salón.

Las rostros rubicundos de las doncellas enrojecieron aún más. Una de ellas cogió un plumero y empezó a agitarlo sobre una sólida mesa, mientras la otra no paraba de repetir una reverencia sin gracia.

—Buenos días, señorita. Ya nos fuimos.

—Más bien diría que os vais —contestó Catriona con

frialdad mientras ellas se escabullían de la habitación, casi tropezándose la una con la otra en las prisas por escapar.

Mientras se escabullían hacia las cocinas, sus risitas contenidas llegaron flotando hasta los oídos de su señora.

No era la primera vez en el último mes que entraba en una habitación y oía a los criados murmurando sobre ella y su escandaloso matrimonio. Cada vez estaba más cansada de intentar pasar desapercibida en su propia casa, y de esquivar doncellas burlonas y jardineros con miradas lascivas. Los que sabían leer conocían los detalles de la inminente anulación de su matrimonio por las gacetillas de noticias más escandalosas y picantes. Los demás se contentaban con que los cotilleos les llegaran de segunda mano mientras seleccionaban las verduras en el mercado del pueblo o fumaban en torno a la chimenea de la cocina una vez acabadas las obligaciones del día.

Tal y como había predicho en el momento de proponer su plan a Simon, el hazmerreír de la ciudad era ella, no él. Nadie podía creer que anulara su matrimonio con uno de los calaveras más desvergonzados de Londres por no cumplir con sus deberes matrimoniales de manera satisfactoria. Varias cortesanas y mujeres de mala reputación ya se habían pronunciado en dichas gacetillas y se habían ofrecido con regocijo a testificar de buen grado a favor del esposo.

Por suerte para todas ellas, no iba a ser necesario. Gracias a la influencia de su tío y al desprecio de la Iglesia por los casamientos en Gretna Green, el obispo había accedido a concederles la anulación a final de mes. Puesto que en su boda no se habían leído las amonestaciones, y la bendición se la había dado un herrero en vez de un clérigo, podía argumentarse fácilmente ante un consejo eclesiástico que su matrimonio no había sido aprobado por Dios.

El proceso de anulación tardaba por lo general tres años y, al finalizar este periodo, el consejo podía designar a dos de los cortesanos más capacitados del territorio para poner a prueba la virilidad del novio. A Catriona no le costaba mucho imaginar el resultado desastroso de este desafío en concreto.

Para garantizar la cooperación de su tío, se había visto obligada a contarle todo lo que había ocurrido entre Simon y ella. Bien, casi todo. Se había negado a mencionar que habían consumado su pequeña parodia de matrimonio, no una sola vez sino dos. O numerosas veces, si se contaba cada acto por separado.

Se especulaba mucho, tanto en los salones de la ciudad como en las páginas de la prensa amarilla, sobre la naturaleza de los fallos obvios de Catriona. ¿Era tan fría que ni el contacto con un hombre conseguía excitarla? ¿Había pillado al novio en la cama con otra mujer la noche de bodas y quería vengarse de él mancillando su reputación y poniendo en duda su masculinidad? Incluso había quien se atrevía a insinuar que tal vez la novia prefiriera tener una mujer en la cama, porque sin duda ninguna fémina con inclinaciones naturales sería capaz de resistirse a los encantos carnales de un hombre como Simon Wescott.

Catriona se paseó por el salón profusamente elegante ignorando la radiante luz del sol que entraba por las altos ventanales. Pronto parecería que nunca había sido la señora de Simon Wescott, que nunca había pasado dos gloriosas noches en sus brazos y en su cama.

Hasta hacía sólo dos semanas, había abrigado en secreto la esperanza de que esas noches hubieran dado fruto. Incluso se había permitido alimentar la fantasía de ver entrar a Simon a buen paso en algún salón de baile de Londres y encontrársela encinta. Pero la llegada de la regla había destruido esa esperanza, como un recordatorio doloroso de que tales sueños eran propios de la muchacha ingenua del pasado, no de la mujer en la que se había convertido en las manos de Simon.

Intentando hacer caso omiso del ansia aguda que dominaba su corazón, se fue andando hasta la biblioteca del salón. Con los últimos Kincaid desperdigados, ya no encontraba consuelo en las baladas escocesas recopiladas por sir Walter Scott. Pese a saber que era un error, sacó un delgado volumen de poesía de Robert Burns del estante. Pasó las hojas con inquietud hasta que una estrofa conocida captó su atención:

> *Eres tan hermosa, mi preciosa niña,*
> *Como mi amor es profundo;*
> *Y seguiré adorándote, querida mía,*
> *Hasta que queden secos los mares del mundo.*

La página se emborronó ante sus ojos. Catriona cerró el libro de golpe, recordando a Simon recitando esas mismas palabras con tierna convicción en las ruinas del gran salón del castillo de Kincaid. Al mirar sus ojos verdes grisáceos le había resultado fácil creer que las decía con sinceridad. Pero ahora sabía que sólo eran palabras bonitas, concebidas para ganarse un corazón, pero no para mantenerlo.

Volvió a meter con ímpetu el libro de poesía en su estante y dio otra vuelta inquieta por la estancia. Con suerte, se moriría de aburrimiento antes de que su corazón roto acabara con ella. Temía que sólo fuera cuestión de tiempo empezar a pegar conchas en trozos de papel pintado o bordar trillados sermones en dechados, como hacía tía Margaret.

Casi empezaba a lamentar no haber aceptado la invitación de Georgina y su esposo de visitarles en su casa en Londres. Pero sabía que los cotilleos serían incluso más virulentos allí, las mofas a su costa más difíciles de ignorar. Ya le asustaba la perspectiva de desplazarse a Londres a final de mes para presentarse ante el consejo eclesiástico.

Oyó unas pisadas en el pasillo y se volvió hacia la puerta, sintiéndose agradecida, por absurdo que pareciera, por aquella interrupción.

Un lacayo con librea apareció en el umbral. Inclinando la cabeza cubierta por una peluca, dijo:

—Un caballero quiere verla, señora.

No pudo evitar que el corazón le diera un vuelco de esperanza. Mientras se alisaba la falda, esbozó una sonrisa inestable y dijo:

—Hágale pasar, por favor.

El lacayo se hizo a un lado y entonó:

—El marqués de Eddingham.

A Catriona el corazón se le fue a los pies mientras Eddingham irrumpía en la estancia sosteniendo el bastón en su mano enguantada de blanco. Su sonrisa de suficiencia era tan exasperante como siempre.

—¿Quiere que pida té? —preguntó el lacayo.

—No hará falta —respondió mientras dedicaba una mirada gélida a aquella visita a quien nadie había invitado.

—Muy bien, señora.

Cuando el sirviente se retiraba con una inclinación, Catriona tuvo que contenerse para no agarrarle por la oreja y ordenarle que se quedara. En estos momentos hubiera agradecido disponer de una carabina, pero ahora que ella misma era una mujer digna, tal cosa no era necesaria.

Eddingham le dedicó una graciosa reverencia.

—Señorita Kincaid.

—Querrá decir señora Wescott, milord.

—Ah, sí. —Sus ojos oscuros centellearon llenos de diversión maliciosa—. Pero no por mucho, por lo que he oído.

Como ella no le invitaba a sentarse, se paseó por el salón y luego se hundió en el sofá, apoyando una bota en la rodilla de la otra pierna. Catriona ocupó a su pesar la silla situada enfrente. Cruzó las manos sobre el regazo y le contempló con gesto hosco, sin importarle lo más mínimo que él la encontrara una inepta para la cortesía social.

Fue el marqués quien rompió primero el incómodo silencio.

—He pensado que le gustaría saber que acabo de regresar de las Highlands.

—¿Ah, sí? Confío en que el aire fresco le haya sentado bien.

—Me ha parecido bastante tonificante. He pensado que tal vez le interesaría saber además que no habido necesidad de expulsar de mi tierra a esos molestos Kincaid o al forajido que tienen por líder. Por lo visto ya no les quedaban ánimos para continuar y se han dispersado como ovejas asustadas sólo con oír mencionar mi nombre.

—He oído que lo mismo sucede con las mujeres.

Su sonrisa mostró indicios de crispación en las comisuras.

—Me decepciona. Había confiado en que el matrimonio hubiera domesticado esa insolente lengua suya.

—No todos los hombres encuentran necesario amedrentar la entereza de una mujer sólo para compensar las propias carencias.

Eddingham suspiró.

—Contrariamente a lo que le hayan inducido a creer, no soy un hombre mezquino, señorita Kincaid —insistió, acariciando de forma deliberada su nombre en la lengua—. Siempre me he enorgullecido de no guardar rencor.

—Eso es un alivio, dado que durante nuestro último intercambio expresó con pasión su deseo de verme arder en el infierno.

El marqués continuó como si no la hubiera oído.

—Cuando me enteré de su reciente infortunio, me pregunté de inmediato si podría serle de ayuda en algún sentido.

Catriona empezaba a lamentar no haber aceptado el ofrecimiento del lacayo. Le habaría encantado tener una tetera caliente para echarla sobre el regazo de Eddingham.

—Qué benevolente por su parte.

—Planeo regresar a las Highlands de aquí a quince días para demoler esa pila de escombros que se halla en mis tierras. No es más que una monstruosidad y me recomiendan que no deje estorbo alguno para poder transformar los terrenos en pastos de primera calidad para un rebaño de ovejas Cheviot.

Por un instante, Catriona visualizó la solitaria torre que quedaba del castillo de Kincaid, perfilada contra un cielo iluminado de estrellas, y oyó la canción majestuosa de las gaitas flotando a través del cielo. Notó también las manos de Simon sobre su piel desnuda mientras la tendía de espaldas encima del lecho de musgo para convertirla en su mujer más allá de darle su nombre.

—No veo por qué eso iba a ser de mi incumbencia —replicó ella fríamente—. Mi tío ya le aseguró que no teníamos ninguna relación con los Kincaid de las Highlands.

El marqués bajó la voz:

—Debería ser de su interés, pues yo confiaba en llevarla conmigo.

Catriona pestañeó con gesto estúpido, confiando en haberle entendido mal.

—Sin duda no estará intentando proponerme en matrimonio otra vez.

Su voz sonó cortante y desagradable.

—Oh, no creo que vaya a encontrar otro necio que quiera casarse con usted ahora. Su sórdida asociación con Wescott ha empañado su reputación sin vuelta atrás. Es una mercancía dañada, señorita Kincaid, y a menos que decida abrazar la soltería de por vida u ofrecer su género en la calle, lo máximo a que puede aspirar es a convertirse en la querida de algún hombre rico antes de que empiece a engordar y su belleza se marchite.

Catriona no cayó en la cuenta de que había dejado de respirar hasta que aparecieron unos puntitos ante sus ojos.

—¿Y usted confía en ser ese hombre, milord?

Él apretó los labios con un mohín de arrepentimiento.

—No podrían verme del brazo con usted en Londres, por supuesto, pero puedo ponerle una casita agradable en mis terrenos en las Highlands y visitarla allí cuando me aburra de la vida en la ciudad. Creo que descubrirá que puedo ser un señor muy generoso... si se esfuerza en satisfacerme, claro está. —Bajó la vista para mirar la prominencia de su seno, acariciando con la mano enguantada el mango de su bastón—. Y puedo prometerle que, a diferencia de Wescott, sin duda estoy capacitado para desempeñar el cometido de complacerla.

Catriona se limitó a seguir mirándole un momento antes de sonreír con dulzura.

—Oh, mi marido me complacía mucho. Tiene una verga como un ariete, ya sabe.

Eddingham volvió a centrar la mirada en el rostro de la joven.

—¿Cómo ha dicho?

Sus palabras ahogadas acabaron en un violento ataque

de tos, y Catriona tuvo otra razón para lamentar no haber servido el té. Si en aquel momento el marqués hubiera estado mordisqueando un panecillo tostado, le habría ido directo a los pulmones.

—Ha oído bien —suspiró con añoranza—. Caray, mi Simon podía hacer saltar los cordones de mi corsé sólo con la mirada. Mientras estuviera conmigo, no tenía que preocuparme por soltarlos. —Le miró pestañeando con inocencia—. He oído decir que le hacían falta dos mujeres para satisfacer sus apetitos feroces, pero él me aseguró que como mujer yo era todo cuanto necesitaba.

El marqués se puso en pie de un brinco, con el rosa intenso de su rostro volviéndose colorado de pura rabia. Agarraba el bastón como si lo que más le apeteciera fuera azotarla con él.

—Usted será una mujer —ladró—, pero no es una dama.

Catriona se levantó para plantarle cara:

—Y usted, señor, no es un caballero.

—Un dato que hará bien en recordar cuando nuestros caminos vuelvan a cruzarse. —Con una última mirada de desdén, se dirigió a zancadas hacia la puerta.

—Tranquilo, Ed —dijo tras él—. Haré todo lo posible para no acercarme a las pistas de montar de Hyde Park.

Eddingham se quedó paralizado a pocos pasos del umbral, luego se volvió poco a poco, con el rostro privado de todo color.

—Oh, Simon me contó todo sobre el desgraciado accidente de su prometida. ¡Qué tragedia tan terrible tuvo que ser! Era tan joven, tan hermosa... tan entregada a usted.

El marqués no dijo nada más. Se limitó a darse la vuelta y salir ofendido de la habitación, con las colas del chaqué sacudiéndose tras él.

Las rodillas no traicionaron a Catriona hasta que oyó el golpe distante de la puerta de entrada al cerrarse. Entonces se derrumbó en la silla y se pegó una mano a la boca, debatiéndose entre la risa y el llanto.

—Oh, Simon —susurró—. ¡Cómo habrías disfrutado con esto!

Hacía mucho que Simon no disfrutaba con nada.

Oh, cumplía con las formalidades: rondar por las casas de juego de Pall Mall y luego por St.James's hasta las tantas de la madrugada, riéndose de las bromas groseras a su costa y aceptando con sonrisa lasciva los brindis por su legendaria destreza, tras lo cual pagaba una ronda a los presentes.

En cuanto a él, apenas había dado unos pocos sorbos al vino desde que su embriaguez casi le cuesta la vida a Catriona. Cuando bebía y estaba borracho, las bromas eran hilarantes, las mujeres guapas y los juegos emocionantes. Sin la bruma destellante de la intoxicación para suavizar los bordes sórdidos, se sentía un extraño en su propia vida: un actor representando un papel de vividor incorregible para complacer a su público adorador.

Como giro perverso del destino, parecía no poder dejar de ganar en las mesas de juego. Había pagado a todos sus acreedores y había conseguido acumular una pequeña fortuna a partir de lo que quedaba de la dote de Catriona. El antiguo Simon Wescott habría despilfarrado la mayor parte del dinero en el sastre o comprando un montón de bisutería para llevarse a la cama a alguna mujer. Pero hacía menos de una semana, se había encontrado parado en el exterior de las ventanas con barrotes de un establecimiento bancario. Antes de percatarse de lo que iba a hacer, ya tenía una cuenta a su nombre y un saldo que crecía a buen ritmo.

Aquella noche, aunque nadie lo imaginara por su porte impecable, estaba de un talante especialmente fiero cuando entró en uno de sus antros favoritos en Pickering Place.

Debería estar celebrándolo, pensó mientras se disponía a cruzar la viciada neblina de humo de puro de la sala, con la mirada puesta en la mesa oval de faro. En tan sólo unos días, el obispo iba a conceder la anulación a Catriona. Otra vez un hombre libre. Libre para jugar toda la noche, libre para beber alcohol hasta el amanecer, libre para llevarse a cualquier mujer a la cama.

Cualquier mujer menos su esposa.

Se llenó los pulmones de aquel humo asfixiante, sintiéndose de repente como alguien con un aro de hierro sujeto al pecho. Hubiera jurado no haber inspirado una bocanada decente de aire desde su regreso de las Highlands. Era demasiado consciente de las nubes negras de hollín que escupían las chimeneas, y quedaban suspendidas sobre la ciudad, del hedor de las alcantarillas cada vez que pasaba por un estrecho callejón, de los perfumes empalagosos de las mujeres que revoloteaban en torno a él cada vez que entraba en una habitación.

Como bien había predicho Catriona, su ridícula acusación sólo había servido para reforzar su reputación. Allí donde iba, le asediaban mujeres demasiado ansiosas por demostrar que era una mentirosa.

En aquel momento se encaminaba hacia él una de esas mujeres. Simon se apresuró a ocupar una silla en la mesa de faro, dedicando a los hombres ahí reunidos una breve inclinación de cabeza. Reconoció a la mujer que se arproximaba, una cortesana cachonda aficionada al whist y a la peligrosa costumbre de pagar sus deudas con favores sexuales. Cuando la mujer se le acercó por la espalda y le rodeó el cuello con sus pálidos brazos empolvados, Simon aún podía oler la fragancia del último hombre que se la había llevado a la cama.

—Hola, Simon. Confiaba en que estuvieras aquí esta noche. Te he echado tanto de menos, y estoy de ánimo para una larga partida de faro —dijo en un arrullo, dotando a sus palabras inocentes de un significado nunca concebido por el encargado de repartir la mano, que miraba boquiabierto.

Cuando el hombre sacó una carta de la caja de negociación y la echó sobre la mesa cubierta de fieltro, Simon dijo:

—Me temo que el único juego que me interesa esta noche es justo el que está en esta mesa.

—Lo que quieres es que te suplique, ¿a que sí? —Tocó el lóbulo de su oreja con la punta de la lengua, mientras sus manos empezaban a descender hacia el sur con cada palabra—. Recuerdo cuánto te gusta que siempre te suplique.

Cuando sus manos pequeñas y ansiosas envolvieron su entrepierna, el cuerpo de Simon reaccionó a su contacto. Pero en vez del acceso familiar de deseo, lo único que notó fue un leve desagrado mezclado con lástima.

Dedicando una mirada avergonzada a los otros jugadores, la cogió por la muñeca y se la sacó de encima con delicadeza.

—Vamos, no seas mala, Angela. Sabes muy bien que soy un hombre casado.

Ella resopló.

—Ojalá estuviera tu mujer aquí ahora. Me gustaría darle algún consejo. Luego podría venirse al piso de arriba con nosotros y le enseñaría a la muy embustera como una mujer de verdad da placer a su hombre.

Simon se volvió a ella, y algo en su mirada franca la obligó a retroceder un paso de la mesa.

—Bien —dijo la mujer mientras se daba unos toques a los rizos color canela recogidos en un alto peinado—. Te dejo entonces que sigas con tu partida. Si cambias de idea, estaré ahí al lado en la mesa de whist.

Cuando Simon lanzó una rápida mirada a la mesa de whist minutos más tarde, ya le estaba lamiendo el oído a otro hombre.

Sacó un puro delgado del bolsillo de su chaleco y dejó que se lo encendiera el empleado que repartía las cartas. Si no le quedaba otro remedio que respirar aquello durante toda la noche, mejor que el puro estuviera recién encendido.

Justo estaba a punto de adaptarse a los ritmos de la partida cuando la sombra de un hombre cayó sobre la mesa.

Simon alzó la mirada, expulsando una ráfaga de humo por los orificios nasales.

—Philo Wilcox —dijo—. La última vez que te vi corrías por un prado después de haberte disparado en el culo por hacer trampas en esta misma mesa.

Philo se acomodó con cautela en la silla próxima a él, todavía apoyándose primero en la nalga izquierda.

—No he podido sentarme durante meses. No fue muy deportivo por tu parte, ¿no te parece?

—No menos deportivo que salir corriendo hacia los árboles en medio de un duelo. ¿Habrías preferido que te disparara en la cabeza?

Philo respondió con desdén, y su rostro se volvió todavía más alargado con el gesto:

—Podría haberme librado de la indignidad de ser tachado de tramposo y cobarde.

—Pero fuiste un tramposo y un cobarde —indicó Simon sacudiendo un poco de ceniza del puro.

—Y ahora, gracias a ti, todo el mundo lo sabe. —Philo

echó una mirada furtiva por encima del hombro—. Si el propietario me pilla aquí, hará que me saquen arrastrándome de la oreja.

—Entonces sugiero que te largues antes de que me vea obligado a llamarle.

El mohín de Philo se transformó en una mueca de caballo. Dio una palmada a Simon en el hombro.

—Oh, no seas así, viejo amigo. Confiaba en que pudieras ayudarme a cambiar mi suerte.

—¿Cómo? ¿Ofreciéndote un almohadón para sentarte?

—Bueno, verás... la cosa va así: yo y otros cuantos compadres hemos abierto una apuesta en White's sobre quién de nosotros será el primero en acostarse con tu señora cuando le quites las cadenas de las piernas.

El puro colgaba de los labios de Simon, olvidado por completo.

Bajando la voz, Philo se inclinó un poco más:

—No importa lo que ella diga, sabemos que te la cepillaste en toda regla. Después de que haya pasado el tiempo conveniente, tal vez quince días, pensamos que estará ansiosa por alguna cabalgada más. Como he apostado todo el dinero por mí mismo, confiaba en poder convencerte para organizar una pequeña presentación. Si aún te habla, claro está.

Philo miraba a Simon con una sonrisita, y al siguiente instante se encontraba tumbado de espaldas en el suelo con un hilillo de sangre cayendo de la comisura de su boca. Simon se hallaba de pie sobre él, con los puños cerrados y los nudillos de la mano derecha aún escocidos.

—¡Eh! ¡Eso tampoco ha sido demasiado deportivo por tu parte! —Frotándose el mentón, el hombre empezó a levantarse, pero cuando Simon soltó un gruñido y volvió a levantar los puños, se quedó quieto en el suelo para decidir cuál era la acción más prudente.

En medio del zumbido de sus oídos, Simon oía el eco de la voz de Catriona: *¿Para ti hay algo por lo que merezca la pena luchar? ¿Algo lo bastante noble o querido como para justificar arriesgar tu precioso cuello?*

Llevaba toda su vida buscando ese algo, pero le había vuelto la espalda cuando por fin lo había encontrado. Le asustaba creerlo y no se había percatado de que Catriona tenía valor y fe suficiente por los dos. Su bello y generoso corazón albergaba amor suficiente incluso para un sinvergüenza como él.

Cuando los labios de Simon se curvaron formando una sonrisa exultante, Philo gimió y alzó las manos para protegerse el rostro. Pero Simon se limitó a darse la media vuelta y dirigirse hacia la puerta, decidido a luchar por lo que quería por primera vez en su vida.

El camino estaba bloqueado por un hombre inmenso como un toro. Aquella mole estaba tan indignada que ya se balanceaba sobre los pies.

—¡Eh, tú! ¿Qué le has hecho a Philo? ¡Es amigo mío!

Simon abrió los ojos cada vez más mientras alzaba la vista hasta dar con la cabeza descomunal del hombre. Por lo visto, Dios con su delicioso sentido de la ironía, iba a darle la oportunidad de demostrar su devoción por Catriona muriendo en defensa de su honor justo aquí en el suelo de este garito de mala muerte.

Cuando el hombre lanzó un puño del tamaño de un jamón contra su cabeza, Simon se agachó, pensando que era una pena que ella nunca se enterara de su sacrificio.

Al no alcanzarle por los pelos, el gigante enfurecido lo agarró por el fular y le puso en pie como si fuera una muñeca de trapo. Volvía a preparar su puño colosal para un golpe que con toda probabilidad iba a dejar sin dientes la cabeza de Simon cuando Angela saltó de un brinco desde la mesa de whist y se arrojó sobre la espalda de la mole con un aullido felino.

Tirándole del pelo con ambas manos, chilló:

—¡No se te ocurra golpear su bonito rostro, o destrozo tu feo careto aquí mismo con mis uñas!

Otro tipo se levantó de repente de la mesa de dados.

—¡Eh, tú! ¡No se te ocurra pegar a una dama!

Simon estaba demasiado ocupado intentando tomar aliento para recalcar que Angela ni era una dama ni había recibido ningún golpe. Por el contrario, era su atacante quien parecía correr un peligro inminente ya que ella estaba rodeando el grueso cuello con un brazo y clavando sus afilados dientes en su oreja.

El hombre rugió de dolor y aflojó el asimiento mortal del fular de Simon. Y se armó la de Dios es Cristo.

Mesas, dados y cartas salieron por los aires mientras el club estallaba en una pelea monumental. Ya no importaba de qué lado estaba quién. Sólo existía la dicha primitiva de los puños encontrando carne, las sillas y los cuerpos volando por los aires, y el crujido satisfactorio de un hueso contra otro.

Simon esquivó una silla voladora. Por el rabillo del ojo alcanzó a ver a Philo escabulléndose hacia la puerta a cuatro patas. Incapaz de resistirse a la tentación, atravesó agachado la melé y llegó a la puerta de entrada a tiempo de propinar a aquel tramposo una buena patada en el trasero. Salió volando por la puerta con un chillido femenino.

Simon se estaba sacudiendo el polvo de las manos cuando un hombre le tiró de la manga de la casaca para darle la vuelta y poder propinarle un potente puñetazo.

Simon levantó ambas manos:

—En el rostro no, por favor.

El hombre asintió con amabilidad, luego le clavó el puño en el estómago.

Simon se dobló con un quejido de dolor.

—Gracias —resolló antes de embestir con la parte superior de la cabeza contra la barbilla del hombre. A continuación lanzó una combinación perversa izquierda-derecha, perfeccionada cuando hacía de *sparring* en Gentleman Jackson's, que dejó tirado en el suelo a su oponente.

No tuvo tiempo para saborear ese triunfo pues una silla descendió contra la parte posterior de su cabeza y se hizo astillas con el fuerte golpe. Simon cayó de rodillas, mientras una lluvia de estrellas explotaba en su visión. Seguía intentando despejarse cuando una mano nervuda, bronceada por el sol, apareció ante de él.

Desconfiando de cualquier ofrecimiento de ayuda, bizqueó receloso a su salvador en potencia. El rostro huesudo de Kieran Kincaid quedó enfocado poco a poco.

Pestañeó, el golpe en el cráneo debía de haber sido más duro de lo que pensaba. Pero puestos a tener visiones, ¿por qué no alucinaba con una sonriente Catriona en vez de con su hosco compadre de clan?

Kieran le rodeó el brazo con la mano y lo puso en pie con fuerza sorprendente.

Simon, frotándose la parte posterior de la cabeza, le miró con cara de pocos amigos.

—¿De dónde coño sales?

—De Escocia —respondió cortante Kieran—. Antes de eso, mi mamá decía que no era más que un proyecto de niño.

—¿Cómo me has encontrado?

Kieran se encogió de hombros.

—Para ser sinceros, no ha sido tan complicado. Lo único que he tenido que hacer es visitar todos los burdeles, tabernas y garitos de juego de Londres. Ha sido duro de verdad para mí y los compañeros.

Cuando un muchacho pecoso, ataviado también con una túnica mugrienta, salió volando de cabeza por la puerta, Simon comprendió que Kieran no había venido solo. Al menos una docena de los miembros del clan Kincaid se habían colado en el club y participaban con regocijo en la pelea.

—He oído que has dejado que Catriona te dé la patada. —Kieran sacudía la cabeza con desprecio—. Y yo que pensaba que era ella la tonta. Eres un puñetero imbécil, Wescott, mira que dejar escapar una moza tan guapa.

Simon se enderezó el fular con un movimiento brusco.

—Mira quién habla. También has sido lo bastante imbécil como para dejarla marchar.

—Sé que tienes razón. Por eso estoy aquí. Para que vuelva.

Los dos hombres se miraron con expresión pensativa, comprendiendo que tal vez tenían más en común de lo que creían.

—He estado pensando en ella más como una hermana o una prima, pero si tú no la quieres —añadió Kieran como si tal cosa—, tal vez le pida que se case conmigo.

Antes de percatarse de lo que hacía, Simon había cogido a Kieran por la parte delantera de la túnica y le había empotrado contra la pared más próxima.

El escocés esbozó una rara mueca en los labios.

—Siempre me ha gustado tener una hermana.

Capítulo 21

Si espera aquí, informaré a su padre de su llegada —dijo con fría formalidad el anciano mayordomo, transpirando reprobación por cada uno de sus poros.

—Gracias —respondió Simon con solemnidad—. Intentaré no robar nada.

El sirviente le dedicó una mirada fulminante antes de salir arrastrando los pies. Incapaz de resistirse a su impulso infantil, Simon sacó la lengua cuando la espalda huesuda de aquel hombre se alejó.

Dio un suspiro, pues sabía que dispondría de tiempo suficiente para desplumar a su padre si se sentía tentado. Al duque siempre le había encantado hacer esperar a sus inferiores, pues lo consideraba un privilegio de su rango.

Al mayordomo le habría sorprendido enterarse de que su mayor tentación no era agenciarse uno de los apagavelas de plata de su padre sino salir disparado hacia la puerta. Después de asistir al funeral de su hermano, había confiado en no volver a poner los pies en esta casa. Nunca había destacado mucho en tragarse su propio orgullo para complacer a su padre; prefería llevarse una paliza a manos de uno de los hoscos lacayos.

Con las manos enlazadas tras la espalda, dio una vuelta

por la habitación. Hacía muchos años que no tenía ocasión de entrar en el santuario de la biblioteca de su padre.

Todo seguía tal y como lo recordaba. La imponente habitación octogonal tenía suelos de reluciente mármol rosa, importado directamente de Italia. Una alfombra Aubusson de valor incalculable, que sacudían a diario en el exterior, estaba extendida en el centro del suelo. No había una mota de polvo en ninguno de los bustos de mármol ni en los *objets d'art* expuestos con orgullo por toda la habitación. Los únicos objetos que mostraban señales de negligencia eran los libros que llenaban las estanterías de caoba.

El enorme escritorio de su padre, donde la disciplina y el castigo se habían administrado con igual fervor, dominaba aún la estancia. Simon había sido convocado aquí en muchas ocasiones, para sermones, reprimendas, rapapolvos severos y para alguna que otra paliza cuando su padre perdía los estribos. En realidad, eran las únicas veces en que éste le miraba de verdad. Si se comportaba mal, el duque no ignoraba su existencia. Pero tampoco podía tomarse la molestia de golpear él mismo a su hijo, así que ordenaba a uno de los criados que lo hiciera por él.

Un alto retrato con marco dorado de Richard —deslumbrante con su uniforme escarlata del Ejército— colgaba sobre la repisa de la chimenea. Simon sabía que no encontraría ni siquiera una miniatura de él mismo metida en un rincón olvidado de un estante de libros.

Pese a los celos mezquinos —e infundados— de Richard hacia él, Simon siempre le había respetado. Richard era mayor, más fuerte, su padre sentía debilidad por él. Pero al alzar la mirada para mirar el retrato, frunció el ceño. Era casi como si viera a su hermano por primera vez. ¿Por qué nunca había notado la caída redondeada de sus hombros, la debilidad de su mentón, la mirada levemente estrábica de crueldad en sus ojos marrones claros?

—Un parecido destacable, ¿cierto? —dijo su padre desde algún lugar a su espalda.

—Desde luego. Me he sentido casi como si fuera a estirar el brazo y a tirarme de las orejas.

Simon se volvió para mirar a su padre. Aunque hacía más de tres años que no se veían, le sorprendió lo mucho que había envejecido. Su atractiva melena blanca empezaba a perder pelo en las entradas y en la coronilla. Con toda probabilidad su gota había empeorado porque precisó de un bastón para rodear renqueante el escritorio.

—Confío en que esto no nos lleve mucho rato —dijo sentándose en su asiento parecido a un trono. En otro tiempo cuadraba con su estatura regia, ahora le hacía parecer pequeño—. Supongo que necesitas dinero para pagar a algún acreedor demasiado entusiasta o a una fulana embarazada. Confiaba en que tu pequeña temporada en Newgate te sirviera de algo. Darte carácter y todas esas patrañas. Luego oí que te habías largado con esa loca chica escocesa. No me sorprende que acabara en desastre. Todo el mundo sabe lo depravados que son los escoceses y lo poco que se puede fiar uno de ellos.

Abrió un cajón y sacó una cajita forrada en cuero. Abrió la tapa de golpe y preguntó:

—¿Entonces cuánto necesitas? ¿Cien libras? ¿Quinientas?

Simon estiró el brazo y cerró la tapa, con suavidad pero con firmeza.

—No quiero tu dinero. Sabes muy bien que nunca te he pedido un céntimo. Siempre me he buscado yo sólo la vida en este mundo.

—Te pagué un grado de oficial en la Armada —le recordó su padre.

—Para no tener que verme y evitar que tu buen nombre fuera mancillado más de lo que ya lo estaba.

—No sirvió para ninguna de las dos cosas, ¿cierto?

Simon metió la mano en la casaca, sacó una carta doblada y se la tendió.

Su padre la abrió con un movimiento brusco y la inspeccionó de forma apresurada, luego echó una rápida mirada a Simon alzando una ceja blanca como la nieve.

—¿De verdad esperas que haga esto?

Simon se inclinó hacia delante y plantó ambas manos encima del escritorio.

—Es lo último que voy a pedirte jamás. Si lo haces, no volverás a verme en toda tu vida.

—En tal caso —respondió su padre con aire de eficiencia— considéralo hecho.

Simon se enderezó y empezó a volverse, sintiendo un alivio ridículo al escapar de la presencia de su padre. Pero luego se percató de que ésta sería la última oportunidad de hacer la pregunta que le había obsesionado desde su llegada de niño a esa casa.

Se volvió hacia el escritorio.

—¿Por qué odiabas tanto a mi madre?

—¿Tan pronto estás faltando a tu palabra? Por lo que recuerdo, acabas de prometerme que eso —su padre dio un golpecito a la hoja de papel— era lo último que me pedirías.

Simon sacudió la cabeza por su propia necedad y se encaminó hacia la puerta a zancadas, ansioso por librarse de este lugar igual que su padre iba a librarse de él.

Se encontraba a tan sólo unos pocos pasos de esa libertad cuando le habló su padre, en voz tan baja que Simon apenas pudo oirle.

—No odiaba a tu madre. La adoraba.

Simon se volvió poco a poco y se acercó de nuevo al escritorio, dando cada paso como si anduviera en un sueño. Su padre metió la mano en el bolsillito del chaleco para sacar un reluciente reloj de cobre. De su extremo colgaba un relicario.

Ofreció el relicario a su hijo, con evidentes problemas de movilidad en la mano. Simon lo cogió para abrirlo, y descubrió una miniatura de su madre pegada al marco ovalado. Estaba igual que la recordaba: su brillante pelo rubio rizado en torno al rostro, las mejillas con hoyuelos de su sonrisa burlona, los ojos chispeantes de malicia.

La mirada de su padre se habían empañado de manera curiosa.

—Mi esposa me echó de su cama después de concebir a Richard. Creía que ya había cumplido con su deber al darme un heredero. —Se encogió de hombros—. De todos modos, ella apenas soportaba esa parte de nuestra relación.

»Luego conocí a tu madre una noche en el teatro. En ningún momento fue mi intención que sucediera algo entre nosotros, pero era tan hermosa, tan graciosa, tan cálida... tan cariñosa. Yo quería dejar a mi esposa. Rogué a tu madre que se fugara conmigo, pero se negó, alegando que provocaría un terrible escándalo que sería mi ruina y que destruiría el buen nombre de mi familia para siempre. Juró que me quería, y aun así, aquella noche me dijo que me fuera y que no regresara nunca.

—¿Y si pensó que era lo mejor para ti, aunque a ella le rompiera el corazón? —preguntó Simon, repitiendo las palabras que Catriona había pronunciado en otra ocasión.

Cuando su padre alzó la vista, los ojos ya no estaban empañados, sólo había desprecio en ellos.

—Cada vez que te miraba, la veía y recordaba la noche en que me despachó. —Dio débilmente con el puño en el escritorio, con aspecto de niño enfurruñado más que de uno de los hombres más poderosos de Londres—. ¡Era una mujer egoísta, cruel y desalmada! No tenía derecho de mantenerte apartado de mí todos esos años. ¡Para cuando te envió aquí, ya eras para mí un completo desconocido!

—Nunca fui un desconocido, padre —dijo Simon en voz baja—. Siempre fui tu hijo.

Introduciendo la miniatura en su propio bolsillo, se volvió y salió de la biblioteca de su padre por última vez.

Catriona se encontraba en lo alto del tramo de escaleras del salón de baile, combatiendo un impulso desesperado de esconderse tras una de las palmeras plantadas en las macetas. Las Argyle Rooms contaban con uno de los salones de baile más bonitos de todo Londres. El elegante teatro tenía más de trescientos metros de largo. Una gran pantalla de columnas corintias flanqueaba las paredes, sosteniendo la bóveda de un techo pintado para parecerse al cielo. El azul etéreo embadurnado de esponjosas nubes blancas le recordó el cielo de las Highlands en un día de primavera.

Cerró los ojos un momento, intentando no recordar que Eddingham y sus hombres podrían reducir a escombros en cualquier momento todo lo que quedaba de su hogar ancestral.

Media docena de arañas de cristal tallado, cada una conteniendo una docena de velas rosas, proyectaba un suave relumbre sobre la aglomeración que se arremolinaba debajo. Algunos de los ocupantes del salón bailaban un minué intrincado al compás de la pieza refinada de Mozart interpretada por la orquesta. Otros formaban grupos más íntimos, agitando los abanicos y sorbiendo ponche de las copas de cristal. Unas pocas matronas vestidas de negro estaban encogidas en las sillas que bordeaban las paredes, susurrándose unas a otras y entrecerrando los ojos con desaprobación mientras miraban por sus monóculos ornados a los jóvenes que se reían demasiado alto o bailaban demasiado próximos.

Y en cuestión de minutos, todos ellos estarían murmurando sobre ella.

Catriona tomó aliento y apoyó la mano en su cintura ceñida por el corsé, preguntándose cómo podía haber permitido que Georgina y tío Ross la convencieran de que participara en esta locura. Cuando le plantearon la idea por primera vez, hubiera jurado que le encontraba sentido. Ya que la anulación iba a ser definitiva justo al día siguiente, ¿qué mejor manera de demostrar a todo Londres que su corazón y orgullo seguían ilesos que aparecer en un gran baile con la cabeza bien alta y una sonrisa en los labios?

Georgina incluso le había encargado a su modista favorita de York Street un vestido especial para la ocasión: un diseño de cintura alta en una seda de un blanco virginal tejida con suma delicadeza.

Catriona no era inmune a la ironía.

A juego con la simplicidad elegante del vestido, había enlazado entre sus rizos, recogidos en lo alto, una sarta de perlas tomada prestada de tía Margaret.

Mientras inspeccionaba la multitud, intentó encontrar consuelo en el hecho de que no había posibilidades de toparse con Simon aquí. No se movían precisamente en los mismos círculos sociales. Él podía ser el hijo de un duque poderoso, pero seguía siendo un bastardo, lo cual significaba que algunas puertas siempre permanecerían cerradas para él.

En vez de consolarla, la idea hizo que se sintiera como si exprimieran la última gota de sangre a su corazón.

Se estaba dando media vuelta ciegamente para abandonar el salón de baile, decidida a huir antes de que Georgina la viera, cuando tío Ross apareció en el rellano a su lado.

Enlazó su brazo al de ella y alzó una ceja inquisitiva:

—¿No estarás pensando en echar a correr, verdad, querida mía?

—¿Cómo lo sabías? —preguntó ella mirándole con gesto avergonzado.

El conde soltó un suspiro malicioso con sus mejillas infladas.

—Vi la misma mirada en los ojos de tu tía Margaret en nuestra noche de bodas.

—¿Estás seguro de que quieres que te vean con una mujer con pasado tan escandaloso? Podría dejar una mancha sobre el noble nombre Kincaid.

—No seas ridícula —contestó al tiempo que le daba un apretón alentador en el brazo—. Estoy muy orgulloso de llevar a una jovencita tan lista y encantadora del brazo.

Catriona le miró pestañeando, sorprendida al notar el escozor de las lágrimas en sus ojos.

—Aparte —añadió su tío, con una sonrisita estirando su boca— eres demasiado joven para pasar el resto de tu vida oyendo gemir a Alice y ganándome al ajedrez.

Mientras descendían las escaleras del brazo, aquellas palabras infundieron en Catriona el valor que necesitaba para alzar la barbilla y dibujar una sonrisa graciosa en sus labios.

Tal y como había temido, en el minuto en que fue reconocida, la mayoría de conversaciones se detuvieron en el acto. Incluso los músicos fallaron, y unas notas discordantes se colaron en las frases cristalinas del baile, que se reanudó al instante. Las conversaciones se retomaron a un volumen mucho más bajo, la mayoría de ellas acompañadas de codazos marcados y gestos con la cabeza en su dirección.

Tío Ross continuó imperturbable. Catriona siguió su ejemplo con una sonrisa congelada en el rostro cuando llegaron a la pista y se unieron al baile. Su tío bailaba con una ligereza sorprendente para un hombre de su tamaño.

Distinguió a Georgina y a su esposo Stephen sonriéndoles radiantes desde uno de los palcos forrados de escarlata que daban a la pista de baile, luego al volverse encontró a Alice contemplándola en este caso con malicia en dosis similar a la buena voluntad que le dedicaba su hermana. Alice iba acompañada de un joven miliciano con pelo corto y unas impresionantes patillas. Al parecer su prima seguía sin poder resistirse a un hombre de uniforme.

Unos aplausos señalaron el final del minué.

—¿Te apetece un poco de ponche? —se ofreció su tío.

Catriona lamentó haber asentido con la cabeza casi de inmediato pues su marcha la dejó sola, esperando con incomodidad de pie en medio de la pista.

Como un buitre que advierte un cadáver fresco, Alice se abrió paso abruptamente entre la multitud.

—No puedo creer que tengas el rostro de mostrarte en público después de haber arrastrado nuestro buen nombre por el barro con esas acusaciones tan maliciosas —siseó—. Simon desde luego no tuvo problemas para cumplir conmigo.

—No llegó a tener ocasión —contestó Catriona con frialdad—. Yo estaba allí, ¿te acuerdas?

Con un cáustico «ejem», Alice volvió a fundirse con el gentío, sacudiendo sus rizos amarillos.

Catriona negó con la cabeza, pensando qué gran lástima era que su prima y Eddingham no se hubieran casado después de todo. Habrían sido la pareja perfecta.

Echó un vistazo a su alrededor y descubrió que su tío había sido abordado por un viejo conocido con fama de repetir las mismas historias interminables en todos los actos sociales. Tío Ross le dirigió una mirada de disculpa, pero el hombre ya le había cogido del brazo y le ofrecía pocas oportunidades de escapar, y a Catriona escasas esperanzas de rescate.

Cuando alguien la empujó desde atrás, se volvió convencida de que Alice había regresado después de pensarse una respuesta ingeniosa. Pero los culpables eran una joven pareja ruborizada.

—Cuánto lo siento, señorita —se disculpó el caballero saludando con una reverencia.

La chica soltó una risita e hizo una graciosa inclinación.

—Por favor, perdónenos.

Mientras seguían su camino de la mano, era fácil ver por qué casi la habían pisoteado: estaban demasiado ocupados mirándose el uno al otro con adoración como para ver por dónde iban. A juzgar por su juventud y el sencillo anillo de oro que centelleaba en el dedo de la muchacha, también estaban recién casados.

Algo en la manera en que se miraban le recordó a Jem y Bess metiéndose en la fragua el día de su boda, empapados por completo pero radiantes de dicha.

Cerró los ojos para detener la pena cegadora que se precipitaba por ella. Éste no era su sitio, como tampoco era el de Simon. Había puertas que siempre permanecerían cerradas también para ella. Las puertas que conducían a largas noches de invierno con nieve, acurrucada en los brazos de su amante. Las puertas que llevaban a una casa de risas, de niños de pelo dorado que parecían querubines pero tenían maliciosos ojos verdes. Las puertas que llevaban a un amor para toda la vida.

Desesperada por escapar de las miradas curiosas que seguían observando todos sus movimientos, se volvió y empezó a andar hacia un arco situado en el extremo más alejado del salón de baile.

La primera nota de las gaitas atravesó su corazón. No podría moverse aunque una de las arañas del techo estuviera a punto de caer sobre su cabeza.

La canción del antiguo instrumento se elevó flotando entre los confines de las paredes del gran salón, ridiculizando todo lo que había sonado antes como una mala imitación de música.

Catriona se volvió poco a poco para descubrir a un viejo canoso en lo alto de las escaleras, dándole a la gaita con lo que quedaba en él de fuerzas. Todo el mundo en el salón de baile pareció quedarse estupefacto. Su propio asombro fue en aumento cuando una docena de hombres, todos ellos ataviados con faldas y bandas de tartán verde y negro descendieron marchando por las escaleras con la precisión de un regimiento, los hombros hacia atrás y las cabezas bien altas. Formaron una doble fila en la parte inferior de las escaleras, creando un pasillo humano para quien fuera a bajar a continuación.

Cuando el gaitero concluyó la melodía, dejando que la nota final flotara triunfal en el aire, todo el mundo mantuvo un silencio sobrecogedor durante un momento, para estallar a continuación en un aplauso atronador. Tomando toda esta exhibición como parte del espectáculo de la noche, los hombres empezaron a silbar y a dar fuerte con el pie, gritando «¡Qué fantástico!» «¡Vaya acierto!»

Otro hombre apareció entonces en lo alto de las escaleras, y el aplauso se desvaneció.

Se hizo un silencio tan profundo que lo único que Catriona oyó fue el palpitar ensordecedor de su propio corazón mientras alzaba la vista para mirar a los verdes ojos entrecerrados de su marido.

Capítulo 22

*É*ste era el Simon que recordaba del establo: recién afeitado, con la mirada clara y el cabello bien cortado, apenas rozándole el cuello de la ropa. Iba tan bien ataviado como cualquier otro caballero del salón de baile, pero llevaba sobre su amplio hombro el querido y viejo tartán de Catriona —la banda del clan Kincaid— sujeto con un broche de plata.

Cuando la multitud le reconoció, se elevó un murmullo de consternación que enseguida se convirtió en una marejada que corrió de un extremo a otro del salón.

Alguien podía ofenderse por su origen humilde si quería, pero no podía negarse que Simon Wescott era un espécimen masculino maravilloso. Varias mujeres agitaron sus abanicos y empezaron a darse aire a ritmo frenético, mientras otras se agarraban del brazo de quien tuvieran más cerca, a punto de derretirse.

Mientras Simon empezaba a descender por los escalones, encaminándose directamente hacia Catriona, ella temió tener que incluirse en esta última categoría de mujeres. Sólo que no tenía ningún brazo al que agarrarse. Nadie la sostendría si caía.

Éste era el Simon que recordaba de los muelles: elegante, peligroso, con un elemento de autoridad natural a cada paso. Parecía un héroe conquistador en todos los sentidos, decidido a reclamar el premio que había ganado, fuera cual fuera. Un camino se abrió como por arte de magia entre ellos mientras los escoceses se acoplaban a su paso tras él.

Catriona miró a su alrededor con gesto frenético, esperando que tío Ross acudiera abalanzándose a rescatarla, a denunciar a Simon por ser tan sinvergüenza, y a devolverla a su vida segura, aburrida, sin riesgo de que este Adonis elocuente volviera a romperle el corazón. Pero su tío observaba el desarrollo de los acontecimientos con tan vivo interés como el resto de la congregación.

Simon se detuvo justo ante ella, con sus ojos verdes ardientes de una pasión que Catrina recordaba demasiado bien.

Éste era el Simon que recordaba de su cama: seguro de su poderío, travieso hasta lo absurdo... y absolutamente irresistible.

—¿Qué haces aquí? —le preguntó esperando no sonar tan ansiosa como en realidad se sentía.

—He venido a informarte de que no estás autorizada a una anulación. Como esposo tuyo, cumplí con mis obligaciones maritales a tu entera satisfacción, y también mía, y no sólo una vez, sino varias.

Una serie de jadeos escandalizados surgió de la multitud. Tío Ross ocultó el rostro tras la mano, pero era imposible distinguir si estaba a punto de reír o de echarse a llorar.

Catriona se cruzó de brazos y alzó la barbilla.

—¿Cómo sabes que me quedé satisfecha?

La mirada perezosa de Simon desató otro raudal de pestañeos y sacudidas de abanicos.

—Tal vez prefiera retirar esa pregunta, señora Wescott. Un caballero no difundiría esos detalles en público... aunque yo sí podría hacerlo.

—Poco importaría, de cualquier modo. Es demasiado tarde. El obispo ya ha convocado al consejo eclesiástico. A las nueve de la mañana, nuestro matrimonio habrá concluido.

—Si es mi virilidad la que está en entredicho, estaré encantado de ofrecer pruebas. Lo único que tienes que hacer es pasar al reservado tras la cortina conmigo durante un cuarto de hora; es decir, si me salto los cumplidos.

Desde detrás de los abanicos de varias mujeres, se escaparon risitas. Catriona notó que las mejillas le ardían al recordar lo exquisitos que eran algunos de esos cumplidos.

—Por supuesto, el obispo podría requerir algunos testigos —añadió Simon. Estudió la multitud con cortesía y alzó la voz—: ¿Habría algún voluntario?

Se levantaron varias manos en el aire, todas ellas pertenecientes a hombres.

—Uf, hay que ver, si vosotros los ingleses lleváis así lo de camelaros una mocita para llevárosla a la cama, me sorprende que vuestra raza no se haya extinguido por completo a estas alturas.

Catriona pestañeó con consternación cuando Kieran salió de detrás de Simon, con expresión de disgusto:

—Si puedo interrumpir esta conmovedora reunión vuestra antes de que me salten las lágrimas me gustaría recordaros el motivo verdadero de que estemos aquí. Tenemos que ponernos en marcha de regreso a las Highlands. Vamos a sacar a ese tal Eddingham de las tierras Kincaid de una vez por todas.

Catriona también le dedicó una mirada de reproche, pues empezaba a sentirse superada en número de una forma deplorable.

—¿Y por qué iba a importarme? Dejasteis bastante claro que no queríais ni necesitabais mi ayuda. —Señaló con un ademán a Simon—. ¡Vaya, por lo que veo ya tenéis el jefe que buscabais, aquí mismo delante vuestro!

Kieran y Simon intercambiaron miradas. Simon hizo un gesto de asentimiento.

El escocés se aclaró la garganta y se dejó caer sobre una rodilla con gesto torpe, pero con sus hombros aún levantados con orgullo implacable. Alzando la vista, Kieran dijo:

—Catriona Kincaid, te juramos lealtad como única y verdadera jefa del Clan Kincaid. Cuentas con nuestra lealtad, nuestras espadas, nuestros corazones y nuestras vidas si fuera menester, para servirte y protegerte mientras nosotros... y tú... vivamos.

Al mismo tiempo que Kieran inclinaba la cabeza, los otros escoceses se pusieron de rodillas, uno a uno. El viejo gaitero canoso fue el último en inclinarse, con un crujido de sus rodillas a causa del esfuerzo.

Catriona estaba paralizada de la impresión, y las lágrimas empezaron a surcar sus mejillas cuando Simon se soltó la banda escocesas del hombro para colocársela con delicadeza en el suyo, mientras se dejaba caer sobre una rodilla ante ella.

En vez de inclinar la cabeza, le cogió la mano y alzó la vista para mirarle a los ojos, igual que había hecho en su dormitorio la mañana en que partieron para Gretna Green.

—Catriona Kincaid —dijo con solemnidad—, desde el primer momento en que te vi, debería haber sabido que eras la única mujer en el mundo para mí. Era demasiado estúpido y obstinado como para comprenderlo, pero me enamoré de tu valentía, tu ánimo, tu belleza, tu ingenio, y ahora no puedo pensar en otra cosa ni en nadie más. Si fuera mejor hombre, te habría confesado mi amor, y me lo habría confesado a mí mismo, antes de llevarte a la cama. Pero mi ansia de ti era tan enorme que ninguna fuerza en el cielo o en el infierno hubiera impedido hacerte mía.

Se produjo una breve conmoción cuando una mujer próxima al cuenco del ponche finalmente no pudo evitar desvanecerse.

Simon acarició con delicadeza los nudillos de Catriona.

—Sólo me queda rogar que me perdones por aprovecharme tan inexorablemente de nuestro acuerdo y que me permitas enmendar mis actos concediéndome el honor de acceder a compartir mi vida, mi futuro y mi nombre y seguir siendo mi esposa. En una ocasión me dijiste que creías que no había un lugar en este mundo para ti. Bien, estoy aquí para decirte que sí lo hay. Y ese sitio está en mis brazos.

Se llevó la mano de Catriona a los labios para besarla con una intensidad tan tierna que a ella le provocó un nudo en el corazón, luego alzó una mirada suplicante a su rostro. Sus siguientes palabras sonaron tan profundas, pronunciadas tan bajas, que sólo ella pudo oírlas.

—Sé que me quisiste en otro momento, Catriona. Por favor dime que no es demasiado tarde para volver a amarme.

Demasiado tarde.

Las palabras parecían reverberar en su mente como un canto fúnebre.

Ofrecían todo lo que siempre había querido, y por primera vez en su vida le asustaba aceptarlo. Durante mucho tiempo había creído y confiado en sus sueños y los había preservado como si fueran tesoros valiosísimos. ¿Cómo podía ser que ahora su fe, cuando más la necesitaba, estuviera agotada?

¿Cómo podía confiar alguna vez en que un hombre como Simon fuera constante en sus afectos? ¿Cómo podía estar segura de que sus palabras surgían del corazón y no eran sólo una estrofa de un bonito discurso memorizado en el teatro? ¿Cómo podía impedir que su corazón, y sus sueños, acabaran pisoteados una vez más bajo los tacones de sus brillantes botas?

—Lo lamento —susurró, tirando de su mano para soltarse—. No puedo. Sencillamente no puedo.

Les dio la espalda a todos, igual que ellos se la habían dado en otro momento, decidida a salir con el orgullo intacto, si bien su corazón iba a quedar malparado.

Sólo había dado unos pasos cuando la voz de Simon resonó bien audible.

—Te pregunté una vez cuánto tiempo esperarías al hombre que amas y contestaste que «siempre». ¿Era mentira?

Puesto que no tenía respuesta para él, continuó caminando.

—No estoy luchando para ellos, estoy peleando por ti. Y contigo o sin ti, vamos a ir a Balquhidder a recuperar el castillo de Kincaid.

Catriona se detuvo para darse media vuelta y les encontró a todos ellos en pie. Estudiando a Simon tras un empañado velo de lágrimas, manifestó:

—Entonces que Dios os acompañe, porque yo no puedo.

Capítulo 23

Catriona estaba acurrucada en el asiento de la ventana de su dormitorio, envuelta en los pliegues gastados de su tartán Kincaid. *Robert the Bruce* permanecía hecho un ovillo a los pies de la cama, con aire igual de compungido. Aunque amanecía otro día perfecto de primavera en el exterior, podría haber sido riguroso invierno. Ni siquiera se molestó en abrir la ventana e invitar a entrar su brisa apaciguadora, con fragancia a madreselva. Se contentaba con ver a través de los gruesos vidrios el mundo que seguía sin ella.

Había pasado casi una semana desde el baile. Simon y los miembros del clan ya deberían estar llegando en cualquier momento a Balquhidder. Cerró otra vez los ojos, obsesionada por la visión del obstinado cuello de Kieran roto en la horca, y Simon despatarrado en el suelo con su mata de pelo dorado manchada de sangre.

Se oyó un breve golpe en la puerta. Antes de poder decir a quien llamara que se largara y la dejara a solas, su tío la abrió de par en par e irrumpió en la habitación.

El conde se plantó en medio, brazos en jarras, estudiando sus pies descalzos, el mismo camisón arrugado de hacía cuatro días, las manchas secas de las lágrimas en sus mejillas y la bandeja de la cena intacta, colocada sobre el baúl a los pies de la cama.

Con un sonoro suspiro, sacudió la cabeza:

—Nunca hubiera pensado que llegaría a decir esto, Catriona Kincaid, pero me has decepcionado.

Con un soplido, la muchacha se apartó un mechón de los ojos.

—Tenía la impresión de que siempre te había decepcionado.

—Has puesto a prueba mi paciencia y mi genio en ocasiones, pero nunca me decepcionaste, pequeña. Y nunca te tomé por una cobarde. Pensaba que te parecías a tu padre.

Catriona se levantó de un bote, herida por aquellas palabras poco justas.

—¡Mi padre era un necio y un soñador! Tú mismo lo dijiste.

—¡Al menos tenía un sueño! —bramó su tío, logrando que *Robert the Bruce* saliera disparado como una flecha para meterse debajo de la cama —. Si quieres saber la verdad, tenía celos de Davey, celos de su ridícula causa escocesa y de la pasión que mostraba. Yo era el hijo mayor, no se me permitía cuestionar los deseos de nuestro padre ni salir corriendo en busca de grandes aventuras, ni tampoco perseguir un sueño noble. Tenía que quedarme aquí y aprender a gestionar la propiedad. Se me exigía casarme por deber, no por amor.

—¡Entonces tal vez fueras tú el afortunado, por no tener que poner en riesgo tu corazón o tu vida para conseguir lo que querías!

—Davey vivió más en su corta vida de lo que lo haré yo jamás. Vivió. Amó. Recibió la bendición de dos hijos preciosos y una esposa que le adoraba. ¡Tal vez muriera demasiado joven, pero al menos murió por lo que creía en vez de morir en su cama de viejo, con la tripa llena de carne y el corazón lleno de arrepentimiento!

Asombrada con las palabras de su tío, Catriona se hundió otra vez en el asiento de la ventana, envolviéndose con la tela escocesa.

El conde metió la mano en la casaca y sacó un paquete de papeles atados con un trozo de cordel deshilachado.

—Soy consciente de que bien podrías odiarme el resto de tus días por lo que he hecho, y no te culpo, pero no puedo ocultarte más tiempo esto. —Arrojó el paquete sobre el regazo de su sobrina.

—¿Qué es? —preguntó ella, mirando con desconcierto los sellos de cera intactos.

—Cartas de tu hermano. Empezaron a llegar un mes después de que tú vinieras y no cesaron hasta hace tres años.

Catriona dio la vuelta al paquete en sus manos, luego alzó los ojos llenos de lágrimas al rostro de su tío.

—¿Me las ocultaste? ¿Todos estos años?

—Pensaba que era lo mejor. Eras demasiado joven para conocer tanta tragedia. Pensé que podrías olvidar el pasado, luego que podrías olvidar también el dolor. Me equivocaba. Sé que nunca mereceré tu perdón, pero lo lamento.

Con estas palabras, se dio media vuelta y salió andando con dificultad de la habitación, cerrando la puerta sin ruido tras él.

Robert the Bruce salió de debajo de la cama. Mientras subía al asiento de la ventana y se acomodaba en el regazo de su dueña, Catriona sacó la última carta del fajo y rasgó el sobre con manos temblorosas.

Mi queridísima gatita:

Debería haber sabido que mamá tenía razón al hacerme practicar la redacción de mis cartas. Debería haber sabido que algún día lo necesitaría para recordarte que te laves bien detrás de las orejas y para regañarte por no ponerte los zapatos en invierno.

Catriona sonrió entre lágrimas. La voz bromista de su hermano sonó tan clara que podría haber estado allí de pie junto a ella, revolviéndole el pelo. Rasgó el sobre de una carta tras otra, ansiosa por devorar sus palabras. Las cartas estaban llenas de historias graciosas sobre Kieran y los demás hombres y descripciones impresionantes de las Highlands en todas las estaciones. Connor nunca se quejaba de pasar hambre o frío, ni de verse obligado a robar a quienes tenían la suerte de llenar la tripa.

Rompió el sello de cera de la última carta con reticencia, pues sabía muy bien que podría ser la última vez que oyera la voz de su hermano.

Mi querida gatita:

No sé cuándo volverás a tener noticias de mí. Hemos sufrido bajas importantes en las últimas semanas y el papel y la tinta escasean cada vez más. Puesto que nunca he recibido ninguna respuesta de ti, sólo puedo confiar en que te hayas adaptado bien a la vida de una joven y linda dama inglesa y que disfrutes de los placeres y privilegios que el rango y la riqueza de nuestro tío te puedan aportar.

Una lágrima salpicó el gastado papel de vitela, emborronando la tinta descolorida.

Por mucho que te adentres en ese mundo, no olvides nunca que la sangre Kincaid fluye por tus venas y que cualquier cosa por la que merezca la pena llorar es también algo por lo que luchar. Siempre ...

Tu hermano que te quiere,
Connor Kincaid

Catriona permaneció ahí sentada largo rato, estudiando los desarreglados garabatos masculinos, luego se puso en pie de un salto, arrojando a *Robert the Bruce* al suelo sin más ceremonias.

—¡Tío Ross! ¡Tío Ross! —Catriona bajaba de dos e dos las largas escaleras curvas, conteniendo a duras penas el impulso de deslizarse por la baranda recién encerada.

Cruzó a la carrera el vestíbulo de entrada y dobló un recodo como una flecha, casi derribando al criado agobiado que hacía malabarismos con una bandeja mientras sacaba brillo a la plata.

Dos doncellas la vieron pasar volando junto a la puerta del salón, quedándose boquiabiertas. Catriona se detuvo en seco.

Con una sonrisa dulce, les dijo:

—Por cierto, os equivocabais las dos, ¿sabéis? Mi marido sólo necesita una mujer en la cama, y ésa soy yo.

—Pero, señorita —dijo una de ellas, con expresión de sincera perplejidad—, pensábamos que ya no era su marido.

—Bien, volverá a serlo. Muy pronto.

Sujetándose el dobladillo del camisón para que sus pantorrillas delgadas y fuertes corrieran más libres, se lanzó a una carrera imparable por el pasillo.

Alice y tía Margaret estaban saliendo del comedor del desayuno con unas humeantes tazas de chocolate en sus manos. Alice no tuvo tanta suerte como el lacayo. Catriona embistió como un bólido contra ella y derramó todo el chocolate sobre la parte delantera del corpiño con volantes.

Mientras su prima chillaba indignada, tía Margaret exclamó:

—¡Oh, cielos, lo que hay que ver! —y apagó una risita tras su pañuelo.

—¡Mira lo que has hecho ahora! —saltó Alice, quitándole de la mano el pañuelo a tía Margaret y empleándolo para secarse el corpiño echado a perder.

—Cuánto lo siento —soltó Catriona con expresión de no arrepentirse lo más mínimo—. Ya sabes lo patosa que he sido siempre.

El conde alzó la cabeza cuando su sobrina irrumpió en el estudio, con el pelo y los ojos alborotados por igual. Se parecía demasiado a la niña descalza que en otro tiempo deambuló salvaje por su propiedad con su gatito y la copia maltrecha de *Trovadores escoceses de los Borders*.

—Tío Roscommon —dijo plantando ambas manos sobre el escritorio mirándole fijamente a los ojos—. Si quieres subsanar haberme ocultado las cartas de mi hermano, ésta es tu ocasión. Necesito tu ayuda.

Mientras el coche correo avanzaba a bandazos por el estrecho camino, Catriona no se percató de que estaba conteniendo la respiración hasta que los restos de la solitaria torre del castillo de Kincaid se hicieron visibles. Su silueta seguía allí, recortada contra el intenso azul del cielo primaveral, con sus piedras desgastadas mostrándose antiguas y eternas al mismo tiempo. Cuando avistó el estandarte verde y negro ondeando con orgullo sobre la fortificación, se quedó boquiabierta de asombro. Casi podía oír cómo lo sacudía el viento, igual que había descrito su padre.

El vehículo dio una sacudida y se paró. La joven abrió la puerta de golpe y descendió del carruaje, luego se volvió para ayudar a su tío Ross a bajar con esfuerzo su corpachón.

El hombre comprobó si podía andar, gimiendo a cada paso.

—¿Quién había oído que un conde se viera obligado a viajar en un transporte tan rudimentario?

—Pero, bueno, tío Ross, reconociste que era nuestra única esperanza posible de llegar al castillo antes de que Eddingham lo destruya, y de paso a Simon.

El conde volvió a echar una ojeada al vehículo y bajó la voz.

—Confío en que valores cuánto ha costado que el chófer haga este servicio especial. Me habría ido mejor arrojar el monedero al asaltante de caminos más próximo.

—No desesperes —contestó, volviéndose para mirar nerviosa los afloramientos rocosos que ensombrecían la carretera abandonada—. Todavía puedes tener ocasión de hacerlo.

El conde sacó un pañuelo y se secó la frente.

—Mi padre vendió su alma para escapar de este yermo lugar y aquí estoy yo ahora, justo donde él empezó. ¿Cómo diablos puede esperarse que una persona respire aquí? Con certeza hay demasiado aire fresco. Y cielos —añadió, lanzando una mirada de desconfianza a la inmensa bóveda de azul.

—Supongo que echas de menos esas horribles nubes de hollín que cuelgan siempre sobre la ciudad.

—Lo que echo de menos son las comodidades de mi propia cama y mi chimenea. No he tomado una taza de té decente desde que salimos de Londres.

—Pensaba que siempre habías querido tener una gran aventura.

Su tío suspiró.

—En efecto. Pero tal vez intentar convencer a tu tía Margaret de que me dé un beso de buenas noches y encontrar un marido para Alice son todas las aventuras que necesito.

Catriona le dio un apretón afectuoso en el brazo antes de volver a echar un vistazo a la puerta abierta del vehículo.

—¿Esperarás aquí hasta que te llame? —preguntó bajito.

El conde la miró con ojos entrecerrados, incapaz de ocultar su preocupación.

—¿Estás segura?

Ella asintió y le ofreció una sonrisa tímida.

—Muy bien. Pero deberías saber que si se acerca un asaltante, voy a gritar igual que Alice.

Catriona se rió.

—Eso debería espantarle, igual que a todos los pájaros y ardillas desde aquí a Edimburgo.

Recogiéndose el dobladillo del redingote para librarlo en parte del polvo, empezó a ascender por el camino empinado que llevaba al castillo. En otra ocasión había ascendido la misma colina subida a los hombros de su padre, inundada de la confianza que sólo el amor de un progenitor puede dar. Casi podía sentir a su padre caminando a su lado ese día, instándola a vivir —y amar— con el mismo entusiasmo que había traído la dicha a su breve vida.

Aceleraba la marcha a cada paso. Por fin había comprendido que un hogar no podía encontrarse en un lugar concreto, por muy hermoso o querido que fuera, sino en los brazos de quienes te esperan ahí. Sólo podía rezar para que esos brazos siguieran esperándola y le dieran la bienvenida.

Quitándose el sombrero para dejar que su cabello ondeara libre, alcanzó lo alto de la colina. Había esperado entrar andando en el caos desorganizado de los preparativos de una batalla en toda la extensión de la palabra, pero lo único que encontró fue a un hombre solitario estirado sobre un banco formado por una piedra caída, con un libro en la mano y una hoja de hierba sujeta entre sus bonitos dientes blancos. El sol bruñía su cabello de tonos de oro intenso.

Él alzó la vista en su dirección y abrió mucho los ojos, entrecerrándolos a continuación. Mientras Catriona se acercaba, se puso en pie lentamente, con postura cautelosa.

—¿Y qué regalos has traído en esta ocasión? —preguntó—. ¿Botas, libros o gaitas?

Dejando que el sombrero cayera al suelo, extendió las manos vacías.

—Me temo que lo único que tengo para ofrecer soy yo misma. Si me aceptas, por supuesto.

Él ladeó la cabeza para estudiarla, con ojos ilegibles, brumosos.

—¡Caray, señorita Kincaid, pensaba que habías jurado no pronunciar más discursos embarazosos!

—Me refería sólo a los relacionados con el noble espíritu de las Highlands y la libertad de la tiranía. —Indicó con la cabeza el libro tirado—. ¿Dando un repasito a Robbie Burns, eh que sí?

Él suspiró.

—Si voy a liarme con un montón de salvajes sentimentales, supongo que no me queda otra opción, ¿cierto?

Catriona, con el ceño fruncido, inspeccionó las ruinas desiertas.

—¿Y por dónde andan esos salvajes sentimentales?

Le respondió encogiéndose de hombros sin rastro de preocupación:

—Por aquí.

Ella se atrevió a dar otro paso para acercarse un poco más.

—¿Has accedido a ser su jefe?

—Sólo hasta que vuelva a casa su verdadero jefe, para quedarse.

—Según Kieran, Connor no va a regresar. Y si no quiere que le encuentren, nadie lo hará.

—No estaba hablando de Connor.

Tomando aliento con respiración entrecortada por el anhelo, Catriona dio otro paso más hacia él. Durante un instante de vértigo, tomó erróneamente el estruendo de unos cascos de caballos que se aproximaban por la fuerte palpitación de su corazón.

Hasta que atisbó el destello escarlata por el rabillo del ojo y se volvió para descubrir a una docena de soldados ingleses cruzando a toda velocidad el valle inferior sobre sus monturas.

Los casacas rojas se acercaban.

Capítulo 24

La nube negra de pánico que envolvió a Catriona le impidió respirar. Los casacas rojas se acercaban. Venían igual que habían hecho tiempo atrás, para llevarse todo lo que amaba y a todos a quienes quería. Durante una fracción de segundo paralizante, lo único que quiso hacer fue esconderse. Arrastrarse para meterse en un pequeño agujero oscuro, cerrar los ojos con fuerza y taparse los oídos para no tener que oír los gritos de la muerte de sus seres queridos.

Luego Simon la sujetó por los hombros, la sacó del pasado y la devolvió al presente, obligándola a creer en su futuro.

Para cuando los soldados alcanzaron con sus monturas la cresta del precipicio y entraron en las ruinas del patio, ella se encontraba erguida y orgullosa al lado de él, sin la angustia del fantasma de los terrores de su infancia.

Ni siquiera la visión de la figura familiar ataviada de negro en medio de los soldados pudo abatir su ánimo.

—Caray, hola, Ed —dijo Simon mientras el marqués descendía del caballo y se quedaba en pie. Sus espuelas tintinearon al avanzar hacia ellos—. He oído que estabas en la zona. Confiábamos en que pasaras a tomar el té.

Sin dignarse a contestar a Simon, Eddingham se dirigió a Catriona.

—Debo confesar que me sorprende encontrarla aquí, señorita Kincaid. ¿O es que ha recuperado el juicio y ha decidido aceptar esa oferta mía tan generosa?

Simon entrecerró los ojos.

—¿Qué oferta?

Catriona sonrió con alegría.

—Oh, el marqués me invitó gentilmente a ser su amante. Puesto que soy mercancía dañada, no le es posible dejarse ver conmigo en la ciudad, por supuesto. Pero prometió visitar mi cama aquí en las Highlands cada vez que se sintiera aburrido.

—Qué benevolente por su parte —comentó Simon en tono bajo, pero tan peligroso como Catriona lo recordaba.

—Se encuentran sin autorización en mi propiedad y quiero que salgan de mis tierras al instante.

Antes de que Simon tuviera tiempo de reaccionar a las exigencias de Eddingham, Catriona se adelantó y clavó un dedo en los volantes almidonados del fular del marqués.

—Usted es quien ha entrado sin autorización, *sir*. Éstas son las tierras de los Kincaid y ningún papelucho sin valor cambiará eso. La sangre de los Kincaid se ha derramado sobre esta tierra durante cuatro siglos y le prometo que cada gota de esa sangre clamará venganza sólo con que retire una sola piedra de este castillo.

—Bravo —murmuró Simon—. Buen discurso.

Catriona se ahorró dedicarle una mueca de reprobación y volvió su atención a Eddingham. Indicó la carretera:

—Tengo que hacerle saber que mi tío me está esperando al pie de la colina. Si insiste en intentar expulsarnos, su intención es demandarle por romper el compromiso matrimonial y el corazón de mi prima.

Eddingham entornó los ojos.

—Tiene que estar de broma. Todo el mundo sabe que esa bruja no tiene corazón.

—Entonces tal vez mi tío le obligue a cumplir con su compromiso de casarse con Alice.

Simon se encogió de hombros:

—Un destino peor que ir a la cárcel por no pagar deudas, se lo puedo asegurar. Yo en tu lugar, Eddie, daría a la muchacha lo que pide.

Eddingham soltó un juramento venenoso.

—Antes muerto que quedarme aquí oyendo más amenazas ridículas. ¡Arrestadles a los dos! —ordenó a los soldados—. Y si se resisten —añadió confiando claramente en que lo hicieran— disparadles.

Una docena de soldados descendieron de las monturas. Catriona dio un paso involuntario hacia los brazos de Simon.

—Yo no me daría mucha prisa en seguir las órdenes del marqués si estuviera en vuestro lugar. —Simon sacó un documento del chaleco y se lo tendió al oficial más próximo.

El hombre, tras dirigir una mirada de incertidumbre a Eddingham, rompió el sello con cautela y desplegó la hoja color crema de papel de vitela. Movía los labios mientras leía y alzaba las cejas un poco más con cada palabra.

—¿A qué esperáis, zoquetes? —saltó Eddingham—. ¡Arrestad a este rufián y a su fulana!

—Me temo que no va a ser posible —dijo Simon con amabilidad—. Ahora trabaja para mí.

El oficial suspiró y se volvió a Eddingham.

—Lo siento, milord, pero tengo órdenes directas de la Corona de arrestarle por el asesinato de una tal señorita Elizabeth Markham. Parece que el rey ha recibido pruebas de una fuente muy fiable, el propio duque de Bolingbroke, de que usted estaba directamente implicado en la muerte de la joven.

Mientras media docena de soldados flanqueaban a Eddingham, el rostro del marqués perdió todo rastro de color, dejándolo tan demacrado y blanco como una mascarilla.

Todavía farfullaba consternado cuando Catriona se volvió hacia Simon:

—¿Tu padre? ¿Fuiste a ver a tu padre? ¿Por mí?

—¿Y por qué no? Ya era hora de que ese viejo verde hiciera algo por su segundo hijo.

A pesar del encogimiento de hombros de Simon, restando importancia a aquello, Catriona sabía con exactitud lo que le había costado ese sacrificio.

Uno de los soldados había sacado unos grilletes del caballo e intentaba sujetar las muñecas de Eddingham.

—Quítame esas zarpas de encima, pedazo de mierda —ladró el noble, forcejeando para librarse del joven soldado—. No hacen falta. A diferencia de Wescott, aquí presente, yo soy un caballero.

El soldado dirigió una mirada interrogadora al oficial al mando. El hombre suspiró y luego hizo un gesto de asentimiento.

—Sin grilletes. Pero no le quitéis los ojos de encima.

Mientras el soldado bajaba los grilletes y se apartaba, Eddingham se alisó el chaleco con gesto brusco, y lanzó a Simon una mirada de desprecio.

—Una vez que demuestre mi inocencia, serás tú quien lleve los grilletes. El resto de tu miserable vida.

No protestó cuando dos soldados más se adelantaron para escoltarle hasta el caballo. El joven soldado se volvió para guardar los grilletes en la alforja.

De pronto la pistola estaba en el cinturón del soldado y al instante siguiente estaba en la mano de Eddingham. Dedicó a Simon una sonrisa gélida, pero el cañón del arma apuntaba directamente al corazón de Catriona.

—¡No! —gritó Simon arrojándose contra ella.

Se oyó un disparo justo cuando Catriona caía al suelo con Simon estirado por completo encima de ella.

Permanecieron ahí tirados durante un momento de ansia, mirándose a los ojos.

—No me hagas caso —dijo por fin Simon, dedicándole aquella mueca que tanto le encantaba a ella—, pero debo de haber tropezado.

A Catriona se le escapó un sollozo tembloroso.

—Oh, santo cielo, ¿te has hecho daño? —Se apresuró a palpar el cuerpo de Simon con sus manos como si fueran un par de pajarillos frenéticos, en busca de derramamientos de sangre.

—No ha sido nada. —Él se sentó y los puso a ambos en pie—. No me han disparado.

—A mí sí.

Al oír aquella frase pronunciada con total naturalidad, ambos alzaron la vista y encontraron a Eddingham tambaleándose y contemplando con mirada estúpida la flecha que sobresalía en su hombro. La pistola colgaba de sus dedos, usada e inofensiva.

Las rodillas del marqués cedieron y los soldados se apresuraron a cogerle antes de que se desplomara sobre el suelo. Catriona alzó la vista a las fortificaciones de la torre. Estaban llenas de dos docenas de guerreros de las Highlands apuntando sus arcos, con las flechas asestadas. El pelo trenzado y los rostros manchados de barro anunciaban que estaban preparados para la batalla. El más alto de ellos le dedicó un gesto solemne con la cabeza y ella supo que la buena puntería de Kieran era el motivo de que el disparo de Edingham hubiera fallado y no les hubiera alcanzado a ninguno de los dos.

Los casacas rojas también observaban con nerviosismo la muralla.

Simon se puso en pie y atrajo a Catriona hacia él.

—Creo que se han quedado aquí más de la cuenta, caballeros. Sugiero que se lleven al marqués y se marchen antes de que el clan de la dama decida darles la bienvenida al más puro estilo Kincaid.

Sin mediar palabra, los soldados empezaron a subirse a los caballos y echaron al gimiente Eddingham sobre su silla como si fuera un saco de comida.

—¿Qué va a sucederle? —preguntó Catriona bajito cuando los soldados empezaron a subir a las monturas e iniciaron en silencio el camino de descenso desde lo alto del precipicio, mucho más aplacados que a su llegada.

—Si la flecha no le mata, supongo que pasará un tiempo en Newgate. Pero dudo que sus alojamientos allí sean tan lujosos como los míos. Ni las visitas tan encantadoras.

Catriona sacudió la cabeza.

—¡Vaya, serás diablejo! Si los escoceses te hubieran tenido en su bando en Culloden, los herederos de Bonnie Prince Charlie conservarían el trono hoy en día.

—¿No pensarías en serio que iba a recibir a los soldados disparando sin tregua? ¿Para que nos mataran a todos? Cuando se trata de conseguir lo que quiero, ya sabes que no juego limpio.

—Sin duda, lo sé —respondió en voz baja, aguantando su mirada—. Y entonces, ¿qué va a suceder ahora con el castillo?

Simon sacudió la cabeza imitándola con guasa.

—Con Eddingham bajo investigación por asesinato, me temo que la Corona no tiene otra opción que confiscar sus tierras. Ya he tomado medidas para comprar este terreno en concreto. Tendrían que dejármelo por una bicoca, sobre todo tras hacerles saber que sigue asediado por una banda de fastidiosos forajidos.

—¡Esos somos nosotros! —gritó Kieran desde la torre, donde había estado escuchando sin disimulo. Varios de sus hombres bajaron los arcos y saludaron a Catriona con alegría.

—¿Y cómo esperas hacer el pago por estas tierras? —preguntó—. Mi dote no era tan generosa.

—Está sucediendo la cosa más curiosa desde que tú entraste en mi celda en la prisión. Por lo visto he recuperado la suerte en las mesas de juego. Hablando en plata, no puedo perder. Motivo por el cual mi próxima apuesta será llevarme el rebaño de ovejas Cheviot que Eddingham ha mandado con tal consideración a la puerta de nuestra casa.

Catriona sacudió la cabeza pues todavía no se le había pasado la impresión de estar a punto de perderle para siempre.

—¿Por qué saltaste ante la pistola de ese modo? Podría haberte matado. —Catriona alzó la vista con el corazón en los ojos—. ¿Y si no quiero un héroe? ¿Y si lo que quiero es un marido?

Antes de que Simon tuviera ocasión de responder, tío Ross apareció dando tumbos entre las ruinas, resollando como un tísico. Al ver a Simon y Catriona, se detuvo en seco y se llevó una mano al corazón.

—Cuando oí el disparo, temí lo peor. ¿Qué intentáis hacer? ¿Qué un pobre viejo sufra una apoplejía? Casi nos matáis del susto.

—¿Nos? —repitió Simon, dedicando a Catriona una mirada de incredulidad—. No puedo creer que hayas arrastrado a la pobre tía Margaret hasta aquí...

—No exactamente —dijo Catriona. Mordisqueándose con nerviosismo el labio inferior, le cogió del brazo con delicadeza y le dirigió hacia la ventana vacía del lado sur de las ruinas.

Desde esa posición estratégica, el coche correo situado al pie de la colina se veía con claridad. Una mujer se había apeado y se hallaba de pie a un lado. Era un mujer alta, aún esbelta y graciosa pese a la plata que comenzaba a cubrir su cabello, dorado en otro tiempo.

Simon aún fruncía el ceño, desconcertado, cuando la joven vio las lágrimas saltando a sus ojos.

—Catriona —susurró Simon con voz ronca—, ¿qué has hecho?

Ella se encogió de hombros.

—El coche correo tenía que detenerse en Northumberland de todos modos. No tenía mucho tiempo, pero en realidad no fue tan difícil dar con la belleza legendaria que había actuado en otro tiempo en Drury Lane. Cuando le dije que íbamos a reunirnos contigo, insistió en venir con nosotros. Le advertí que podría ser peligroso, pero contestó que no le importaba si lograba ver de nuevo a su chico.

Catriona le soltó el brazo para secarse ella misma una lágrima de la mejilla.

—Si no puedes perdonarme, lo entenderé. Pero pensé que tal vez pudieras perdonarla a ella. Te dejó porque creía que era lo mejor. Yo te dejé porque era una cobarde que temía que volvieras a romperme el corazón.

Cuando Simon se volvió a mirarla, ella dio un paso atrás, incómoda con la ferocidad de aquella mirada. Pero todos sus temores se esfumaron cuando le dio un abrazo apasionado. Ella también le rodeó el cuello con los brazos, estrechándole como si nunca fuera a soltarle.

—Pregúntamelo otra vez —le susurró al oído—. Pregúntame cuánto estoy dispuesta a esperar al hombre que amo.

—¿Cuánto esperarías al hombre que amas? —Retrocedió para observarla, alisándole el pelo con mano temblorosa—. ¿Cuánto me esperarías?

Ella sonrió a través de las lágrimas.

—Eternamente y un día.

Él negó con la cabeza.

—Nunca tendrás que volver a esperarme porque nunca voy a dejarte.

Tomando su rostro con ternura entre las manos, llevó sus labios a su boca, sellando con un beso los votos que acababan de pronunciar.

Una aclamación de júbilo llegó desde los escoceses posicionados en la muralla, dando la bienvenida a casa a la jefa del clan Kincaid que venía para quedarse con ellos.

Epílogo

Catriona se reclinó sobre las sábanas arrugadas con una deliciosa sensación hedonista mientras su esposo introducía entre sus labios separados una fresa ácida, mojada en dulce nata. Su cuerpo desnudo todavía estaba encendido por el placer de su reciente encuentro amoroso.

Acogió con beneplácito otra fresa en su boca, masticándola con deleite.

—Siempre he oído decir, ya sabes, que los sinvergüenzas reformados son los mejores esposos.

Simon se apoyó en un codo y ladeó una ceja con gesto lascivo para observarla.

—¿Quién dice que esté reformado?

Ella suspiró encantada mientras él se inclinaba para lamer una gota de nata de la comisura de sus labios.

En vez de jugar a las cartas y a los dados, este hombre —en otro tiempo el calavera más famoso de Londres— ahora especulaba con acciones y ovejas. Había conseguido amasar una pequeña fortuna con la misma habilidad que había mostrado en las mesas de juego en el pasado. Sólo bebía cuando brindaba por la devoción y belleza de su esposa. Sus apetitos carnales seguían insaciables y siempre había un muchacha en su cama, pero daba la casualidad de que en estos días la muchacha era su amantísima esposa.

—Mejor que te hayas reformado —le advirtió ella— porque sólo con que guiñes un ojo a otra mujer, cogeré mi mejor par de medias de seda y te ataré a los postes de la cama y... —Se inclinó para susurrarle algo al oído.

Simon abrió los ojos mientras sus labios se curvaban con una sonrisa de admiración.

—Querida mía, estoy convencido de que, en lo que a perversiones se refiere, llegas a ser aún más creativa que yo.

—¿Por qué no me permites demostrártelo? —respondió con apenas un susurro mientras metía dos dedos en la nata y alargaba el brazo hacia él.

Alguien llamó a la puerta. Se miraron y soltaron un gemido.

—Me alegro de que insistieras en poner un cerrojo en la puerta del dormitorio —susurró.

—No tanto como yo.

—No hagas caso —ordenó—. Tal vez se vayan.

Volvía a intentar alcanzarle cuando se reanudaron los golpes, esta vez más fuertes.

Simon soltó una maldición, pues sabía lo que tenía que hacer. Mientras Catriona se metía el camisón por encima de la cabeza, Simon salió de la cama para ponerse los pantalones.

Habían construido su casa solariega en torno a las ruinas del castillo de Kincaid, y la torre había sido transformada en su dormitorio. Las ventanas les permitían una vista de lujo de las cumbres nevadas de las montañas y el valle inferior.

Simon se dirigió descalzo a la puerta, y media docena de gatitos amarillos y naranjas corretearon tras sus talones. *Robert the Bruce* podría pasar ahora la mayor parte del tiempo dormitando junto al hogar, pero todavía conservaba suficiente carbón en el horno como para engendrar esta nueva camada.

Antes de que Simon llegara a abrir del todo la puerta, dos pequeñajos entraron correteando en la habitación, arrojándose sobre la cama con el mismo entusiasmo dichoso que los gatitos. Una letanía de preguntas surgió en cadena de sus labios.

—Mamá, ¿por qué llevas el camisón del revés?

—Mamá, ¿puedo comer una fresa?

—Mamá, ¿por qué nosotros no podemos comer fresas en la cama?

—Mamá, ¿por qué estás tan pegajosa?

—Mamá, ¿por qué me mira papá así? ¿Está enfadado?

Simon suavizó su expresión ceñuda.

—Por supuesto que no estoy enfadado, tesoro. Mamá y yo sólo estábamos echando una siestecita.

—¿Podemos echar la siesta contigo, papá? —preguntó su hija, con un pelo más rosáceo que rubio y unos solemnes ojos grises tan imposibles de resistir como los de su madre.

—Por supuesto que sí —dijo volviendo penosamente a la cama con un suspiro de resignación.

—No quiero echar la siesta —anunció su rubio hijo, botando sobre un funda rellena de brezo—. Por favor, mamá —imploró, enrollando uno de los rizos de Catriona en su dedo regordete—, no me hagas echar la siesta.

Ella entornó los ojos para mirar a Simon.

—Es tan sinvergüenza como su padre. Tan sólo ayer le pillé intentando darle un beso a una de la niñas de Donel.

Simon levantó en brazos a su hijo, quien no paraba de reír, le hizo cosquillas hasta que suplicó piedad y luego lo metió debajo de las mantas.

—Vas a tener que aprender que no puedes conseguir todo

lo que quieres de una mujer sólo con pestañear y acariciarle el cabello.

—No sé por qué no —replicó Catriona con una sonrisa—, y tú sí.

Justo habían conseguido que los niños dejaran de menearse y se quedaran dormidos cuando se oyó otro golpe.

—Tiene que ser una broma —dijo Simon retirando otra vez la manta y dirigiéndose a la puerta.

Esta vez era un lacayo con una carta en una bandeja de plata.

—Acaba de llegar con el correo para la señora Wescott.

—Tal vez sea una carta de tu madre —sugirió Catriona esperanzada—. Tal vez venga otra vez a visitarnos y a cuidar de los niños.

—Dios, eso espero —masculló Simon mientras le tendía la carta.

Catriona la volvió para estudiar el remite. Simon se acercó, pues su fascinación iba en aumento. Había visto antes esa mirada en el rostro de su mujer, el día que se casaron por segunda vez y el día del nacimiento de cada uno de sus hijos.

—¿De qué se trata, cariño?

Alzó la vista para mirarle, con el rostro iluminado de dicha.

—Es de mi hermano. Es de Connor. ¡Está vivo!

Simon se inclinó sobre la cama al tiempo que ella desgarraba el sobre con manos temblorosas. Mientras inspeccionaba el contenido, el color de sus mejillas se esfumó.

Alzó sus ojos afligidos al rostro de su marido.

—¡Oh, Simon, tenemos que hacer algo! Ha escrito para despedirse. ¡Van a ahorcarle!